KB070681

2014년
중국어문학 연감

2014
중국어문학 연감

중국학@센터 엮음

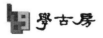

일러두기

1. 이 책은 2014年度에 발간된 국내의 중국어문학 관련 학술지에 수록된 논문의 총목록이다. 학술지의 성격에 따라서는 중국어문학의 범위를 넘어서 중국의 역사 철학이나 정치 경제 등에 대한 논문도 수록되어 있는 경우도 있다. 이 때문에 본 자료 속에는 중국어문학의 범위를 넘어서는 논문도 다수 포함되어 있다.

2. 이 책은 논문 필자의 이름 순과 학술지명 순 두 가지로 정리되어 있으며, 각 항목별로 해당 논문이 수록된 학술지의 명칭과 권수 그리고 간행 시기가 정리되어 있다. 정리 방법에 대해서는 논문의 전공 분야별로 분류하는 것이 가장 타당하다는 의견이 제시되기도 하였지만, 논문의 전공 분야를 명확하게 구분하기 어려운 것도 적지 않다는 점 때문에 두 가지 정리 방법을 택하게 되었다. 2인 이상의 공동 논문인 경우, 공동 저자 모두의 논문 목록에 이중으로 수록하여 모두의 이름으로 검색이 가능하도록 하였다. 인명 색인은 별도로 만들지 않았다.

3. 아울러 미처 파악하지 못하여 본 자료에 누락된 학술지도 있을 수 있다. 이에 대해서는 지속적인 보완이 이루어질 예정이다.

4. 이 책에 목록이 수록된 학술지의 명칭과 발행 학술단체는 다음과 같다.(학술지의 한글 이름순)

학술지 명칭	학술단체	학술지 명칭	학술단체
中國文學	韓國中國語文學會	中國言語研究	韓國中國言語學會
中國文學研究	韓國中文學會	中國人文科學	中國人文學會
中國文化研究	中國文化研究學會	中國學	大韓中國學會
中國小說論叢	中國小說研究會	中國學論叢	韓國中國文化學會
中國語 教育과 研究	韓國中國語教育學會	中國學報	韓國中國學會
中國語文論譯叢刊	中國語文論譯學會	中國學研究	中國學研究會
中國語文論叢	中國語文研究會	中國現代文學	中國現代文學學會
中國語文學	嶺南中國語文學會	中語中文學	韓國中語中文學會
中國語文學論集	中國語文學研究會	韓中言語文化研究	韓國現代中國研究會
中國語文學誌	中國語文學會		

차 례

필자 이름 순 논문 목록 1

Asa Synn · Dongchoon Ryu · Byeongkwu Kang · Eunhee Paek · Jungku Park · Yunhui Dang　Diachronic Development of the Chinese Negative 沒 from a Typological Perspective, 『中語中文學』, 第58輯, 서울, 韓國中語中文學會, 2014年 8月

Byeongkwu Kang · Eunhee Paek · Dongchoon Ryu · Asa Synn · Jungku Park · Yunhui Dang　Diachronic Development of the Chinese Negative 沒 from a Typological Perspective, 『中語中文學』, 第58輯, 서울, 韓國中語中文學會, 2014年 8月

Chee Lay Tan　An Attempt to Read Mistiness: Examining the Imagery of Chinese Misty Poetry from a Eastern-Western Comparative Perspective, 『中語中文學』, 第58輯, 서울, 韓國中語中文學會, 2014年 8月

Choi Kwan · Kim Min C.　The Challenge to Traditional Labour Rights and Policies in China from 1911 to 1949: Some Cultural, Historical, and Public Security Perspectives, 『中國文化研究』, 第26輯, 서울, 中國文化研究學會, 2014年 11月

Dongchoon Ryu · Byeongkwu Kang · Eunhee Paek · Asa Synn · Jungku Park · Yunhui Dang　Diachronic Development of the Chinese Negative 沒 from a Typological Perspective, 『中語中文學』, 第58輯, 서울, 韓國中語中文學會, 2014年 8月

Eunhan Bae　A Study on the Analysis of Phonetic Value of Chinese Syllable /iong/ and Its Categorization, 『中語中文學』, 第58輯, 서울, 韓國中語中文學會, 2014年 8月

Eunhee Paek · Byeongkwu Kang · Dongchoon Ryu · Asa Synn · Jungku

	Park · Yunhui Dang　Diachronic Development of the Chinese Negative 沒 from a Typological Perspective,『中語中文學』, 第58輯, 서울, 韓國中語中文學會, 2014年 8月
Giseb An	Suggested Modification of the Current Description System for Postposition '了'[· le] in Standard Chinese: Based on Typological Characteristics of Aspect Marking,『中語中文學』, 第58輯, 서울, 韓國中語中文學會, 2014年 8月
Guo Jjie	채만식과 라오서(老舍)의 소설에 나타난 여성인물 비교 연구-『탁류』와 『駱駝祥子』를 중심으로, 아주대 대학원 석사 논문, 2013
Hon-man Chan	Dadu Scholar-officials and Their Panegyric Poetry in Early Fourteenth Century China: With Reference to the Concept of Yazheng(orthodox correctness),『中語中文學』, 第58輯, 서울, 韓國中語中文學會, 2014年 8月
Hou Jie · 이은화	한국인 중국어 학습자의 이음절 어휘 습득과 한국어 한자어와의 상관관계 연구,『中國言語硏究』, 第54輯, 서울, 韓國中國言語學會, 2014年 10月
Hu Yang	『華音啓蒙諺解』의 중국어 量詞 硏究, 인천대 대학원 석사 논문, 2013
Hyun-jeong Lee	Settlement for the Public : Belated Scar Narrative of the Film Hibiscus Town,『中語中文學』, 第58輯, 서울, 韓國中語中文學會, 2014年 8月
Hyun-Mi Choi	Teaching Learning Model Development of Chinese

Polysemous Verb "發Fā" Based on Image Schemas and Construction Grammar Theory, 『中語中文學』, 第58輯, 서울, 韓國中語中文學會, 2014年 8月

Jeesoon Hong · Matthew D. Johnson　　New Experiences of Big Screens in Contemporary China, 『中語中文學』, 第58輯, 서울, 韓國中語中文學會, 2014年 8月

Jeesoon Hong　　Tuberculosis and East Asian Modernism: Blood-drinking and Inter-subjectivity in Yokomitsu Riich's "Climax" (1923), Yi Taejun's "Crows"(1936) and Lu Xun's "Medicine"(1919), 『中國現代文學』, 第70號, 서울, 韓國中國現代文學學會, 2014年 9月

Jeeyoung Peck　　Overview of the Study of Modern Chinese Syntax in Korea, 『中語中文學』, 第58輯, 서울, 韓國中語中文學會, 2014年 8月

Ji-Seon Kim　　A Study in Illustrations from Lienü zhuan(列女傳) by Wangshi(汪氏) in Ming Dynasty Wanli(萬曆) Years, 『中語中文學』, 第58輯, 서울, 韓國中語中文學會, 2014年 8月

Jin-Young Song　　A Study of the Merchant Novel in San Yan with a Focus on "Jiang Xingge Reencounters His Pearl Shirt", 『中語中文學』, 第58輯, 서울, 韓國中語中文學會, 2014年 8月

Jiwon Byun　　Principles and Practices of Language Education Theories for Childhood Chinese Teachers, 『中語中文學』, 第58輯, 서울, 韓國中語中文學會, 2014年 8月

Jong-Seong Kim · Xin-Ying Li　　A Review of the Translation Status and

Research on Lin Yutang's Works in Korea, 『中語中文學』, 第58輯, 서울, 韓國中語中文學會, 2014年 8月

Jungku Park · Asa Synn · Dongchoon Ryu · Byeongkwu Kang · Eunhee Paek · Yunhui Dang Diachronic Development of the Chinese Negative 沒 from a Typological Perspective, 『中語中文學』, 第58輯, 서울, 韓國中語中文學會, 2014年 8月

Jung Wook Kim A Comparative Study of a Chain in Novel, Drama and Film Narrative: An Adaptation and Aesthetic Value in Lao she (老舍)'s Novel, Camel Xiangzi (駱駝祥子), 『中語中文學』, 第58輯, 서울, 韓國中語中文學會, 2014年 8月

Kang, Cheol-Gu & Yoon, Il-Hyun A Study on the Interdependence of Stock Markets in Mainland China and Hong Kong, 『中國學』, 第48輯, 부산, 大韓中國學會, 2014年 8月

Kim Min C. · Choi Kwan The Challenge to Traditional Labour Rights and Policies in China from 1911 to 1949: Some Cultural, Historical, and Public Security Perspectives, 『中國文化研究』, 第26輯, 서울, 中國文化研究學會, 2014年 11月

Kyoo-Kap Lee A Study of Variant Forms That Add Character Components to Regular Script, 『中語中文學』, 第58輯, 서울, 韓國中語中文學會, 2014年 8月

Li Lin 對『朱子語類』中"V得(O)"結構的考察, 『中國語文論叢』, 第61輯, 서울, 中國語文研究會, 2014年 2月

Liansu Meng From Tsinghua to Chicago: Wen Yiduo's Transnational Conception of an Eco-poetics, 『中語中文學』, 第58輯,

서울, 韓國中語中文學會, 2014年 8月

Matthew D. Johnson·Jeesoon Hong　New Experiences of Big Screens in Contemporary China, 『中語中文學』, 第58輯, 서울, 韓國中語中文學會, 2014年 8月

Park Choong-Hwan　Guanxi, Modernity and Primordializing China, 『中國學』, 第48輯, 부산, 大韓中國學會, 2014年 8月

Park Min-woong　A Annotated Bibliography of Selected Sinological Research, 『中國學』, 第49輯, 부산, 大韓中國學會, 2014年 12月

Qi MingMing·맹주억　新HSK口試(高級)命題的內容效度分析與敎學啓示, 『中國言語研究』, 第50輯, 서울, 韓國中國言語學會, 2014年 2月

Rint Sybesma·沈 陽 저·吳有晶 역　능격동사의 성질과 능격구조의 형성 (2), 『中國語文論譯叢刊』, 第34輯, 서울, 中國語文論譯學會, 2014年 1月

Soon-Jin Kim　The Study about Children's Story of Gwon, JeongSaeng and Huang, ChunMing, 『中語中文學』, 第58輯, 서울, 韓國中語中文學會, 2014年 8月

Xin-Ying Li·Jong-Seong Kim　A Review of the Translation Status and Research on Lin Yutang's Works in Korea, 『中語中文學』, 第58輯, 서울, 韓國中語中文學會, 2014年 8月

Yangsu Kim　Zhong Lihe's Nostalgia for Mainland China and the Context of its Political Distortion, 『中語中文學』, 第58輯, 서울, 韓國中語中文學會, 2014年 8月

Yoon, Il-Hyun & Kang, Cheol-Gu   A Study on the Interdependence of Stock Markets in Mainland China and Hong Kong,『中國學』, 第48輯, 부산, 大韓中國學會, 2014年 8月

Yunhui Dang · Jungku Park · Asa Synn · Dongchoon Ryu · Byeongkwu Kang · Eunhee Paek   Diachronic Development of the Chinese Negative 沒 from a Typological Perspective,『中語中文學』, 第58輯, 서울, 韓國中語中文學會, 2014年 8月

賈　捷 · 千金梅　『楚辭章句』淸初溪香館刻本補正,『中國學論叢』, 第42輯, 大田, 韓國中國文化學會, 2014年 8月

賈寶書　現代漢語"給"字句岐義現象分析,『中國言語硏究』, 第50輯, 서울, 韓國中國言語學會, 2014年 2月

甘瑞瑗　對外漢語寫作教學：基於索緖爾的橫組合與縱聚合二元觀點論,『中國語文學論集』, 第89號, 서울, 中國語文學硏究會, 2014年 12月

姜　燕　『世說新語』心理動詞的配價硏究,『中國語文學論集』, 第85號, 서울, 中國語文學硏究會, 2014年 4月

강경구　중국현대문학의 불교표현과 개인의 탐색,『中國語文學』, 第66輯, 대구, 嶺南中國語文學會, 2014年 8月

강내영　M(Market) 선상의 아리아: 중국 "포스트-6세대" 청년감독의 어떤 영향-닝하오(寧浩) 감독론,『中國文學硏究』, 第54輯, 서울, 韓國中文學會, 2014年 2月

강내영　중국 3대 국내영화제 연구-金鷄獎, 百花獎, 華表獎을 중심으로,『中國文學硏究』, 第56輯, 서울, 韓國中文學會, 2014年 8月

강내영   중국 청년감독의 어떤 초상 : 시장화 시대의 반(反)시장적
예술영화 : 리뤼쥔(李睿珺) 감독론, 『中國文化研究』, 第
25輯, 서울, 中國文化研究學會, 2014年 8月

강내희 · 해영화   '량장쓰후'와 경관의 문화정치경제: 금융화 시대 중국의
'사회주의적' 공간 생산, 『中國現代文學』, 第71號, 서울,
韓國中國現代文學學會, 2014年 12月

姜美子   對韓漢語介詞敎學的若幹思考, 『中國語 敎育과 研究』,
第19號, 서울, 韓國中國語敎育學會, 2014年 6月

강민호   李嶠 詠物 五言律詩 연구: 『雜詠詩』 120수를 중심으로,
『中國語文學志』, 第48輯, 서울, 中國語文學會, 2014年
9月

강병규 · 이지은   통계적 분석 방법을 통해 본 중국어 방언 분류: 음운, 형태,
어법 자질을 중심으로, 『中國言語研究』, 第54輯, 서울, 韓
國中國言語學會, 2014年 10月

강성조   略談巴金『隨想錄』的愛國思想: 以巴金『隨想錄』第一集
爲中心, 『中國語文論叢』, 第63輯, 서울, 中國語文研究會,
2014年 6月

강성조   漢代 경학의 교과과정 및 그 교재 연구: 漢代 경학의 『七
經』 기원설에 관한 고증을 중심으로, 『中國語文論叢』, 第
66輯, 서울, 中國語文研究會, 2014年 12月

강성조   "新子學"與跨學科學術研究鳥瞰, 『中國學報』, 第70輯, 서
울, 韓國中國學會, 2014年 12月

姜小羅 · 李永求 스코포스 이론의 관점에서 본 중국 창작 동화의 번역 전략
고찰: 정위엔지에(鄭淵洁)의 '열두 띠 시리즈'를 중심으로,

『中國語文論譯叢刊』, 第35輯, 서울, 中國語文論譯學會, 2014年 7月

강수정   중국 번역뉴스의 가독성 적용에 관한 고찰, 『中國文化硏究』, 第25輯, 서울, 中國文化硏究學會, 2014年 8月

강용중   전공과목 중국어 원어강의에 대한 기초적 연구-전공 학생들의 설문을 중심으로, 『中國文學硏究』, 第54輯, 서울, 韓國中文學會, 2014年 2月

강용중   교양 초급중국어 국제어 강의 시행에 대한 설문조사 연구, 『中國文化硏究』, 第24輯, 서울, 中國文化硏究學會, 2014年 5月

강용중   『老乞大』 상업어휘 연구, 『中國文學硏究』, 第56輯, 서울, 韓國中文學會, 2014年 8月

강용중   『朱子語類考文解義』 주석체재 연구, 『中國文學硏究』, 第57輯, 서울, 韓國中文學會, 2014年 11月

강용중   『客商一覽醒迷』의 번역과 상업언어 연구, 『中國文化硏究』, 第26輯, 서울, 中國文化硏究學會, 2014年 11月

강유나   淸初女作家錢鳳綸生平著述考論, 『中國語文學』, 第65輯, 대구, 嶺南中國語文學會, 2014年 4月

강윤옥   『侯馬盟書』를 통해서 본 姓氏기록과 문자 특징 연구, 『中語中文學』, 第59輯, 서울, 韓國中語中文學會, 2014年 12月

강윤형   1990년대 이후 韓少功의 문화비평 考察: 탈포스트모더니즘적 경향을 중심으로, 『中國人文科學』, 第58輯, 광주, 中國人文學會, 2014年 12月

강은지   1940년에 출판된 『Shanghai dialect in 4 weeks: with map

	of Shanghai』에 나타난 상해방언의 음운 변화,『中國人文科學』, 第56輯, 광주, 中國人文學會, 2014年 4月
강종임	전통시기 중국의 소설 대여와 그 한계,『中國語文學』, 第66輯, 대구, 嶺南中國語文學會, 2014年 8月
江志全	20世紀90年代與被改寫的作家王小波,『中國語文論譯叢刊』, 第34輯, 서울, 中國語文論譯學會, 2014年 1月
강진석	朝鮮儒者李栗谷的政治思想,『中國學報』, 第70輯, 서울, 韓國中國學會, 2014年 12月
강창수	李賀 詩에 나타난 역사인물의 詩的 형상,『中國文學硏究』, 第54輯, 서울, 韓國中文學會, 2014年 2月
강창수	李賀 詩의 白色 이미지 小考,『中國文學硏究』, 第57輯, 서울, 韓國中文學會, 2014年 11月
강춘화	朱熹 證驗說과 이전 證驗說과의 비교 고찰,『韓中言語文化硏究』, 第36輯, 서울, 韓國現代中國硏究會, 2014年 10月
강판권	중국과 한국의 수목인식과 격의: 살구나무와 은행나무를 중심으로,『中國學報』, 第70輯, 서울, 韓國中國學會, 2014年 12月
강필임	중국 敍事樂府의 抒情樂府化와 敍事詩史의 단절,『中國語文學志』, 第48輯, 서울, 中國語文學會, 2014年 12月
姜必任	동아시아 詩會文化의 기원,『中語中文學』, 第59輯, 서울, 韓國中語中文學會, 2014年 12月
강현경	劉向『列女傳』에 표현된 여성 화자의 논변,『中國學研究』, 第70輯, 서울, 中國學研究會, 2014年 11月

강현실 · 서　성　경쟁하는 삽화와 비평의 형식: 『수호전』 대척여인 서문본
　　　　　　　　의 용여당본과의 비교를 중심으로, 『中國語文論叢』, 第64
　　　　　　　　輯, 서울, 中國語文硏究會, 2014年 8月

계근호　　　　　중국 문화대혁명기의 연변 조선족 교원 연구, 부산대 대학
　　　　　　　　원 박사 논문, 2013

고건혜　　　　　十五~十六世紀中國與朝鮮的認識差異和溝通障碍: 以崔
　　　　　　　　溥『漂海錄』爲中心, 『中國語文學』, 第66輯, 대구, 嶺南中
　　　　　　　　國語文學會, 2014年 8月

고경금 · 박홍수　東 · 重의 同源 관계에 관한 고찰: 『說文通訓定聲』의 同
　　　　　　　　聲符를 중심으로, 『中國學硏究』, 第68輯, 서울, 中國學硏
　　　　　　　　究會, 2014年 6月

고광민　　　　　교양 『초급중국어』 수업의 짝활동 · 그룹활동 모델 연구, 『
　　　　　　　　中國文化硏究』, 第25輯, 서울, 中國文化硏究學會, 2014年
　　　　　　　　8月

고명걸 · 조혜진 · 조강필 · 함정식　중국 진출 한국 기업의 내부역량과 전략
　　　　　　　　적합성이 성과에 미치는 영향, 『中國學』, 第47輯, 부산,
　　　　　　　　大韓中國學會, 2014年 4月

고미숙　　　　　중국어 이음절 복모음에 대한 음성학적 특성 및 발음교육
　　　　　　　　방안 연구, 『中國語文學』, 第66輯, 대구, 嶺南中國語文學
　　　　　　　　會, 2014年 8月

高旼喜　　　　　중국현대소설과 『紅樓夢』, 『中國小說論叢』, 第44輯, 서
　　　　　　　　울, 韓國中國小說學會, 2014年 12月

高淑姬　　　　　조선시대 중국 실용전문서적의 전래와 수용: 『無寃錄』을
　　　　　　　　중심으로, 『中國小說論叢』, 第42輯, 서울, 韓國中國小說

	學會, 2014年 4月
高淑姬	18세기 한중 공안서사물에 나타난 'Justice':『鹿洲公案』과『欽欽新書』를 중심으로,『中國小說論叢』, 第44輯, 서울, 韓國中國小說學會, 2014年 12月
高亞亨	一類特殊的"把"字句分析,『中國人文科學』, 第57輯, 광주, 中國人文學會, 2014年 8月
고영란	1930년대 중국어 회화교재『實用官話滿洲語問答會話集』(1935)과『支那語旅行會話』(1937) 연구, 숙명여대 교육대학원 석사 논문, 2013
高仁德	중국 독서사에 있어서 '도(圖)'의 함의,『中國語文學論集』, 第85號, 서울, 中國語文學硏究會, 2014年 4月
고점복	루쉰(魯迅)의 잡문(雜文) 언어와 수사의 정신 I : 존재론적 접근,『中國語文論叢』, 第65輯, 서울, 中國語文硏究會, 2014年 10月
고점복	라오서(老舍)의『마씨 부자 이마(二馬)』론: 내재화된 식민성으로서의 민족주의,『中國語文論叢』, 第66輯, 서울, 中國語文硏究會, 2014年 12月
高秋鳳	董越及其『朝鮮賦』硏探,『中國學硏究』, 第67輯, 서울, 中國學硏究會, 2014年 3月
曲曉雲	撮口呼形成小攷,『中國言語硏究』, 第50輯, 서울, 韓國中國言語學會, 2014年 2月
곡효운	釋"조"音,『中國言語硏究』, 第54輯, 서울, 韓國中國言語學會, 2014年 10月
孔淸淸 · 金東國	中國韓語硏究生階段的韓國文化敎育內容硏究,『中國人

	文科學』, 第56輯, 광주, 中國人文學會, 2014年 4月
과 욱	한·중 우국시의 전통과 작품세계 비교 연구-이덕일의 「우 국가」와 문천상의 「정기가」를 중심으로, 대구대 대학원 석사 논문, 2013
곽가휘	明代「行人」於外交體制上之作用: 以「壬辰倭禍(1592- 1598)」兩次宣諭爲例, 『中國學報』, 第70輯, 서울, 韓國中 國學會, 2014年 12月
곽덕환·황 염	중국 타이완 관계 변화 연구: 점진적 통일 가능성 탐구, 『中國學硏究』, 第70輯, 서울, 中國學硏究會, 2014年 11月
郭聖林	漢語作爲第二語言學習者成語語形偏誤初探, 『中國文化 硏究』, 第24輯, 서울, 中國文化硏究學會, 2014年 5月
郭聖林	把字句下位分類再思考, 『韓中言語文化硏究』, 第35輯, 서울, 韓國現代中國硏究會, 2014年 6月
郭小明·徐眞賢	중국어 교육을 위한 현대중국어 양사(量詞)의 순서배열 설계, 『中國語 敎育과 硏究』, 第20號, 서울, 韓國中國語 敎育學會, 2014年 12月
곽수경	상하이와 홍콩의 도시성격과 할리우드 수용: 장아이링의 시나리오를 중심으로, 『中國學』, 第47輯, 부산, 大韓中國 學會, 2014年 4月
郭銳原 저·朴恩石 역	형용사 유형론과 중국어 형용사의 문법적 지위, 『中 國語文論譯叢刊』, 第35輯, 서울, 中國語文論譯學會, 2014年 7月
곽홍연	表推測判斷義的"V不了"硏究: 兼與"不會V"進行對比, 『中

國語文論叢』, 第61輯, 서울, 中國語文硏究會, 2014年 2月

郭興燕·孟柱億 "很難+V/Vp"在韓語中的對應形式及敎學建議, 『中國語 敎育과 硏究』, 第19號, 서울, 韓國中國語敎育學會, 2014 年 6月

郭興燕·孟柱億 很難+V/Vp"與"V/Vp+很難"對比硏究, 『中國學硏究』, 第 69輯, 서울, 中國學硏究會, 2014年 8月

구경숙·장진개 河北行唐方言"V+dong+(O)+了(Lou)"結構的語義功能和 表達功能, 『中國言語硏究』, 第51輯, 서울, 韓國中國言語 學會, 2014年 4月

구경숙·장진개 河北行唐方言"V+dong+(O)+了(lou)"結構的語法特徵, 『 中國言語硏究』, 第52輯, 서울, 韓國中國言語學會, 2014 年 6月

구교현 晚明과 朝鮮後期 小品文에 나타난 '病'에 대한 美學 考察, 『中國學論叢』, 第43輯, 大田, 韓國中國文化學會, 2014年 12月

구문규 루쉰(魯迅)『野草』의 창작 의미에 관한 일고찰: "죽음"에 주목하여, 『中國語文學志』, 第46輯, 서울, 中國語文學會, 2014年 4月

구언아 文獻類에 따른 漢字音 比較 硏究, 성균관대 대학원 석사 논문, 2013

구현아 『A GRAMMAR OF THE CHINESE COLLOQUIAL LANGUAGE COMMONLY CALLED THE MANDARIN DIALECT』의 음운 체계와 기초 방언 연구, 『中國言語硏究』, 第51輯, 서울, 韓國中國言語學會, 2014年 4月

권경선   근대 중국 화북 한족의 '만주(滿洲)' 이동과 동북 지방 노
         동자 구성: 1930년대 전반 대련(大連) 및 그 배후지를 중
         심으로,『中國學』, 第47輯, 부산, 大韓中國學會, 2014年
         4月

권기영   중국의 지역 균형 발전과 지역 문화산업 육성 전략,『中國
         現代文學』, 第70號, 서울, 韓國中國現代文學學會, 2014
         年 9月

권부경   基于事件終結性,非終結性特徵的時量短語句考察,『中國
         語文學』, 第65輯, 대구, 嶺南中國語文學會, 2014年 4月

권선아 · 최재영   복합전치사 '爲了/爲著' 연구 : 明淸시기와 現代시기의 작
         품분석을 기반으로,『中國文化硏究』, 第25輯, 서울, 中國
         文化硏究學會, 2014年 8月

권아린   『說苑』「敍錄」을 통해 본『說苑』의 성격 고찰,『中國文
         學硏究』, 第55輯, 서울, 韓國中文學會, 2014年 5月

권응상   연자루(燕子樓) 이야기의 형성과 변주,『中國語文學』, 第
         65輯, 대구, 嶺南中國語文學會, 2014年 4月

권응상   慘軍戲 壹考,『中國語文學』, 第67輯, 대구, 嶺南中國語文
         學會, 2014年 12月

권혁준   『白虎通義』와『風俗通義』에 반영된 舌音類의 구개음화
         여부,『中國語文論叢』, 第64輯, 서울, 中國語文硏究會,
         2014年 8月

權鎬鐘 · 黃永姬 · 朴貞淑 · 李紀勳 · 申旻也 · 李奉相   『靑樓韻語』 序跋文
         譯註,『中國語文論譯叢刊』, 第35輯, 서울, 中國語文論譯
         學會, 2014年 7月

權鎬鐘・朴貞淑	明代『靑樓韻語』의 편찬 의의,『中國語文學論集』, 第87號, 서울, 中國語文學硏究會, 2014年 8月
권호종・신민야	『靑樓韻語』編纂背景 小考,『中國文化硏究』, 第26輯, 서울, 中國文化硏究學會, 2014年 11月
권희정	한중 후각형용사의 구성 체계와 의미 확장 양상: "고소하다/구소하다(香)"와 "구리다(臭)"를 중심으로,『中國言語硏究』, 第51輯, 서울, 韓國中國言語學會, 2014年 4月
권희정	중국어 3음절어의 구조와 유핵성 분석,『中國語 敎育과 硏究』, 第20號, 서울, 韓國中國語敎育學會, 2014年 12月
琴知雅	조선시대 唐詩選集의 편찬양상 연구: 延世大 所藏 4종 唐詩選集의 유형, 특징 및 문헌 가치를 중심으로,『中國語文學論集』, 第84號, 서울, 中國語文學硏究會, 2014年 2月
奇唯美	"很有NP"的内部結構及其量含義,『中國學』, 第48輯, 부산, 大韓中國學會, 2014年 8月
기화룡	科技術語及行業語的詞義泛化硏究,『中國言語硏究』, 第53輯, 서울, 韓國中國言語學會, 2014年 8月
金 艷	金仁順中短篇小說的女性意識解讀,『中國文學』, 第81輯, 서울, 韓國中國語文學會, 2014年 11月
김 영	漢語稱呼類雙賓句及其相關句式的歷時考察,『中國文學硏究』, 第56輯, 서울, 韓國中文學會, 2014年 8月
김 영・박재연	조선시대 중국 탄사(彈詞)의 전래와 새 자료 한글 번역필사본, 옥천연에 대하여,『中國語文學志』, 第48輯, 서울, 中國語文學會, 2014年 9月
金 苑	의사소통을 위한 '중국시가' 교육 방안 연구,『中國語文學

論集』, 第89號, 서울, 中國語文學硏究會, 2014年 12月

김 호　　　한국학중앙연구원 장서각 소장 중국본 고서에 관한 一考,『
中國文學硏究』, 第54輯, 서울, 韓國中文學會, 2014年 2月

金慶國　　　劉大櫆의「論文偶記」解題와 譯註(上),『中國語文論譯叢
刊』, 第35輯, 서울, 中國語文論譯學會, 2014年 7月

金慶國　　　論方苞與劉大櫆的古文理論: 以'義法'說和'神氣'說爲中心,
『中國人文科學』, 第57輯, 광주, 中國人文學會, 2014年 8月

김경동　　　白居易「勸酒十四首」의 한국적 수용과 변용,『中語中文
學』, 第59輯, 서울, 韓國中語中文學會, 2014年 12月

김경석　　　"新北京"과『駱駝祥子』의 현재적 의미에 대한 試論: 農民
工 문제를 중심으로,『中國語文學』, 第67輯, 대구, 嶺南
中國語文學會, 2014年 12月

김경일　　　"疾" 관련 古文字字形과 텍스트 검토: 문자학적 관점에서
의 한의학 기원 문제 탐색의 일환으로,『中國學報』, 第70
輯, 서울, 韓國中國學會, 2014年 12月

김경천 · 홍은빈　李白「古風」五十九首 譯解(5): 第31首부터 第36首,『中
國語文論叢』, 第62輯, 서울, 中國語文硏究會, 2014年 4月

김경환　　　중국 농민공의 계층분화 과정과 보유자원 현황,『中國學』,
第48輯, 부산, 大韓中國學會, 2014年 8月

김경환 · 이정표　중국 신토지 개혁 이후 농민소득 변화 분석: 충칭시 지표
(地票) 제도를 중심으로,『中國學』, 第49輯, 부산, 大韓中
國學會, 2014年 12月

김광영　　　『佛國記』와『大唐西域記』 중의 불교악무,『中國語文學
志』, 第46輯, 서울, 中國語文學會, 2014年 4月

김광영	『洛陽伽藍記』 중의 戲曲 활동, 『中國文化硏究』, 第24輯, 서울, 中國文化硏究學會, 2014年 5月
김기범	생략과 복문에 대한 인식오류 분석: 조동사가 있는 문장을 중심으로, 『中國語文論叢』, 第62輯, 서울, 中國語文硏究會, 2014年 4月
金基喆	論語의 '素以爲絢兮'로 본 詩經 衛風碩人의 인물묘사, 『中國學硏究』, 第70輯, 서울, 中國學硏究會, 2014年 11月
김기철	詩經 어휘 "丁丁"의 의미, 『中國語文學志』, 第48輯, 서울, 中國語文學會, 2014年 12月
김나래	有(一)點兒, "一點兒"의 의미, 용법 비교, 『中國言語硏究』, 第51輯, 서울, 韓國中國言語學會, 2014年 4月
김나래	범위부사 "只", "僅", "光"의 의미, 용법 비교 연구, 『中國言語硏究』, 第55輯, 서울, 韓國中國言語學會, 2014年 12月
金洛喆	당전기와 성경에 나타난 '용(龍)'의 의미 고찰 : 「유의전(柳毅傳)」과 「욥기」를 중심으로, 『中國小說論叢』, 第43, 서울, 韓國中國小說學會, 2014年 8月
김다롬	王維의 山居詩 硏究, 동국대 교육대학원 석사 논문, 2013
金大煥	『論語』 國譯上의 몇 가지 문제, 『中國語文論譯叢刊』, 第34輯, 서울, 中國語文論譯學會, 2014年 1月
김덕균	현대 중국어 시태조사 "了"의 공기 현상, 『中國言語硏究』, 第50輯, 서울, 韓國中國言語學會, 2014年 2月
김덕균	현대 중국어 어기부사 '本來' '原來'의 통사·의미기능 비교, 『中國人文科學』, 第57輯, 광주, 中國人文學會, 2014年 8月
金道榮	朝鮮時代 「呂洞賓圖」 연구, 『中國小說論叢』, 第43輯, 서

	울, 韓國中國小說學會, 2014年 8月
金東國・孔淸淸	中國韓語研究生階段的韓國文化敎育內容硏究, 『中國人文科學』, 第56輯, 광주, 中國人文學會, 2014年 4月
김만회	당대 화장문화에 나타난 미의식, 건국대 대학원 박사 논문, 2013
金明順	趙季『箕雅校注』「前言」譯注, 『中國語文論譯叢刊』, 第34輯, 서울, 中國語文論譯學會, 2014年 1月
金明信	영화『畵皮』에 나타난 원전 서사와 변용, 『中國小說論叢』, 第42輯, 서울, 韓國中國小說學會, 2014年 4月
김미란	1920년대 중국의 우생논쟁 : '우생적 연애'개념을 중심으로 한 서구 우생담론의 중국적 수용, 『中國學硏究』, 第69輯, 서울, 中國學硏究會, 2014年 8月
김미성	중국어 결과보어 '着(zhao)'의 허화성 유무에 대한 고찰, 『中國人文科學』, 第57輯, 광주, 中國人文學會, 2014年 8月
金美順	고등학교『중국어Ⅰ』'간체자 쓰기' 영역의 편제에 관한 고찰: 교수・학습 내용의 연계성에 근거한 적합성을 중심으로, 『中國語文學論集』, 第84號, 서울, 中國語文學研究會, 2014年 2月
金美順・柳在元	대학수학능력시험 '중국어Ⅰ'의 평가 타당도에 관한 연구: 어휘를 중심으로, 『中國語文學論集』, 第87號, 서울, 中國語文學研究會, 2014年 8月
김미순	인지 및 메타인지 읽기 전략에 관한 기초적 연구 분석: 초급 중국어 학습자를 대상으로, 『中國言語研究』, 第53輯, 서울, 韓國中國言語學會, 2014年 8月

김미순·유재원	수능 중국어 I 의 의사소통기능 평가 문항 분석 : 평가 목표와 출제 범위를 기준으로, 『中國語 敎育과 硏究』, 第20號, 서울, 韓國中國語敎育學會, 2014年 12月
김미주	한국 학생들의 중국어 전환관련사어(轉折類關聯詞) 사용 실험조사 연구, 『中國言語硏究』, 第52輯, 서울, 韓國中國言語學會, 2014年 6月
김민나	『文心雕龍』「正緯」편 논술의 목적과 의의 고찰, 『中國語文學志』, 第47輯, 서울, 中國語文學會, 2014年 6月
김민창·이찬우	한·중 양국의 중간재 교역구조 변화 분석: 국제산업연관표를 이용한 실증분석, 『中國學硏究』, 第70輯, 서울, 中國學硏究會, 2014年 11月
김백현	21世紀 新道學과 神明文化, 『中國學硏究』, 第68輯, 서울, 中國學硏究會, 2014年 6月
金炳基	黃庭堅 '點鐵成金', '換骨法', '脫胎法' 再論, 『中語中文學』, 第57輯, 서울, 韓國中語中文學會, 2014年 4月
김병환·정환희	『주역』의 수학적 논리에 대한 철학적 해명, 『中國學報』, 第70輯, 서울, 韓國中國學會, 2014年 12月
金甫暻·呂承煥	唐戲의 시기별 개황과 특징(二): 任半塘『唐戲弄』「總說」중 '盛唐' 부분에 대한 譯註, 『中國語文論譯叢刊』, 第34輯, 서울, 中國語文論譯學會, 2014年 1月
김보경	朝鮮刊本『精刊補註東坡和陶詩話』수록 蘇軾詩 원문 연구, 『中國文學硏究』, 第54輯, 서울, 韓國中文學會, 2014年 2月
金俸延	폭력의 의 내재성과 불가피성 : 쑤퉁의 『米』읽기, 『中國

	小說論叢』, 第43輯, 서울, 韓國中國小說學會, 2014年 8月
김상규	『太平廣記』 한국 전래 시기의 재고찰, 『中國文學研究』, 第54輯, 서울, 韓國中文學會, 2014年 2月
김상규	演奏古琴流動詞一考, 『中國言語研究』, 第51輯, 서울, 韓國中國言語學會, 2014年 4月
김상규	『太平廣記』 會校本의 文字的 문제 고찰, 『中國言語研究』, 第53輯, 서울, 韓國中國言語學會, 2014年 8月
김상욱·김상희	중국 홍콩 H주식의 기업가치 평가모형의 검증, 『中國學』, 第47輯, 부산, 大韓中國學會, 2014年 4月
김상욱	중국의 외국인직접투자의 지역별 효율성 비교, 『中國學研究』, 第69輯, 서울, 中國學研究會, 2014年 8月
김상원	대중어문 운동과 백화문 운동의 관계, 『中國文學研究』, 第55輯, 서울, 韓國中文學會, 2014年 5月
김상원	국어로마자와 라틴화신문자의 논쟁 양상 분석, 『中國文學研究』, 第57輯, 서울, 韓國中文學會, 2014年 11月
김상희·김상욱	중국 홍콩 H주식의 기업가치 평가모형의 검증, 『中國學』, 第47輯, 부산, 大韓中國學會, 2014年 4月
김석영·이미경·이강재·송홍령	(신)HSK에 대한 한국의 중국어 교육자·학습자 인식 조사연구, 『中國語 敎育과 硏究』, 第19號, 서울, 韓國中國語敎育學會, 2014年 6月
김석영	중국어 어휘론에서 기본어휘의 문제: 중국식 기본어휘 개념의 어휘론적 유용성에 대한 비판적 검토, 『中國言語研究』, 第52輯, 서울, 韓國中國言語學會, 2014年 6月
김석영	교육과 평가를 위한 중국어 의사소통능력 구성요소 고찰,

	『中國文學』, 第80輯, 서울, 韓國中國語文學會, 2014年 8月
김석영	중등교육과정 중국어 기본어휘의 적절성에 대한 연구, 『中國語文學志』, 第48輯, 서울, 中國語文學會, 2014年 12月
金善娥・辛承姬	교수자 설문을 통해 본 한국의 유・초등 중국어 학습자를 위한 활동 활용현황, 『中國語文學論集』, 第88號, 서울, 中國語文學硏究會, 2014年 10月
金善子	만주족 의례에 나타난 자손줄[子孫繩]과 여신, 그리고 '탯줄 상징, 『中國語文學論集』, 第86號, 서울, 中國語文學硏究會, 2014年 6月
金善子	중국 서남부 지역 창세여신의 계보: '여신의 길'을 찾아, 『中國語文學論集』, 第89號, 서울, 中國語文學硏究會, 2014年 12月
김선희	『說文解字』에 수록된 古代農耕文化 관련 文字硏究, 건국대 대학원 석사 논문, 2013
김선희	'(是)……的₂'구문 중 '的₂'의 문법 기능 및 상황 맥락 지도에 대한 연구, 『中語中文學』, 第57輯, 서울, 韓國中語中文學會, 2014年 4月
김성은	元稹・白居易 新樂府 特徵과 異質性 硏究, 제주대 대학원 석사 논문, 2013
김성자・이중희	중국 베이징시 교통・통신비의 소비구조 변화, 『中國學』, 第47輯, 부산, 大韓中國學會, 2014年 4月
金成翰	『海上花列傳』의 『紅樓夢』에 대한 模倣과 繼承, 『中國語文學論集』, 第88號, 서울, 中國語文學硏究會, 2014年 10月
김소영	민족 정체성의 상징적 전쟁터로서의 베일에 대하여-중국

	신강 위구르 자치구 카쉬가르의 위구르족에 관한 민족지적 연구, 서울대 대학원 석사 논문, 2013
김소정	임서의 번역과 중국적 수용:『巴黎茶花女遺事』를 중심으로, 『中國語文學』, 第65輯, 대구, 嶺南中國語文學會, 2014年 4月
김소정	수용과 번역: 청말 시기의 셰익스피어,『中國語文學』, 第66輯, 대구, 嶺南中國語文學會, 2014年 8月
김수경	2009개정교육과정에 따른 중학교『생활중국어』교과서의 '한자 쓰기' 학습요소 구현 양상 고찰,『中國語 敎育과 硏究』, 第20號, 서울, 韓國中國語敎育學會, 2014年 12月
김수경	드라마『견현전(甄嬛傳)』을 활용한 중고급 단계 현대중국어 학습자의 문언문(文言文)교육 방안 탐색,『中國語文論叢』, 第66輯, 서울, 中國語文硏究會, 2014年 12月
김수연	청말시기 신소설론의 미디어적 시각,『中國現代文學』, 第68號, 서울, 韓國中國現代文學學會, 2014年 3月
김수연	상상의 계몽과 '신소설' 독자,『中國現代文學』, 第70號, 서울, 韓國中國現代文學學會, 2014年 9月
김수연	『신보(申報)』: 근대적 에크리튀르의 성좌,『中國語文論叢』, 第66輯, 서울, 中國語文硏究會, 2014年 12月
金秀貞·金鉉哲	現代漢語"X就X"結構的構式義分析, 『中國語文學論集』, 第87號, 서울, 中國語文學硏究會, 2014年 8月
김수진	복수주제를 통한 老舍의 풍자희극「歸去來兮」읽기,『韓中言語文化硏究』, 第36輯, 서울, 韓國現代中國硏究會, 2014年 10月

김수현	명청 서적 삽화 연구의 의미와 과제, 『中國語文論叢』, 第64輯, 서울, 中國語文硏究會, 2014年 8月
金順珍	권정생과 황춘밍 동화 비교 연구, 『中國語文論譯叢刊』, 第34輯, 서울, 中國語文論譯學會, 2014年 1月
김순화	하서 김인후 한시의 『시경』 관련양상에 대한 고찰, 전남대 대학원 석사 논문, 2013
金勝心	玄宗 詩歌에 나타난 황제의 人品: 巡遊詩를 중심으로, 『中國文化硏究』, 第24輯, 서울, 中國文化硏究學會, 2014年 5月
金承賢	중국어 '太'와 한국어 '너무'의 대조연구, 『中國語文學論集』, 第85號, 서울, 中國語文學硏究會, 2014年 4月
김신주	西周 中期 金文 어휘와 이를 활용한 靑銅器 斷代 연구: 乖伯歸봉궤를 중심으로, 『中國言語硏究』, 第51輯, 서울, 韓國中國言語學會, 2014年 4月
김신주	西周 중기 金文 어휘와 이를 활용한 청동기 斷代 연구(續)-악侯鼎을 중심으로, 『中國文學硏究』, 第56輯, 서울, 韓國中文學會, 2014年 8月
金雅瑛	민국시기 중국어회화서의 시간표현 어휘 기능 고찰, 『中國語文學論集』, 第84號, 서울, 中國語文學硏究會, 2014年 2月
金雅瑛·朴在淵	洌雲文庫『中華正音』의 장면·대화 분석 연구, 『中國語文學論集』, 第88號, 서울, 中國語文學硏究會, 2014年 10月
김양수	허우샤오셴의 『카페 뤼미에르』: 혼종과 장소의 서사, 『中國文學硏究』, 第55輯, 서울, 韓國中文學會, 2014年 5月

김양수   유진오의 '상해의 기억'과 사라져버린 '인터내셔널'의 노래, 『中國現代文學』, 第69號, 서울, 韓國中國現代文學學會, 2014年 6月

金愛英   佛經音義에 引用된『通俗文』考察,『中國語文學論集』, 第86號, 서울, 中國語文學硏究會, 2014年 6月

金愛英 · 張東烈   異文結合 異體字 硏究:『奇字彙』를 중심으로,『中國語文學論集』, 第88號, 서울, 中國語文學硏究會, 2014年 10月

金亮鎭 · 余彩麗   『朴通事』內 難解 漢語의 어휘사적 연구,『中國言語研究』, 第52輯, 서울, 韓國中國言語學會, 2014年 6月

김연주   蘇軾의 문학텍스트를 통한 회화예술론 연구 ,『中國文化研究』, 第25輯, 서울, 中國文化研究學會, 2014年 8月

金硏珠 · 朴明仙   王維 繪畫에 대한 비평적 텍스트 연구,『中國學論叢』, 第42輯, 大田, 韓國中國文化學會, 2014年 8月

金英明   我孤獨故我在: 從魯迅到高行健,『中國語文論譯叢刊』, 第34輯, 서울, 中國語文論譯學會, 2014年 1月

김영명 · 박재우   金山의 작품과 그 사상의식 변주 고찰,『中國文學』, 第78輯, 서울, 韓國中國語文學會, 2014年 2月

김영민   현대중국어 원형명사의 의미 기능 고찰: 술부 내 내재 논항에 위치한 원형명사를 중심으로,『中國語文論叢』, 第63輯, 서울, 中國語文研究會, 2014年 6月

김영식   『越絶書』 연구:『越絶書』의 성질과 소설적 요소 發現,『中國文學』, 第79輯, 서울, 韓國中國語文學會, 2014年 5月

김영실 · 최 건   把字句在韓國語中的相應表現及相關問題, 『中國言語研究』, 第54輯, 서울, 韓國中國言語學會, 2014年 10月

김영옥	『도주요몽기(陶冑妖夢記)』를 통해 본 꿈의 서사와 변용: 근대 지식인의 심리적 불안과 불교적 사유를 중심으로,『中國語文學』, 第65輯, 대구, 嶺南中國語文學會, 2014年 4月
김영철	混沌의 가장자리: 劉震雲 소설『壹句頂壹萬句』의 한 가지 독법,『中國語文學』, 第65輯, 대구, 嶺南中國語文學會, 2014年 4月
金永哲	淸代『佩文齋詠物詩選』과의 比較를 통해 照明한 朝鮮『古今詠物近體詩』의 獨自性,『中國語文學論集』, 第84號, 서울, 中國語文學硏究會, 2014年 2月
金英鉉	中國 殷商代 醫療文化特色 小考 : 甲骨文을 중심으로,『中國文化硏究』, 第25輯, 서울, 中國文化硏究學會, 2014年 8月
김 옥	중국 중간계층의 여가 현황,『韓中言語文化硏究』, 第35輯, 서울, 韓國現代中國硏究會, 2014年 6月
金容善	WTO 가입 이후 중국 자동차산업의 발전 추세와 우리의 대응 전략,『中國學論叢』, 第42輯, 大田, 韓國中國文化學會, 2014年 8月
김용운 · 김자은	自省과 批判 사이의 깊이 : 王家新의 詩를 논함,『中國學硏究』, 第67輯, 서울, 中國學硏究會, 2014年 3月
김용운 · 김자은	文化大革命 時期 小靳庄 集體創作 一瞥,『中國人文科學』, 第58輯, 광주, 中國人文學會, 2014年 12月
金元東	李流芳의 題畵 小品文의 特色:「西湖臥遊圖題跋」을 중심으로,『中國文學』, 第78輯, 서울, 韓國中國語文學會, 2014年 2月

김원희·이종무 사회전환기 신세대 의식에 관한 문화적 담론,『中國學』, 第48輯, 부산, 大韓中國學會, 2014年 8月

金原希·李美娜 三套韓國兒童漢語敎材詞匯考察分析,『中國語 敎育과 硏究』, 第20號, 서울, 韓國中國語敎育學會, 2014年 12月

김월회 'G2' 시대의 중국문학사 敎學,『中國文學』, 第78輯, 서울, 韓國中國語文學會, 2014年 2月

김윤경 "V+來/去(+O)" 이동 구문 연구,『中國言語硏究』, 第55輯, 서울, 韓國中國言語學會, 2014年 12月

김윤수 노동과 섹슈얼리티의 경계에 선 여성들: 1930년대 중국 "여급" 관련 담론 고찰,『中國語文論叢』, 第61輯, 서울, 中國語文硏究會, 2014年 2月

김윤수 1930년대 중국에서의 "건강미(健美)" 담론:『玲瓏(영롱)』(1931-1937)을 중심으로,『中國語文論叢』, 第65輯, 서울, 中國語文硏究會, 2014年 10月

김윤정 '願意'의 의미 및 품사 귀속에 대한 연구,『中國語 敎育과 硏究』, 第19號, 서울, 韓國中國語敎育學會, 2014年 6月

김윤정 동사구병렬구문의 관점에서 바라보는 중국어 전치사구의 속성,『中國學硏究』, 第69輯, 서울, 中國學硏究會, 2014年 8月

김윤태·예성호 '초국가주의 역동성'으로 본 재중 한국인 자녀교육 선택에 대한 연구: 상해지역을 중심으로,『中國學硏究』, 第68輯, 서울, 中國學硏究會, 2014年 6月

김은경 陸游의 蜀中詞에 나타난 心態 표현 특징,『中國語文學』, 第66輯, 대구, 嶺南中國語文學會, 2014年 8月

金恩柱	見端二系上古可通 : 兼論"孤獨鰥寡"同源,『中國人文科學』, 第56輯, 광주, 中國人文學會, 2014年 4月
金垠希	莫言의『탄샹싱(檀香刑)』연구,『中國文學』, 第79輯, 서울, 韓國中國語文學會, 2014年 5月
김은희	20세기 前半의 중국 여성작가의 賢母良妻論: 陳衡哲과 氷心을 중심으로,『中國語文學』, 第66輯, 대구, 嶺南中國語文學會, 2014年 8月
金殷嬉	신중국 성립 초기(1950년대) 문맹퇴치운동의 역사적 고찰,『中國語文學論集』, 第86號, 서울, 中國語文學硏究會, 2014年 6月
김의정	명말 청초 시인 고약박(顧若璞)의 생애와 시세계,『中國語文學志』, 第46輯, 서울, 中國語文學會, 2014年 4月
金宜貞	명말 여성 여행 기록의 두 좌표 :『東歸記事』와『黔塗略』,『中國語文學論集』, 第87號, 서울, 中國語文學硏究會, 2014年 8月
김의정	뒤바뀐 성별, 새로 쓰는 전통: 황원개(黃媛介) 시 읽기,『中國語文學志』, 第48輯, 서울, 中國語文學會, 2014年 9月
김인호	宋玉의 생애와 행적 고찰,『中國文學』, 第78輯, 서울, 韓國中國語文學會, 2014年 2月
김인호	楚辭의 범위와 의미 고찰,『中國文學』, 第80輯, 서울, 韓國中國語文學會, 2014年 8月
金日權・張進凱	現代漢語名詞性補語構式硏究,『中國學論叢』, 第42輯, 大田, 韓國中國文化學會, 2014年 8月
김자은・김용운	自省과 批判 사이의 깊이 : 王家新의 詩를 논함,『中國學

研究』, 第67輯, 서울, 中國學研究會, 2014年 3月

김자은 　　　『詩刊』을 통해 본 21세기 중국의 캠페인 詩歌, 『中國人文科學』, 第56輯, 광주, 中國人文學會, 2014年 4月

김자은 · 김용운 　文化大革命 時期 小靳庄 集體創作 一瞥, 『中國人文科學』, 第58輯, 광주, 中國人文學會, 2014年 12月

金宰民 　　　『新刻繡像批評金瓶梅』挿圖研究, 『中國語文學論集』, 第88號, 서울, 中國語文學研究會, 2014年 10月

김재욱 　　　이범석(李範奭)을 모델로 한 백화문 작품의 한국어 번역본, 『中國語文學志』, 第48輯, 서울, 中國語文學會, 2014年 9月

金正男 　　　從古文字構形看戰國儒家經典解釋學的面貌: 以淸華簡『書』類文獻爲例, 『中國語文學論集』, 第87號, 서울, 中國語文學研究會, 2014年 8月

김정욱 　　　『송가황조(宋家皇朝)』를 읽는 어떤 한 장의 지도(上), 『中國人文科學』, 第58輯, 광주, 中國人文學會, 2014年 12月

김정은 　　　중등학교 중국어 교과서 선정을 위한 평가기준 개발 연구, 『中國學研究』, 第67輯, 서울, 中國學研究會, 2014年 3月

金廷恩 　　　고등학교 중국어 교과서에 반영된 읽기 교육에 대한 고찰, 『中國語文學論集』, 第85號, 서울, 中國語文學研究會, 2014年 4月

김정필 　　　한중 역순대역어 伴隨와 隨件의 의미상관성 분석, 『中國學』, 第49輯, 부산, 大韓中國學會, 2014年 12月

김정훈 　　　中國人 醫療觀光 誘致活性化 方案 研究, 『中國人文科學』, 第57輯, 광주, 中國人文學會, 2014年 8月

金貞熙·呂亭淵　李白「古風」五十九首 譯解(6): 제37수에서 제44수까지,『中國文化研究』, 第24輯, 서울, 中國文化研究學會, 2014年 5月

金鐘斗·謝術福　論中國文人畵的筆墨精神與時代危機,『中國學』, 第48輯, 부산, 大韓中國學會, 2014年 8月

김종석　이예(李銳) 중편소설『운하풍(運河風)』론: 1960년대 초, 중기 학교 교육을 중심으로,『中國語文論叢』, 第66輯, 서울, 中國語文研究會, 2014年 12月

김종찬　"動/形+於"結構新解,『中國語文學志』, 第47輯, 서울, 中國語文學會, 2014年 6月

김종찬　雙音節動詞(於)+賓語"探析: 以"擅長(於)+賓語"爲例,『中國言語研究』, 第53輯, 서울, 韓國中國言語學會, 2014年 8月

김종찬　"基於"介詞說商榷,『韓中言語文化研究』, 第36輯, 서울, 韓國現代中國研究會, 2014年 10月

金鐘讚·彭吉軍　關於"像"表示"相同或有共同點"的動詞說商榷,『中國學研究』, 第70輯, 서울, 中國學研究會, 2014年 11月

金鐘讚　"動詞+在"結構新論,『中語中文學』, 第59輯, 서울, 韓國中語中文學會, 2014年 12月

金琮鎬·黃後男　現代漢語"在＋NP＋V"與"V＋在＋NP"的"NP"義比較,『中國語文論譯叢刊』, 第34輯, 서울, 中國語文論譯學會, 2014年 1月

김종호·전원홍　與漢語賓語對應的韓語形式研究-以韓語狀態形式爲中心,『中國文學研究』, 第54輯, 서울, 韓國中文學會, 2014年 2月

김주회　'一起'와 '在一起'의 비교 분석, 창원대 대학원 석사 논문,

2013

김준석   阮籍 정치태도의 再照明: 司馬氏와의 관계를 중심으로, 『中國語文學志』, 第47輯, 서울, 中國語文學會, 2014年 6月

김준연·이지민   趙孟頫 題畵詩의 감각적 표현 연구, 『中國語文論叢』, 第64輯, 서울, 中國語文研究會, 2014年 8月

김중섭   20세기초 중국 지식인의 일본 한자번역어 수용에 대한 논쟁, 『中國學研究』, 第68輯, 서울, 中國學研究會, 2014年 6月

김지선   明代女性散曲에 대한 試論, 『中國語文學志』, 第46輯, 서울, 中國語文學會, 2014年 4月

김지선   明代異域圖에 대한 研究: 『三才圖會』와 『萬寶全書』를 중심으로, 『中國語文論叢』, 第66輯, 서울, 中國語文研究會, 2014年 12月

김지영   조선 이수광과 청대 趙翼의 한유 詩觀 비교 연구, 『中國語文學志』, 第48輯, 서울, 中國語文學會, 2014年 9月

김지정   周作人에게 민속은 무엇이었을까?, 『中國語文學志』, 第48輯, 서울, 中國語文學會, 2014年 9月

김지현   『西遊記』의 수용양상과 문학적 보편성, 고려대 대학원 석사 논문, 2013

김지현   사 번역과 우리말 율격, 『中國文學』, 第81輯, 서울, 韓國中國語文學會, 2014年 11月

김진호   竝列式 同素異序 成語의 奇字·偶字 結合方式, 『中國文化研究』, 第26輯, 서울, 中國文化研究學會, 2014年 11月

김진희   淺析韓中隱喩性慣用語投射的文化共性和差異, 『中國人

	文科學』, 第57輯, 광주, 中國人文學會, 2014年 8月
金眞姬	中韓兩國慣用語對比研究其慣用語敎學方案,『中國語 敎育과 硏究』, 第20號, 서울, 韓國中國語敎育學會, 2014年 12月
金眞姬	淺談現代漢語中"ABB"類狀態形容詞的結構與意義特徵, 『中國人文科學』, 第58輯, 광주, 中國人文學會, 2014年 12月
金昌慶·賀 瑩	中韓日廣電行業國際競爭力比較分析及對策硏究: 以一般化雙重鉆石模型爲中心,『中國學』, 第47輯, 부산, 大韓中國學會, 2014年 4月
金昌慶·趙立新	歷史的曖昧: 依舊存續的中朝同盟?,『中國學』, 第49輯, 부산, 大韓中國學會, 2014年 12月
김춘월	낙선재본『홍루몽』의 중국어 어휘 차용에 대한 연구, 한국학중앙연구원 한국학대학원 석사 논문, 2013
金泰慶	조선시대 자료를 통한 중국어 성조의 운미 기원설 고찰, 『中國語文學論集』, 第87號, 서울, 中國語文學硏究會, 2014年 8月
金泰慶	상고 중국어 음운현상에서 본 한국어 어원,『中國語文學論集』, 第89號, 서울, 中國語文學硏究會, 2014年 12月
김태연	시인 하이즈(海子)의 정전화,『中國文學』, 第80輯, 서울, 韓國中國語文學會, 2014年 8月
김태연	중국 新時期의 문학상 제도,『中國現代文學』, 第70號, 서울, 韓國中國現代文學學會, 2014年 9月
김태용	두광정의 도교노학 연구,『中國學研究』, 第67輯, 서울, 中國學研究會, 2014年 3月

김하종	고문자에 반영된 용(龍)의 원형(原型)고찰,『中國語文學志』, 第46輯, 서울, 中國語文學會, 2014年 4月
金海明	白居易 樂詩의 '聲情' 연구,『中國語文學論集』, 第87號, 서울, 中國語文學硏究會, 2014年 8月
김현우	梁啓超와 朴殷植의 '新民說'과 '大同思想'에 관한 연구-'個人', '國家', '文化'의 재정립을 중심으로, 성균관대 대학원 박사 논문, 2013
김현주	현대중국어 "很"과 "真"의 화용,인지적 특징 연구,『中國語文學志』, 第46輯, 서울, 中國語文學會, 2014年 4月
김현주	南朝民歌 '西曲'의 愛情主題 硏究,『韓中言語文化硏究』, 第35輯, 서울, 韓國現代中國硏究會, 2014年 6月
김현주	현대중국어 "就要", "快要"와 시간어휘의 공기 관계 연구,『中國言語硏究』, 第54輯, 서울, 韓國中國言語學會, 2014年 10月
金鉉哲·湯 洪	'지나(支那)' 어원 연구 총술 : 17세기 이후를 중심으로,『中國語文學論集』, 第84號, 서울, 中國語文學硏究會, 2014年 2月
金鉉哲·趙 吉	形容詞做補語的VA動結式考察,『中國語文學論集』, 第85號, 서울, 中國語文學硏究會, 2014年 4月
金鉉哲·成耆恩	현대중국어 전용동량사 '番'의 주관성 분석,『中國語文學論集』, 第86號, 서울, 中國語文學硏究會, 2014年 6月
金鉉哲·金秀貞	現代漢語"X就X"結構的構式義分析,『中國語文學論集』, 第87號, 서울, 中國語文學硏究會, 2014年 8月
金鉉哲·袁 紅	현대중국어 'VP/AP+死+了' 구문 연구,『中國語文學論集』,

	第89號, 서울, 中國語文學硏究會, 2014年 12月
金炫兌·陳世昌	中國 地名 改名 要因의 通時的 考察, 『中國學』, 第48輯, 부산, 大韓中國學會, 2014年 8月
金炫兌·安炫珠	영화 "人在囧途"의 교육용 대사 분석 및 교학적 활용, 『中國學論叢』, 第42輯, 大田, 韓國中國文化學會, 2014年 8月
김형근	중국 문화산업이 국내 경제에 미치는 영향 분석에 관한 연구, 『中國學』, 第48輯, 부산, 大韓中國學會, 2014年 8月
김혜경	松齡科擧生涯考, 『中國語文學志』, 第46輯, 서울, 中國語文學會, 2014年 4月
김혜경	현대중국어 "有+NP+VP" 구문에 관한 소고, 『中國語文論叢』, 第62輯, 서울, 中國語文硏究會, 2014年 4月
김혜영	章黃 학파의 언어연구 초탐, 『中國語文學』, 第67輯, 대구, 嶺南中國語文學會, 2014年 12月
김혜정	明堂의 由來와 風水地理的 意味, 『韓中言語文化硏究』, 第35輯, 서울, 韓國現代中國硏究會, 2014年 6月
金紅梅	준관용구(類固定短語)'可A可B'에 관한 고찰, 『中國語文學論集』, 第85號, 서울, 中國語文學硏究會, 2014年 4月
김홍실	"沒有VP之前"과 "VP之前"에 대한 비교 연구: 한국어 "~기 전(前)"과 대응하여, 『中國言語硏究』, 第53輯, 서울, 韓國中國言語學會, 2014年 8月
김홍월	최정희와 장아이링의 여성의식 비교 연구: 초기 단편소설을 중심으로 , 『中國人文科學』, 第57輯, 광주, 中國人文學會, 2014年 8月
金華珍	만청 고문 선집의 변천과 문화·교육적 함의, 『中國語文

김화진	學論集』, 第84號, 서울, 中國語文學研究會, 2014年 2月 근대시기 동성파 고문의 변화 양상: 만청 해외유기문을 중심으로,『中國語文論叢』, 第63輯, 서울, 中國語文研究會, 2014年 6月
金華珍	吳汝綸『東遊叢錄』에 나타난 고문글쓰기의 근대적 변이 양상,『中國語文學論集』, 第88號, 서울, 中國語文學研究會, 2014年 10月
金曉民	『西廂記演義』와『演譯西廂記』: 자료적 특징, 관계 및 비교를 중심으로,『中國小說論叢』, 第44輯, 서울, 韓國中國小說學會, 2014年 12月
김희경	漢代 四言詩 初探,『中國人文科學』, 第57輯, 광주, 中國人文學會, 2014年 8月
김희성	曾國藩의 序跋類 古文 초탐,『中國人文科學』, 第58輯, 광주, 中國人文學會, 2014年 12月
김희숙	문혁시기 베이징에서의 사생관계를 통해서 본 인적네트워크 파괴, 성신여대 대학원 석사 논문, 2013
나도원	『자전석요』의 "질병" 어휘 연구,『中國言語研究』, 第55輯, 서울, 韓國中國言語學會, 2014年 12月
나도원	한국자전의 한자수용과 정리:『자전석요』心부를 중심으로,『中國學』, 第49輯, 부산, 大韓中國學會, 2014年 12月
나민구	후진타오(胡錦濤) 연설텍스트의 수사학적 분석: '중국 세계무역기구(WTO) 가입 10주년 고위층 포럼' 연설문을 중심으로,『韓中言語文化研究』, 第34輯, 서울, 韓國現代中國研究會, 2014年 2月

羅敏球 · 王翡翠	韓劇『來自星星的你』的修辭格分析,『中國學研究』, 第70 輯, 서울, 中國學研究會, 2014年 11月
나민구 · 이지은	중국 지도자 연설 텍스트의 수사학적 분석: 후진타오(胡錦 濤) 2013년 신년연설을 중심으로,『中國學報』, 第70輯, 서울, 韓國中國學會, 2014年 12月
나선희	중국변경 서사시 게사르왕전의 토대: 판본과 불교,『中國 文學』, 第78輯, 서울, 韓國中國語文學會, 2014年 2月
나은숙 · 변은주 · 손민정	2009 총론 개정에 따른 중국어 교육과정 의사소 통 기본 표현의 현장 적합성 고찰,『中國言語研究』, 第54 輯, 서울, 韓國中國言語學會, 2014年 10月
羅海燕 · 林承坯	劉因之學與元代北方文派的生成,『中國人文科學』, 第58 輯, 광주, 中國人文學會, 2014年 12月
駱鍾煉	溫州話"V+着"式中"着"的功能与來源,『中國人文科學』, 第56輯, 광주, 中國人文學會, 2014年 4月
南基琬	試論中國文字改革: 以漢語拼音文字爲中心,『中國學論叢』, 第41輯, 大田, 韓國中國文化學會, 2014年 4月
南基琬	談六書說到三書說的轉化蛻變,『中國學論叢』, 第42輯, 大田, 韓國中國文化學會, 2014年 8月
남덕현	문학적 형상화 이전 시대의 關羽 형상,『中國學』, 第47輯, 부산, 大韓中國學會, 2014年 4月
남수중 · 오대원	중국도시상업은행 효율성 분석을 이용한 한중 금융협력 전략분석: 동북아 국제금융질서 변화의 시사점을 중심으 로,『中國學研究』, 第68輯, 서울, 中國學研究會, 2014年 6月

남종진	한유의 비지문에 대한 후대 문인의 논평, 『中國文學硏究』, 第55輯, 서울, 韓國中文學會, 2014年 5月
남종진	唐詩에 나타난 宮中 宴樂 十部伎의 양상, 『中國學報』, 第69輯, 서울, 韓國中國學會, 2014年 6月
남청영	한국·대만 한자어 비교 연구, 고려대 대학원 석사 논문, 2013
남희정	계몽의 딜레마: 점령시기 왕퉁자오(王統照)의 심리구조와 창작, 『中國語文論叢』, 第65輯, 서울, 中國語文硏究會, 2014年 10月
蠟關尿	近二十多年來韓國學者在中國發表的漢語音韻學論著述評, 『中國人文科學』, 第56輯, 광주, 中國人文學會, 2014年 4月
노경희	"淸新庾開府"小考: 庾信詩 風格論, 『中國語文學』, 第67輯, 대구, 嶺南中國語文學會, 2014年 12月
盧相峰	『六祖法寶壇經諺解』에 나타난 漢字音 硏究-『東國正韻』과 비교를 통하여, 제주대 대학원 박사 논문, 2013
노우정	인간 도연명을 바라보는 새로운 시선-화가 석도(石濤)의 『도연명시의책(陶淵明詩意冊)』을 중심으로, 『中國文學』, 第78輯, 서울, 韓國中國語文學會, 2014年 2月
노우정	韓國漢詩에서의 「歸去來兮辭」의 형식적 변용: 「歸去來兮辭」를 바라보는 새로운 시선들, 『韓中言語文化硏究』, 第34輯, 서울, 韓國現代中國硏究會, 2014年 2月
노우정	생태, 생명 그리고 상상력: 도연명 문학 다시 읽기, 『中國語文學志』, 第47輯, 서울, 中國語文學會, 2014年 6月

노우정	중국 陶淵明圖에서의 도연명의 형상과 형상화의 시각: "술"이 등장한 인물화를 중심으로, 『中國語文學志』, 第48輯, 서울, 中國語文學會, 2014年 12月
노정은	샤오홍의 『호란하 이야기』에 나타난 새로운 서사, 양식의 재구성, 『中國文化研究』, 第25輯, 서울, 中國文化研究學會, 2014年 8月
노혜정	韓國漢字音與古漢語方言之間的關系: 來自計量化親緣分群的證據, 『中國言語研究』, 第51輯, 서울, 韓國中國言語學會, 2014年 4月
樓俊鵬	한·중 포스터에 나타난 비주얼 펀 비교분석, 강남대 대학원 석사 논문, 2013
段麗勇	중국어 수사성어의 구조와 의미 연구, 충북대 대학원 석사 논문, 2013
唐潤熙	明代의 古文과 時文에 대한 一考: 唐宋八大家 古文選集을 중심으로, 『中國語文論譯叢刊』, 第35輯, 서울, 中國語文論譯學會, 2014年 7月
戴 恒	臺灣華語詞彙形式上異質化現象研究: 以閩南語與日語爲中心, 『中國學』, 第49輯, 부산, 大韓中國學會, 2014年 12月
대위홍	伐閱之源流與演變: 以出土資料爲中心, 『中國學報』, 第70輯, 서울, 韓國中國學會, 2014年 12月
都惠淑	希麟『續一切經音義』와 脣音 분화 현상 연구, 『中國語文論譯叢刊』, 第35輯, 서울, 中國語文論譯學會, 2014年 7月
도혜숙	希麟『續一切經音義』 반절 표기 체제 연구, 『中國言語研究』, 第54輯, 서울, 韓國中國言語學會, 2014年 10月

도혜숙	劉逢祿 古音 26部『詩經』韻譜 재구, 『中國學論叢』, 第43輯, 大田, 韓國中國文化學會, 2014年 12月
董 强·芮束根	堅持民族區域自治? 還是另尋中他方?: 對中國民族政策的重新審視, 『中國學』, 第49輯, 부산, 大韓中國學會, 2014年 12月
佟麗生	『弟子規』의 교육적 가치: 현 중국에서의 교육적 활용을 중심으로, 『韓中言語文化研究』, 第36輯, 서울, 韓國現代中國研究會, 2014年 10月
등문기	허난설헌과 이청조의 규원시 비교 연구, 대구대 대학원 석사 논문, 2013
라희연·임승배	張炎與宋元之際的詞壇格局, 『中國語文論叢』, 第64輯, 서울, 中國語文研究會, 2014年 8月
류 만	"疲倦"義形容詞的曆時演變, 『中國語文學』, 第66輯, 대구, 嶺南中國語文學會, 2014年 8月
柳江夏	司馬遷과 屈原을 통해 본 사회적 생명의 지속과 단절, 『中國語文學論集』, 第84號, 서울, 中國語文學研究會, 2014年 2月
류기수	陳與義詞가 朝鮮의 詞와 詩에 미친 影響, 『中國學研究』, 第70輯, 서울, 中國學研究會, 2014年 11月
류동춘	韓中人文交流的歷史與課題, 『韓中言語文化研究』, 第34輯, 서울, 韓國現代中國研究會, 2014年 2月
류동춘	갑골문 十祀 '正人方' 복사 획정 방법 연구, 『韓中言語文化研究』, 第35輯, 서울, 韓國現代中國研究會, 2014年 6月
류영하	'소수'로서의 홍콩인, 『中國現代文學』, 第71號, 서울, 韓

國中國現代文學學會, 2014年 12月

柳在元·金美順　대학수학능력시험 '중국어Ⅰ'의 평가 타당도에 관한 연구: 어휘를 중심으로, 『中國語文學論集』, 第87號, 서울, 中國語文學硏究會, 2014年 8月

류재윤　文言文에서 介詞 '以'를 使用한 句文의 類型 및 '以'句文의 解法 硏究, 『中國人文科學』, 第58輯, 광주, 中國人文學會, 2014年 12月

류준방·한용수　韓漢外來語同義現象及語義變化對比?究, 『中國語文論叢』, 第66輯, 서울, 中國語文硏究會, 2014年 12月

柳昌辰·丁海里　林紓의 번역 사상 小考, 『中國人文科學』, 第56輯, 광주, 中國人文學會, 2014年 4月

柳昌辰　再現·變形·再解釋: '萬寶山 사건' 제재 韓·中·日 소설의 문학적 분화 연구, 『中國人文科學』, 第58輯, 광주, 中國人文學會, 2014年 12月

리　리　賈平凹『廢都』與『秦腔』硏究-以改革開放轉型期社會問題爲中心, 전북대 교육대학원 석사 논문, 2013

麥　耘 저·廉載雄 역　한어역사음운학의 영역으로 진입하고 있는 한장어비교연구(上), 『中國語文論譯叢刊』, 第35輯, 서울, 中國語文論譯學會, 2014年 7月

孟　維　張愛玲中後期小說創作特徵硏究, 영남대 대학원 박사 논문, 2013

맹주억·Qi MingMing　新HSK口試(高級)命題的內容效度分析與敎學啓示, 『中國言語硏究』, 第50輯, 서울, 韓國中國言語學會, 2014年 2月

孟柱億·郭興燕　　"很難+V/Vp"在韓語中的對應形式及教學建議, 『中國語教育과 研究』, 第19號, 서울, 韓國中國語敎育學會, 2014年 6月

孟柱億·郭興燕　　很難+V/Vp"與"V/Vp+很難"對比研究, 『中國學研究』, 第69輯, 서울, 中國學研究會, 2014年 8月

맹주억　　한중 '눈/眼'의 다의구조 대조연구, 『韓中言語文化研究』, 第36輯, 서울, 韓國現代中國研究會, 2014年 10月

맹춘영　　한국인 중국어 학습자의 "把" 오류문에 나타나는 모국어 부정전이 현상 고찰, 『中國語文學志』, 第48輯, 서울, 中國語文學會, 2014年 9月

명혜정　　『可洪音義』 說解의 "應和尚以某替之, 非也" 고찰, 『中國言語研究』, 第52輯, 서울, 韓國中國言語學會, 2014年 6月

모정열　　이중방언 지역에서 나타날 수 있는 두 가지 음운현상: 湘南土話와 粤北土話의 예를 중심으로, 『中國學報』, 第69輯, 서울, 韓國中國學會, 2014年 6月

모정열　　漢語方言 중 韻攝에 따른 入聲 성조의 분화 현상 고찰: 桂北平話를 중심으로, 『中國言語研究』, 第53輯, 서울, 韓國中國言語學會, 2014年 8月

모정열　　江淮官話 [-l] 入聲韻尾 고찰, 『中國言語研究』, 第54輯, 서울, 韓國中國言語學會, 2014年 10月

모정열　　漢語方言兒化(兒尾) 중 "兒"音의 발전 과정에 대한 소고小考, 『中國學報』, 第70輯, 서울, 韓國中國學會, 2014年 12月

문대일　　『서유기(西遊記)』의 한국 문화콘텐츠적 확장과 변용양상 연구, 『韓中言語文化研究』, 第34輯, 서울, 韓國現代中國

研究會, 2014年 2月

文大一·李嘉英　新世紀中國當代文學在韓國的接受與反響 : 以莫言、曹
文軒爲中心,『中國文化研究』, 第24輯, 서울, 中國文化研
究學會, 2014年 5月

문대일　한중 정치소설의 발전양상에 대한 일고찰,『中國學研究』,
第68輯, 서울, 中國學研究會, 2014年 6月

문대일　옌롄커의『정장몽(丁莊夢)』를 읽는 몇 가지 독해법,『中
國語文論叢』, 第66輯, 서울, 中國語文研究會, 2014年 12月

문려화　金澤榮的列女傳及其女性意識研究,『韓中言語文化研究』,
第34輯, 서울, 韓國現代中國研究會, 2014年 2月

문미진　『古先君臣圖鑑』研究,『中國學研究』, 第68輯, 서울, 中
國學研究會, 2014年 6月

文炳淳　古文字에 보이는 '寵 字 및 關聯 字形 분석,『中國語文論
譯叢刊』, 第34輯, 서울, 中國語文論譯學會, 2014年 1月

문수정·문준혜·신원철·안소민·염정삼　한국의 중국문자학계 연구 동
향 탐구,『中國語文學志』, 第48輯, 서울, 中國語文學會,
2014年 12月

문승용　고대 중국에 있어서 修辭意識의 형성과 발전 그리고 자연
물의 상관 관계 고찰,『韓中言語文化研究』, 第35輯, 서울,
韓國現代中國研究會, 2014年 6月

文有美　현대중국어 주어절과 목적어절 특징 비교,『中國語文學論
集』, 第84號, 서울, 中國語文學研究會, 2014年 2月

문유미　인지언어학 이론을 적용한 중국어 교육 연구현황 고찰,『
中國語 教育과 研究』, 第19號, 서울, 韓國中國語教育學

會, 2014年 6月

文有美 　현대중국어 주제절의 화용적 특징 고찰, 『中國語文學論集』, 第87號, 서울, 中國語文學研究會, 2014年 8月

문유미 　중국어법과 한문문법 '빈어'의 외연과 내포 : 중학교 한문과 한문지식영역의 빈어 설정문제를 중심으로, 『中國語教育과 研究』, 第20號, 서울, 韓國中國語教育學會, 2014年 12月

문유미 　현대중국어 주어, 목적어 위치에 출현하는 "N+的+V" 연구, 『中國言語研究』, 第55輯, 서울, 韓國中國言語學會, 2014年 12月

문정진 　욕망, 기괴함, 그리고 "氣韻生動": 陳洪綬와 「水滸葉子」를 중심으로, 『中國語文論叢』, 第63輯, 서울, 中國語文研究會, 2014年 6月

문준혜·문수정·신원철·안소민·염정삼 　한국의 중국문자학계 연구 동향 탐구, 『中國語文學志』, 第48輯, 서울, 中國語文學會, 2014年 12月

문지성 　中國 客家家屋의 구조와 인문특징, 『中國學論叢』, 第43輯, 大田, 韓國中國文化學會, 2014年 12月

文哲珠 　在中韓國企業在中國內需市場經營成果的實證研究, 『中國學論叢』, 第41輯, 大田, 韓國中國文化學會, 2014年 4月

文炫善 　장르로서의 기환(奇幻), 용어의 개념정립을 위한 시론(試論), 『中國小說論叢』, 第42輯, 서울, 韓國中國小說學會, 2014年 4月

文亨鎭 　중국의 확장전략과 조선족사 서술, 『中國學論叢』, 第41

	輯, 大田, 韓國中國文化學會, 2014年 4月
문혜정	司馬遷 '富' 의식의 현대적 수용:『史記』「貨殖列傳」을 중심으로,『中國人文科學』, 第56輯, 광주, 中國人文學會, 2014年 4月
문혜정	문예 창작시의 몰입-'情景交融'의 특징과 효과,『中國人文科學』, 第58輯, 광주, 中國人文學會, 2014年 12月
閔庚旭	朝鮮活字本『三國志通俗演義』에 대한 文獻校勘 연구,『中國小說論叢』, 第42輯, 서울, 韓國中國小說學會, 2014年 4月
閔庚旭	學術史의 관점에서 본 余英時의 陳寅恪 晩年詩文 解釋의 意義,『中國文學』, 第79輯, 서울, 韓國中國語文學會, 2014年 5月
閔寬東	『酉陽雜俎』의 국내 유입과 수용,『中國語文論譯叢刊』, 第34輯, 서울, 中國語文論譯學會, 2014年 1月
閔寬東	『西漢演義』와『楚漢演義』 硏究:『서한연의』와『초한연의』의 실체 규명을 중심으로,『中語中文學』, 第57輯, 서울, 韓國中語中文學會, 2014年 4月
閔寬東·劉承炫	『珍珠塔』의 서지·서사와 번역양상 : 한국학중앙연구원 소장 56회본을 중심으로,『中國小說論叢』, 第42輯, 서울, 韓國中國小說學會, 2014年 4月
閔寬東	『三國志演義』의 國內 流入과 出版 : 조선 출판본을 중심으로,『中國文化硏究』, 第24輯, 서울, 中國文化硏究學會, 2014年 5月
閔載泓	겸어문의 형성과 겸어문 변별을 위한 어법 기제,『中國語

文學論集』, 第84號, 서울, 中國語文學硏究會, 2014年 2月

박 석　　　先秦儒家의 愼獨의 수양론적 의미,『中國文學』, 第78輯, 서울, 韓國中國語文學會, 2014年 2月

朴建榮　　　"V不V得C" 가능보어 의문문의 구조 분석,『中國語文學論集』, 第84號, 서울, 中國語文學硏究會, 2014年 2月

朴健希·吳錦姬　　漢韓空間維度詞'深'與'깊다'的認知語義對比,『中國學論叢』, 第41輯, 大田, 韓國中國文化學會, 2014年 4月

朴璟實　　　葉適 散文에 나타난 敎育觀 연구,『中國小說論叢』, 第42輯, 서울, 韓國中國小說學會, 2014年 4月

朴敬姬　　　『세설신어』에 나타난 팬덤 현상,『中國語文學論集』, 第84號, 서울, 中國語文學硏究會, 2014年 2月

朴桂花　　　明末 福建 建陽지역의 公案小說集 출판과 법률문화: 余象斗의 공안소설집 출판을 중심으로,『中國小說論叢』, 第42輯, 서울, 韓國中國小說學會, 2014年 4月

朴奎貞　　　對上古音"C+L"復聲母的優選論分析,『中國學』, 第49輯, 부산, 大韓中國學會, 2014年 12月

朴蘭英　　　『婦女雜誌』를 통해 본 20세기 초 중국여성 : 사적 영역과 공적 영역 사이에서,『中國小說論叢』, 第43輯, 서울, 韓國中國小說學會, 2014年 8月

박남용　　　옌거링(嚴歌笭)의 소설『진링의 13 소녀(金陵十三釵)』속에 나타난 역사의 기억과 하위주체 연구,『韓中言語文化硏究』, 第34輯, 서울, 韓國現代中國硏究會, 2014年 2月

박노종　　　조선족 연극『삼노인(三老人)』의 민족적 양식 고찰,『中國學』, 第49輯, 부산, 大韓中國學會, 2014年 12月

박다래	"一+(양사)+NP" 주어의 한정성 고찰: 현저성과 확인가능성을 중심으로,『中國語文論叢』, 第65輯, 서울, 中國語文硏究會, 2014年 10月
朴德俊	副詞近義詞 本來, 原本, 元來 硏究,『中國文學』, 第78輯, 서울, 韓國中國語文學會, 2014年 2月
朴馬利阿	呂洞賓 애정고사를 통해 본 '황금 꽃'의 의미:「三戲白牧丹」과「八仙得道傳」중의 煉性 서사와 낭만주의의 상관성을 중심으로,『中國小說論叢』, 第43輯, 서울, 韓國中國小說學會, 2014年 8月
朴明仙·金硏珠	王維 繪畫에 대한 비평적 텍스트 연구,『中國學論叢』, 第42輯, 大田, 韓國中國文化學會, 2014年 8月
朴柄仙·朴智淑·朴庸鎭	『中國言語文字說略』註解,『中國語文論譯叢刊』, 第34輯, 서울, 中國語文論譯學會, 2014年 1月
朴炳仙·蘇向麗	"詞價"(Lexical Value)及其在對外漢語學習詞典中的應用,『中國語文學論集』, 第89號, 서울, 中國語文學硏究會, 2014年 12月
朴炳仙·安槿玲	針對韓國留學生關聯詞語"寧可"的偏誤分析及對外漢語敎學建議,『中國人文科學』, 第58輯, 광주, 中國人文學會, 2014年 12月
朴福在·趙遠一	荀子의 經世思想 硏究,『中國學論叢』, 第41輯, 大田, 韓國中國文化學會, 2014年 4月
朴福在·朴錫强	韓·中·日 디지털재화 산업의 수출경쟁력 비교우위 분석,『中國學論叢』, 第42輯, 大田, 韓國中國文化學會, 2014年 8月

박상수 · 오연연	한 · 중 양국 대학생의 여가 소비행태에 대한 연구: 노래방 소비문화를 중심으로, 『中國學硏究』, 第68輯, 서울, 中國學硏究會, 2014年 6月
朴錫强 · 朴福在	韓 · 中 · 日 디지털재화 산업의 수출경쟁력 비교우위 분석, 『中國學論叢』, 第42輯, 大田, 韓國中國文化學會, 2014年 8月
박석홍	韓 · 中 漢字 共用 方案의 新모색: 한국 한자어 활용을 중심으로, 『韓中言語文化硏究』, 第34輯, 서울, 韓國現代中國硏究會, 2014年 2月
박석홍	甲骨文 '單'의 형체 기원 고찰, 『中國文學硏究』, 第57輯, 서울, 韓國中文學會, 2014年 11月
박석홍	簡化字書寫類推 오류 분석과 지도 중점 연구: 초급 중국어 학습자의 형체유추오류를 중심으로, 『中國語文論叢』, 第66輯, 서울, 中國語文硏究會, 2014年 12月
朴善姬	重複義副詞"再"與"다시"的對比分析, 『中國言語硏究』, 第52輯, 서울, 韓國中國言語學會, 2014年 6月
朴雪豪	중국진출 한국업체의 기업문화 수립전략, 『中國學論叢』, 第42輯, 大田, 韓國中國文化學會, 2014年 8月
박성진	漢代 『史記』의 傳播에 대한 고찰, 『中國文學硏究』, 第54輯, 서울, 韓國中文學會, 2014年 2月
박성진	『春秋』의 인용과 정치화 試論: 『鹽鐵論』을 중심으로, 『中國語文論叢』, 第61輯, 서울, 中國語文硏究會, 2014年 2月
박성하	현대중국어 양태조동사 '要'의 어법특성 분석: 주어와의 공

기 여부를 중심으로,『中國言語研究』, 第53輯, 서울, 韓國
中國言語學會, 2014年 8月

박성하   현대중국어 "就要"와 "快要"의 어법특성 비교,『中國言語
硏究』, 第55輯, 서울, 韓國中國言語學會, 2014年 12月

박소정   郁達夫「沈淪」연구-'自我' 서사를 중심으로, 경희대 교육
대학원 석사 논문, 2013

朴昭賢   팥배나무 아래의 재판관:『棠陰比事』를 통해 본 유교적
정의,『中國文學』, 第80輯, 서울, 中國語文學會, 2014年
8月

朴修珍   허저족 영웅 서사『이마칸 [伊瑪堪]에 나타난 영웅 형상,
『中國語文學論集』, 第89號, 서울, 中國語文學硏究會,
2014年 12月

박순철   『滄浪詩話』와『芝峯類説』의 唐詩批評 比較硏究: 李白과
杜甫에 대한 評論을 中心으로,『中國人文科學』, 第56輯,
광주, 中國人文學會, 2014年 4月

朴順哲·許 寧   韓·中文人關于山東登州咏史詩之比較硏究: 以中國明朝
年間爲中心,『中國人文科學』, 第57輯, 광주, 中國人文學
會, 2014年 8月

박순철   朱熹와 王夫之의『詩經』淫詩論 比較硏究,『中國人文科
學』, 第58輯, 광주, 中國人文學會, 2014年 12月

박승찬   중국 창업동태추적조사(PSED)를 통한 지역별 창업환경
분석: 8개 주요 도시를 중심으로,『中國學』, 第49輯, 부산,
大韓中國學會, 2014年 12月

박영록   蒙元 몽골어 公牘과 白話碑에 보이는 指書의 형식과 어투

	의 특징,『中國文學硏究』, 第55輯, 서울, 韓國中文學會, 2014年 5月
박영록	『嶺表錄異』 문헌 연구,『中國文學硏究』, 第56輯, 서울, 韓國中文學會, 2014年 8月
朴英順・黃靖惠	신세기 루쉰(魯迅) 논쟁 연구: 이데올로기 정전에서 문화 컨텍스트로,『中國語文學論集』, 第84號, 서울, 中國語文學硏究會, 2014年 2月
박영순	현대화 과정에서 나타난 저층담론과 지식생산: 다큐멘터리『鐵西區』를 중심으로,『韓中言語文化硏究』, 第34輯, 서울, 韓國現代中國硏究會, 2014年 2月
박영순	1950년대 TV다큐멘터리 속 상하이: "紀實賓道-紀錄片編輯室"의 네트워크와 문화적 함의,『中國語文論叢』, 第63輯, 서울, 中國語文硏究會, 2014年 6月
박영환	儒釋衝突與調和: 跨文化交流中的臺灣與韓國漢傳佛敎,『韓中言語文化硏究』, 第35輯, 서울, 韓國現代中國硏究會, 2014年 6月
박영희	『詩經』의 「야유사균(野有死麕)」속 고대 祭儀의 흔적과 읽기의 방향: 三禮와의 관련성을 중심으로,『中國語文學志』, 第48輯, 서울, 中國語文學會, 2014年 12月
朴英姬	중국어 교실 수업의 총괄평가 문항에 대한 문제점과 개선 방안: 학습 동기 부여를 중심으로,『中語中文學』, 第59輯, 서울, 韓國中語中文學會, 2014年 12月
朴庸鎭・朴柄仙・朴智淑	『中國言語文字說略』 註解,『中國語文論譯叢刊』, 第34輯, 서울, 中國語文論譯學會, 2014年 1月

朴庸鎭   現代漢語雙音節輕聲詞規律趨向,『中國語 敎育과 硏究』,
                第19號, 서울, 韓國中國語敎育學會, 2014年 6月

박원기   부사 "直"의 "間直" 의미 기능의 발전과 그 문법화,『中國
                語文論叢』, 第61輯, 서울, 中國語文硏究會, 2014年 2月

박원기   중고중국어 어기부사 "定"의 의미 분화와 문법화 과정,『中
                國語文論叢』, 第64輯, 서울, 中國語文硏究會, 2014年 8月

박유빈   "X然"의 허화 의미 분석,『中國語文論叢』, 第65輯, 서울,
                中國語文硏究會, 2014年 10月

박유빈   庾信에 대한 杜甫의 수용 小考: "感發"의 시각을 중심으로,
                『中國語文學』, 第67輯, 대구, 嶺南中國語文學會, 2014年
                12月

朴恩石 역·郭銳原 저   형용사 유형론과 중국어 형용사의 문법적 지위,『中
                國語文論譯叢刊』, 第35輯, 서울, 中國語文論譯學會,
                2014年 7月

朴恩淑   銜接理論在中韓語篇飜譯中的應用『中國學論叢』, 第41
                輯, 大田, 韓國中國文化學會, 2014年 4月

박웅석   대학 중국어 교재의 본문 텍스트와 삽화 간의 상호연관성
                에 대한 분석,『中國語 敎育과 硏究』, 第19號, 서울, 韓國
                中國語敎育學會, 2014年 6月

박인성   送僧詩를 통해 본 劉禹錫의 佛敎觀,『中國語文論叢』, 第
                62輯, 서울, 中國語文硏究會, 2014年 4月

박자영   '저층문학'의 공동체 상상: 曹征路의『那兒』을 중심으로,
                『中國現代文學』, 第71號, 서울, 韓國中國現代文學學會,
                2014年 12月

박재범·박정구   郁達夫의「沈淪」, 모방문학으로서의 양상과 의미: 佐藤春
夫의「田園の憂鬱」과의 對比를 중심으로, 『中語中文學』,
第59輯, 서울, 韓國中語中文學會, 2014年 12月

박재승   현대중국어 'V+個+A'의 구문의미 연구, 『韓中言語文化研
究』, 第34輯, 서울, 韓國現代中國研究會, 2014年 2月

박재승   동적양태 '要'의 기능분석 연구, 『中國學研究』, 第67輯,
서울, 中國學研究會, 2014年 3月

박재승   현대중국어 동적양태 범주 설정과 상관 문제에 관한 연구,
『中語中文學』, 第57輯, 서울, 韓國中語中文學會, 2014年
4月

박재연·김 영   조선시대 중국 탄사(彈詞)의 전래와 새 자료 한글 번역필
사본, 옥천연에 대하여, 『中國語文學志』, 第48輯, 서울,
中國語文學會, 2014年 9月

朴在淵·金雅瑛   冽雲文庫『中華正音』의 장면·대화 분석 연구, 『中國語
文學論集』, 第88號, 서울, 中國語文學研究會, 2014年
10月

박재우·김영명   金山의 작품과 그 사상의식 변주 고찰, 『中國文學』, 第78
輯, 서울, 韓國中國語文學會, 2014年 2月

박재형   중국 주선율 영화의 블록버스터화 분석: 상업화와 국가이
데올로기를 중심으로, 『中國學』, 第47輯, 부산, 大韓中國
學會, 2014年 4月

박정구·박재범   郁達夫의「沈淪」, 모방문학으로서의 양상과 의미: 佐藤春
夫의「田園の憂鬱」과의 對比를 중심으로, 『中語中文
學』, 第59輯, 서울, 韓國中語中文學會, 2014年 12月

朴貞淑·黃永姬·權鎬鐘·李紀勳·申旻也·李奉相 『靑樓韻語』 序跋文 譯註,『中國語文論譯叢刊』, 第35輯, 서울, 中國語文論譯 學會, 2014年 7月

朴貞淑·權鎬鐘 明代『靑樓韻語』의 편찬 의의,『中國語文學論集』, 第87 號, 서울, 中國語文學硏究會, 2014年 8月

朴貞淑 余懷의 『板橋雜記』와 명말청초 名妓의 조건,『中國語文 學論集』, 第88號, 서울, 中國語文學硏究會, 2014年 10月

박정원 중국문화교육을 위한 자원 취득, 스마트 eBook 콘텐츠 제 작과 서비스 전략 연구,『韓中言語文化硏究』, 第34輯, 서 울, 韓國現代中國硏究會, 2014年 2月

박정원 중국당대 소설문학의 상처와 치유의 미학: 왕샤오뽀(王小 波)『황금시대(黃金時代)』를 중심으로,『中國學硏究』, 第68輯, 서울, 中國學硏究會, 2014年 6月

박정원 中國語文 敎育을 위한 映畵 DVD 소스 活用, 스마트 콘텐 츠 제작, 서비스 모듈 硏究,『韓中言語文化硏究』, 第35輯, 서울, 韓國現代中國硏究會, 2014年 6月

박정원 중국문화유산 디지털 자원취득과 콘텐츠 제작 FullStep 모 듈 연구 : '峨眉山和樂山大佛을 중심으로,『中國文化硏究』, 第26輯, 서울, 中國文化硏究學會, 2014年 11月

박정현 1927년 재만동포옹호동맹의 결성과 화교배척사건,『中國 學報』, 第69輯, 서울, 韓國中國學會, 2014年 6月

박정희 항저우 도시문화와 문화 창의산업,『中國語文學』, 第67 輯, 대구, 嶺南中國語文學會, 2014年 12月

박종우 중국특색 민주주의의 논리와 특징: 강성정부와 민주사회

의 공존 모색, 『中國學硏究』, 第70輯, 서울, 中國學硏究
會, 2014年 11月

朴鍾漢   중국문화 연구에서 '종교'를 다루기 위한 선행적 연구, 『中
國語文學論集』, 第89號, 서울, 中國語文學硏究會, 2014
年 12月

朴智淑·朴柄仙·朴庸鎭   『中國言語文字說略』 註解, 『中國語文論譯叢刊』,
第34輯, 서울, 中國語文論譯學會, 2014年 1月

박지숙·원효봉   『金文編』四版正編中脫誤"□","□","□","于"字考, 『中國
語文論叢』, 第66輯, 서울, 中國語文硏究會, 2014年 12月

박지영   동아시아 삼국의 『帝鑑圖說』 版本과 繪畵 硏究, 홍익대
대학원 석사 논문, 2013

박지은   蘇童의 소설 「刺靑時代」外 1 篇 번역, 동국대 교육대학원
석사 논문, 2013

박찬욱   "不能說的秘密"의 음악과 그림에 대한 상호 연관적 분석-
쇼팽과 그의 연인 간 이야기를 중심으로, 『中國文學硏究』,
第56輯, 서울, 韓國中文學會, 2014年 8月

박찬욱   맥락 속의 언어, 영화 속의 해석: "不能說的秘密"에서의
직시와 화행에 관한 문제를 중심으로, 『中國言語硏究』,
第53輯, 서울, 韓國中國言語學會, 2014年 8月

박창욱   리앙(李昻)의 글쓰기 전략에 관한 소고: 『눈에 보이는 귀
신(看得見的鬼)』을 중심으로, 『中國語文論叢』, 第62輯,
서울, 中國語文硏究會, 2014年 4月

박철현   중국 사구모델의 비교분석: 상하이와 선양의 사례: 사회정
치적 조건과 국가 기획을 중심으로, 『中國學硏究』, 第69

輯, 서울, 中國學研究會, 2014年 8月

박한제	魏晉南北朝時代 石刻資料와 "胡"의 서술: 특히 『魏書』의 서술과 비교하여, 『中國學報』, 第70輯, 서울, 韓國中國學會, 2014年 12月
박향란	중국어 사동법의 변천과 동인에 대한 연구, 『中國言語研究』, 第54輯, 서울, 韓國中國言語學會, 2014年 10月
박현곤	『三俠五義』回目的編排方式探析, 『中國學論叢』, 第43輯, 大田, 韓國中國文化學會, 2014年 12月
朴現圭	한국에서 諸葛亮 廟宇의 유래와 건립: 조선 말기 이전을 중심으로, 『中國語文論譯叢刊』, 第32輯, 서울, 中國語文論譯學會, 2014年 1月
박현규	臺灣 李逸濤 『春香傳』의 텍스트 출처와 특징: 日本 高橋佛焉 『春香傳の梗槪』와 비교를 위주로, 『中國語文論叢』, 第61輯, 서울, 中國語文研究會, 2014年 2月
박현규	조선 許浚 『東醫寶鑑』의 중국판본 고찰, 『中國學論叢』, 第43輯, 大田, 韓國中國文化學會, 2014年 12月
박현주	한국 뮤지컬의 중국 진출 유형과 사례 연구, 『韓中言語文化研究』, 第35輯, 서울, 韓國現代中國研究會, 2014年 6月
朴賢珠	선진시기 '气'자의 의미와 글자 운용 고찰, 『中國語文學論集』, 第88號, 서울, 中國語文學研究會, 2014年 10月
朴炯春	漢語拼音正詞法 고찰, 『中國語文學論集』, 第85號, 서울, 中國語文學研究會, 2014年 4月
박혜림	1940년대 장애령의 중·단편 소설 연구-여성 인물을 중심으로, 수원대 교육대학원 석사 논문, 2013

朴惠淑	西周 靑銅器 四十二年逨鼎 銘文 小考, 『中國語文論譯叢刊』, 第35輯, 서울, 中國語文論譯學會, 2014年 7月
박혜원·최은희	4년제 대학생 취업진로를 고려한 중국관련 교과목 개선방안, 『中國語 敎育과 硏究』, 第20號, 서울, 韓國中國語敎育學會, 2014年 12月
朴紅英·鄭鎭椌	構式語法理念在結果述補結構習得中的運用, 『中國語文論譯叢刊』, 第34輯, 서울, 中國語文論譯學會, 2014年 1月
朴泓俊	李漁 戲曲과 諷刺, 『中國文學』, 第81輯, 서울, 韓國中國語文學會, 2014年 11月
박홍수·정언야	數字成語考察, 『中國言語硏究』, 第50輯, 서울, 韓國中國言語學會, 2014年 2月
朴興洙·崔允瑄	甲骨文字에 나타난 殷商代 '酒' 文化 小考, 『中國文化硏究』, 第24輯, 서울, 中國文化硏究學會, 2014年 5月
박홍수·고경금	東·重의 同源 관계에 관한 고찰: 『說文通訓定聲』의 同聲符를 중심으로, 『中國學硏究』, 第68輯, 서울, 中國學硏究會, 2014年 6月
方珍平	略論作爲網絡語彙的英語符號與一般符號, 『中國學』, 第49輯, 부산, 大韓中國學會, 2014年 12月
배다니엘	중국 고전시에 나타난 해당화 이미지, 『中國學硏究』, 第67輯, 서울, 中國學硏究會, 2014年 3月
배다니엘	중국 고전시에 나타난 水仙花 이미지, 『韓中言語文化硏究』, 第35輯, 서울, 韓國現代中國硏究會, 2014年 6月
배다니엘	중국 영화시 창작을 통한 힐링의 양상, 『中國學硏究』, 第69輯, 서울, 中國學硏究會, 2014年 8月

배다니엘	溫庭筠 자연시의 특징 분석, 『中國文化硏究』, 第26輯, 서울, 中國文化硏究學會, 2014年 11月
배다니엘	기무잠(綦毋潛)시가의 주제 분석, 『中國語文學志』, 第48輯, 서울, 中國語文學會, 2014年 12月
배다니엘	중국 고전시에 나타난 원추리 묘사 고찰, 『中國學報』, 第70輯, 서울, 韓國中國學會, 2014年 12月
배도임	리루이의 '혁명' 제재 소설 속의 전통 도덕관념 구현 양상 연구, 『中國學硏究』, 第69輯, 서울, 中國學硏究會, 2014年 8月
裵淵姬	양쟝(楊絳)의 「우리 세 사람(我們仨)」에 나타난 서사 전략, 『中國小說論叢』, 第44輯, 서울, 韓國中國小說學會, 2014年 12月
裵玕程	雅丹文庫 所藏 한글筆寫本 「한성데됴비연합덕뎐」의 飜譯樣相 고찰 : 伶玄의 「趙飛燕外傳」과의 비교를 중심으로, 『中國小說論叢』, 第43輯, 서울, 韓國中國小說學會, 2014年 8月
배은한	入聲의 歸屬 및 소실 과정에 대한 견해 분석, 『中國文學硏究』, 第54輯, 서울, 韓國中文學會, 2014年 2月
배은한	葉以震의 校正本 『中原音韻』 音韻體系 고찰, 『中國言語硏究』, 第51輯, 서울, 韓國中國言語學會, 2014年 4月
裵銀漢	校正本 『中原音韻』 初探, 『中國人文科學』, 第56輯, 광주, 中國人文學會, 2014年 4月
배재석 · 이지연	주제중심 중국어 회화 수업 내용 연구: '패션디자인'을 중심으로, 『中語中文學』, 第59輯, 서울, 韓國中語中文學會,

	2014年 12月
배현진	明末 江南地域 書畵 收藏 硏究, 경희대 대학원 박사 논문, 2013
백영길	魯迅, 周作人 형제 불화의 종교적 해석, 『中國語文論叢』, 第66輯, 서울, 中國語文硏究會, 2014年 12月
백은미	『左傳』과 『史記』의 비교를 통해서 본 이중 타동구문의 변화 양상, 『中國言語硏究』, 第55輯, 서울, 韓國中國言語學會, 2014年 12月
백정숙	"白洋淀詩歌群落", 그리고 린망(林莽)의 詩에 관한 小考: 린망 시의 출범과 성숙을 중심으로, 『中國人文科學』, 第57輯, 광주, 中國人文學會, 2014年 8月
백정윤	'周保中 日記'를 통해 본 東北抗日聯軍 第2路軍 朝鮮人 隊員들의 活動-1936년~1941년을 중심으로, 서울시립대 대학원 석사 논문, 2013
백지운	재난서사에 대항하기: 쓰촨대지진 이후 중국영화의 재난서사, 『中國現代文學』, 第69號, 서울, 韓國中國現代文學學會, 2014年 6月
백지운	최대치의 실존과 맞서기: 한 샤오궁 심근문학의 역사성과 현재성, 『中國現代文學』, 第71號, 서울, 韓國中國現代文學學會, 2014年 12月
白枝勳	'結果' 기능 연구: 접속사, 담화표지의 기능을 중심으로, 『中國語文論譯叢刊』, 第34輯, 서울, 中國語文論譯學會, 2014年 1月
백지훈	접속사 '但是' 소고: '但是' 연결대상 간 존재하는 '전환관

계'의 하위 범주화를 중심으로,『中國學硏究』, 第70輯, 서울, 中國學硏究會, 2014年 11月

변은주 · 손민정 · 나은숙　2009 총론 개정에 따른 중국어 교육과정 의사소통 기본 표현의 현장 적합성 고찰,『中國言語硏究』, 第54輯, 서울, 韓國中國言語學會, 2014年 10月

변형우 · 정진매　『論語』『孟子』에 나타난 동사 '謂'의 어법특징 고찰,『中國文學硏究』, 第56輯, 서울, 韓國中文學會, 2014年 8月

봉인영　Mapping Alterity: Maps, Borders, and Social Relations in the Romance of the Three Kingdoms,『中國語文學』, 第65輯, 대구, 嶺南中國語文學會, 2014年 4月

傅乃琪　1920년대 위다푸(郁達夫)와 김동인 소설 비교연구-작품에 나타난 죽음의식을 중심으로, 고려대 대학원 석사 논문, 2013

付希亮 · 崔昌源　太一神源自帝嚳考,『中國文化硏究』, 第24輯, 서울, 中國文化硏究學會, 2014年 5月

付希亮 · 崔昌源　4000年前全球降溫事件與中國五帝聯盟的誕生,『中國學硏究』, 第68輯, 서울, 中國學硏究會, 2014年 6月

부희량　由圖騰制度分析中國神話背後的歷史,『韓中言語文化硏究』, 第35輯, 서울, 韓國現代中國硏究會, 2014年 6月

付希亮 · 崔昌源　從婚姻制度分析瞽叟與象謀害舜傳說背後的歷史眞相,『中國語文學論集』, 第87號, 서울, 中國語文學硏究會, 2014年 8月

謝術福 · 金鐘斗　論中國文人畵的筆墨精神與時代危機,『中國學』, 第48輯, 부산, 大韓中國學會, 2014年 8月

| 사위국·이우철 | 漢語教材中的"SVOV得C"句式的語法特點分析, 『中國語文學』, 第67輯, 대구, 嶺南中國語文學會, 2014年 12月 |

서 성·강현실　경쟁하는 삽화와 비평의 형식:『수호전』대척여인 서문본의 용여당본과의 비교를 중심으로,『中國語文論叢』, 第64輯, 서울, 中國語文硏究會, 2014年 8月

서 성　청대 손온(孫溫)이 그린『전본 홍루몽』화책의 서사 표현 방식,『中國文化硏究』, 第26輯, 서울, 中國文化硏究學會, 2014年 11月

서 성·조성천　唐詩 중의 知, 覺 동사의 생략과 번역,『中國語文論叢』, 第66輯, 서울, 中國語文硏究會, 2014年 12月

서 안　한·중 귀신류 서사문학 비교 연구, 우석대 대학원 석사 논문, 2013

서 영　『紅樓夢』中同詞根"子"尾詞與"兒"尾詞分析,『中國語文學』, 第67輯, 대구, 嶺南中國語文學會, 2014年 12月

徐 榛　新移民詩人黃河浪詩歌創作初探: 以'風的腳步'、'海的呼吸'、'披黑紗的地球'爲中心,『中國現代文學』, 第71號, 서울, 韓國中國現代文學學會, 2014年 12月

徐文敎·崔明哲　국제화 시대의 전제조건,『中國學論叢』, 第42輯, 大田, 韓國中國文化學會, 2014年 8月

서미령　六堂文庫「騎着匹」의 한국어 轉寫音 고찰,『中語中文學』, 第57輯, 서울, 韓國中語中文學會, 2014年 4月

徐美靈　1910~1945년 한국에서 출판된 중국어 교재의 저자 연구, 『中國語文學論集』, 第86號, 서울, 中國語文學硏究會, 2014年 6月

徐美靈	『漢語指南』의 中・韓 譯音 표기 연구,『中國語文學論集』, 第89號, 서울, 中國語文學研究會, 2014年 12月
徐寶余	"正始之音"辨正,『中國人文科學』, 第57輯, 광주, 中國人文學會, 2014年 8月
徐寶余	唐前山水意識的演進與抒寫方式的嬗變,『中國人文科學』, 第58輯, 광주, 中國人文學會, 2014年 12月
서석홍	중국 농촌 토지제도의 문제점과 개혁 방향: 18기 3중 전회 〈결정〉을 중심으로,『中國學』, 第48輯, 부산, 大韓中國學會, 2014年 8月
徐龍洙	論"中國模式"是否存在,『中國學』, 第48輯, 부산, 大韓中國學會, 2014年 8月
서용준	古樂府「烏夜啼」와「烏棲曲」의 起源과 繼承 硏究: 六朝 시기 樂府詩를 중심으로 ,『韓中言語文化研究』, 第35輯, 서울, 韓國現代中硏究會, 2014年 6月
서원남	『史記』三家注에 보이는 문자관련 훈고의 고찰,『中國文學研究』, 第56輯, 서울, 韓國中文學會, 2014年 8月
서유진	수치의 각인: 청말 민초『양주십일기』의 문학적 수용,『中國現代文學』, 第69號, 서울, 韓國中國現代文學學會, 2014年 6月
서유진	형장의 풍경: 루쉰과 바진의 폭력비평과 문학상상,『中國現代文學』, 第70號, 서울, 韓國中國現代文學學會, 2014年 9月
서정경	시진핑 주석의 방한으로 본 한중관계의 현주소,『中國學研究』, 第70輯, 서울, 中國學研究會, 2014年 11月

서지원	中國當代知識分子問題硏究-左翼文藝運動與胡風事件爲 中心, 한국외대 국제지역대학원 석사 논문, 2013
徐鋕銀·崔宰榮	『醒世姻緣傳』의 허가류 의무양상 조동사 연구 : 可, 得, 可以, 能을 중심으로, 『中國語文學論集』, 第88號, 서울, 中國語文學硏究會, 2014年 10月
서지은·최재영	객관적 의무양상과 주관적 의무양상의 설정 문제 고찰: 『醒世姻緣傳』의 의무양상 조동사를 중심으로, 『中國言語硏究』, 第54輯, 서울, 韓國中國言語學會, 2014年 10月
徐眞賢·郭小明	중국어 교육을 위한 현대중국어 양사(量詞)의 순서배열 설계, 『中國語 敎育과 硏究』, 第20號, 서울, 韓國中國語敎育學會, 2014年 12月
서한용	『篆訣歌』異本 硏究, 『中國語文論叢』, 第61輯, 서울, 中國語文硏究會, 2014年 2月
서향미	巴金의 『隨想錄』 選譯, 울산대 교육대학원 석사 논문, 2013
석 견	韓語表時間助詞對譯漢語介詞的硏究, 『中國言語硏究』, 第54輯, 서울, 韓國中國言語學會, 2014年 10月
석미자	만주사변 이후 남경국민정부 직업 외교관의 역할 연구 -1931-1936, 고려대 대학원 박사 논문, 2013
宣柱善·簾丁三	衛恒 『四體書勢』의 역사적 의의, 『中國文學』, 第79輯, 서울, 韓國中國語文學會, 2014年 5月
葉 菲·趙大遠	中國股票市場的歷史回顧、現階段問題及未來展望, 『中國學論叢』, 第41輯, 大田, 韓國中國文化學會, 2014年 4月
성근제	毛澤東과 新中國 역사 재평가의 정치성: 錢理群의 『毛澤

東時代與後毛澤東時代: 另一種歷史書寫』사례를 중심으로,『中國現代文學』, 第68號, 서울, 韓國中國現代文學學會, 2014年 3月

성근제 문화대혁명은 어떻게 재현되는가,『中語中文學』, 第57輯, 서울, 韓國中語中文學會, 2014年 4月

성기옥 『論衡』난독 구문에 대한 교감 내용 고찰,『中國文學』, 第79輯, 서울, 韓國中國語文學會, 2014年 5月

成基玉 『論衡』「非韓」譯註,『中國語文論譯叢刊』, 第35輯, 서울, 中國語文論譯學會, 2014年 7月

성기은 동작단위사의 동사 분류기능 소고,『中國語文論叢』, 第61輯, 서울, 中國語文硏究會, 2014年 2月

成耆恩・金鉉哲 현대중국어 전용동량사 '番'의 주관성 분석,『中國語文學論集』, 第86號, 서울, 中國語文學硏究會, 2014年 6月

성윤숙 『朱子語類』'述+了$_1$ + 賓+ 了$_2$ '의 어법사적 의의,『中國人文科學』, 第57輯, 광주, 中國人文學會, 2014年 8月

成紅舞 性別視域下中國傳統文化中的陰陽觀, 『韓中言語文化硏究』, 第35輯, 서울, 韓國現代中國硏究會, 2014年 6月

소 영 신체부위류 차용동량사 어법화정도에 대한 고찰,『中國言語硏究』, 第51輯, 서울, 韓國中國言語學會, 2014年 4月

肖 穎 動量詞"把"的語義,句法特徵硏究,『中國言語硏究』, 第52輯, 서울, 韓國中國言語學會, 2014年 6月

蘇向麗・朴炳仙 "詞價"(Lexical Value)及其在對外漢語學習詞典中的應用,『中國語文學論集』, 第89號, 서울, 中國語文學硏究會, 2014年 12月

속윤걸·한용수　　現代漢語起始體標記"起來"的綜合硏究,『中國語文論叢』,
　　　　　　　　　第62輯, 서울, 中國語文硏究會, 2014年 4月

孫美莉　　　　　존재구문 술어성분 'V着'에 대한 고찰,『中國語文學論集』,
　　　　　　　　　第87號, 서울, 中國語文學硏究會, 2014年 8月

손민정·변은주·나은숙　　2009 총론 개정에 따른 중국어 교육과정 의사소
　　　　　　　　　통 기본 표현의 현장 적합성 고찰,『中國言語硏究』, 第54
　　　　　　　　　輯, 서울, 韓國中國言語學會, 2014年 10月

손정애　　　　　현대중국어 어기조사 "了"의 오류분석: "첨가"와 "누락"의
　　　　　　　　　오류를 중심으로,『中國言語硏究』, 第51輯, 서울, 韓國中
　　　　　　　　　國言語學會, 2014年 4月

손정애　　　　　현대중국어 가정조건복문에서의 조사 "了"의 용법,『中國言
　　　　　　　　　語硏究』, 第55輯, 서울, 韓國中國言語學會, 2014年 12月

손주연 역·천쓰허(陳思和) 저　　'역사－가족' 민간서사 양식의 새로운 시도,
　　　　　　　　　『中國現代文學』, 第69號, 서울, 韓國中國現代文學學會,
　　　　　　　　　2014年 6月

손혜진　　　　　'신중국' 건립과 동북삼반운동, 영남대 대학원 석사 논문,
　　　　　　　　　2013

孫皖怡　　　　　由白蛇故事透視中國兩性史,『中國語文論譯叢刊』, 第34
　　　　　　　　　輯, 서울, 中國語文論譯學會, 2014年 1月

宋美鈴　　　　　魯迅「狂人日記」의 파토스 분석,『中國語文學論集』, 第
　　　　　　　　　84號, 서울, 中國語文學硏究會, 2014年 2月

송미령　　　　　諸葛亮「出師表」의 수사학적 분석,『中國學硏究』, 第69
　　　　　　　　　輯, 서울, 中國學硏究會, 2014年 8月

송시황　　　　　한·중 상향이중모음 운율 분석과 교육용 한글 표기 방법

연구,『中國語 敎育과 硏究』, 第20號, 서울, 韓國中國語
敎育學會, 2014年 12月

송용호   중국 '대학생 촌관' 정책의 문제점과 전망,『中國學硏究』,
第67, 서울, 中國學硏究會, 2014 3月

송윤미   『大唐西域記』內 觀自在菩薩像 유형별 고사 고찰,『中國
文學硏究』, 第57輯, 서울, 韓國中文學會, 2014年 11月

송인주 · 임동춘   陸游 茶詩에 나타난 宋代 茶俗,『中國人文科學』, 第58輯,
광주, 中國人文學會, 2014年 12月

송재두   중국의 수자원부족 그리고 대책에 관한 고찰과 문제점,『中
國學硏究』, 第70輯, 서울, 中國學硏究會, 2014年 11月

송정화   『西游記』挿詩의 도교적 특징과 문학적 기능에 대한 연
구,『中國語文論叢』, 第65輯, 서울, 中國語文硏究會,
2014年 10月

宋之賢   韓 · 中 반의어 대조와 반의어의 교육적 활용,『中國語文
學論集』, 第87號, 서울, 中國語文學硏究會, 2014年 8月

宋眞榮   明淸小說에 나타난 死後世界에 관한 연구 :「鬧陰司司馬
貌斷獄」을 중심으로,『中國小說論叢』, 第43輯, 서울, 韓
國中國小說學會, 2014年 8月

宋眞喜 · 許國萍   成語集中敎學效果考察: 談語境及脚本設置對成語敎學的
影響,『中國語文學論集』, 第84號, 서울, 中國語文學硏究
會, 2014年 2月

宋眞喜   漢語敎學中的新詞語敎學,『中國語文學論集』, 第89號,
서울, 中國語文學硏究會, 2014年 12月

송해경   북송 문인들의 교유시를 통한 雙井茶 연구,『中國人文科

	學』, 第58輯, 광주, 中國人文學會, 2014年 12月
송현선	한-중 직유 번역과 번역전략 연구,『韓中言語文化硏究』, 第34輯, 서울, 韓國現代中國硏究會, 2014年 2月
송홍령·김석영·이미경·이강재	(신)HSK에 대한 한국의 중국어 교육자·학습자 인식 조사연구,『中國語 敎育과 硏究』, 第19號, 서울, 韓國中國語敎育學會, 2014年 6月
송홍령·이운재	코퍼스에 근거한 현대중국어 "V+在+장소" 구문의 의미 분석: 장소구문의 동사 분포 양상을 중심으로,『中國語文學志』, 第48輯, 서울, 中國語文學會, 2014年 12月
신경미·최규발	현대중국어 지시어 "這"와 "那"에 대한 고찰,『中國語文論叢』, 第64輯, 서울, 中國語文硏究會, 2014年 8月
申敬善	通過課堂互動與文化敎學來强化漢字敎學, 『中國言語硏究』, 第52輯, 서울, 韓國中國言語學會, 2014年 6月
신금미·장정재	새만금 한중경제협력단지 조성을 위한 부동산 투자이민제도 도입의 필요성,『中國學』, 第49輯, 부산, 大韓中國學會, 2014年 12月
신동순	사회주의 중국 출판문화정책 당정(黨政) '문건'과 그 역사적 맥락 일고,『中國文化硏究』, 第24輯, 서울, 中國文化硏究學會, 2014年 5月
신동윤	중국 농촌양로보장 제도의 발전과정과 도농통합형 양로보장제도의 등장,『中國學論叢』, 第43輯, 大田, 韓國中國文化學會, 2014年 12月
申旻也·李紀勳·朴貞淑·黃永姬·權鎬鐘·李奉相	『靑樓韻語』 序跋文 譯註,『中國語文論譯叢刊』, 第35輯, 서울, 中國語文論譯

學會, 2014年 7月

신민야 · 권호종	『靑樓韻語』編纂背景 小考,『中國文化硏究』, 第26輯, 서울, 中國文化硏究學會, 2014年 11月
신봉진	『玉樓夢』과『紅樓夢』의 構造美學 比較硏究, 공주대 대학원 박사 논문, 2013
신수영	의미적 운율을 통한 중국어 유의어 변별: 導致와 引起를 중심으로,『韓中言語文化硏究』, 第36輯, 서울, 韓國現代中國硏究會, 2014年 10月
辛承姬 · 金善娥	교수자 설문을 통해 본 한국의 유 · 초등 중국어 학습자를 위한 활동 활용현황,『中國語文學論集』, 第88號, 서울, 中國語文學硏究會, 2014年 10月
愼鏞權	『華音啓蒙諺解』의 漢語音 표기 연구,『中國文學』, 第81輯, 서울, 韓國中國語文學會, 2014年 11月
申祐先	한국 한자음 역사 음운 층위 연구의 의의와 그 방법,『中國語文學論集』, 第89號, 서울, 中國語文學硏究會, 2014年 12月
신원철	『經傳釋詞』에 나타난 인성구의 연구, 서울대 대학원 박사 논문, 2013
신원철 · 문준혜 · 문수정 · 안소민 · 염정삼	한국의 중국문자학계 연구 동향 탐구,『中國語文學志』, 第48輯, 서울, 中國語文學會, 2014年 12月
신의선	蘇軾 詩의 禪的 心象 考察,『中國語文學』, 第66輯, 대구, 嶺南中國語文學會, 2014年 8月
신정수	영화『조씨고아』의 각색 양상 연구: 영아살해와 부친살해

를 중심으로, 『中國語文論叢』, 第61輯, 서울, 中國語文硏 究會, 2014年 2月

신정수   太湖石의 기괴한 형상에 대한 미의식의 변화 : 9세기 전반 기 백거이와 교유 문인의 작품을 중심으로, 『中國文化硏 究』, 第25輯, 서울, 中國文化硏究學會, 2014年 8月

신지언   중국어 복합문 번역양상 고찰: 문학작품 번역을 대상으로, 『中國語文學』, 第66輯, 대구, 嶺南中國語文學會, 2014年 8月

申芝言   중국문학 번역에 나타나는 오역 및 번역개입 고찰, 『中國 語文學論集』, 第89號, 서울, 中國語文學硏究會, 2014年 12月

신지영   淸代「忠義璇圖」: 水滸 이야기와 宮廷大戲의 결합, 『中 國語文學志』, 第48輯, 서울, 中國語文學會, 2014年 12月

신진아   『금병매』에 나타난 육체인식과 형상화 방식 연구, 연세대 대학원 박사 논문, 2013

申振浩   21세기 중국문학 패러다임의 변화: 인터넷문학을 중심으 로, 『中國語文學論集』, 第86號, 서울, 中國語文學硏究會, 2014年 6月

신진호   21세기 중국의 문화대국 전략에 관한 고찰, 『中國學報』, 第70輯, 서울, 韓國中國學會, 2014年 12月

申鉉錫   宋代 雅詞論 硏究, 『中國人文科學』, 第57輯, 광주, 中國 人文學會, 2014年 8月

申鉉錫   謝章鋌 詞論 硏究, 『中國人文科學』, 第58輯, 광주, 中國 人文學會, 2014年 12月

申惠仁	현대중국어 '不得X'와 'X不得'구조의 금지(禁止) 용법 고찰, 『中國語文學論集』, 第86號, 서울, 中國語文學硏究會, 2014年 6月
沈 陽·Rint Sybesma 저·吳有晶 역	능격동사의 성질과 능격구조의 형성(2), 『中國語文論譯叢刊』, 第34輯, 서울, 中國語文論譯學會, 2014年 1月
심광현	중국문화연구가 던져 주는 기대와 반성, 『中國現代文學』, 第70號, 서울, 韓國中國現代文學學會, 2014年 9月
심성호	굴(屈),송부(宋賦)의 산수자연, 『中國語文學』, 第65輯, 대구, 嶺南中國語文學會, 2014年 4月
沈貞玉	"洒家"考, 『中國學硏究』, 第68輯, 서울, 中國學硏究會, 2014年 6月
심혜영	『붉은 수수 가족(紅高粱家族)』을 통해 본 모옌(莫言)의 문학세계, 『中國現代文學』, 第68號, 서울, 韓國中國現代文學學會, 2014年 3月
安 仁	唐代 小說 속에 나타난 文人園林의 '志怪적 묘사'에 관한 小考: 『太平廣記』故事를 중심으로, 『中國語文學論集』, 第87號, 서울, 中國語文學硏究會, 2014年 8月
安權玲·朴炳仙	針對韓國留學生關聯詞語"寧可"的偏誤分析及對外漢語敎學建議, 『中國人文科學』, 第58輯, 광주, 中國人文學會, 2014年 12月
安奇燮·정성임	古代漢語 '與'의 전치사·접속사 기능에 대한 의문 , 『中國人文科學』, 第56輯, 광주, 中國人文學會, 2014年 4月
安奇燮·정성임	古代漢語 '及·至'의 전치사·접속사 기능에 대한 의문, 『

	中國人文科學』, 第57輯, 광주, 中國人文學會, 2014年 8月
안기섭	고대한어 '如'의 쓰임과 품사에 대하여: 의미와 통사 특징을 중심으로,『中國人文科學』, 第58輯, 광주, 中國人文學會, 2014年 12月
안상복	千字文辭說을 통해 본 韓中 傳統演戲의 관련성,『中國語文學志』, 第47輯, 서울, 中國語文學會, 2014年 6月
안상복	明人 董越의『朝鮮賦』에 묘사된 15세기 山臺雜戲 재검토,『中國語文學志』, 第48輯, 서울, 中國語文學會, 2014年 12月
안성재	갈등해결의 수사학 관점으로 바라보는『도덕경』,『中國學』, 第47輯, 부산, 大韓中國學會, 2014年 4月
안소민	會意字의 유형과 실체:『說文解字注』에 나타난 段玉裁의 관점을 중심으로,『中國文學』, 第80輯, 서울, 韓國中國語文學會, 2014年 8月
안소민 · 신원철 · 문준혜 · 문수정 · 염정삼	한국의 중국문자학계 연구 동향 탐구,『中國語文學志』, 第48輯, 서울, 中國語文學會, 2014年 12月
안승웅	반부패소설『滄浪之水』를 통해 본 중국과 중국 지식인: 주인공 池大爲의 시련, 선택, 성공을 중심으로,『中國現代文學』, 第68號, 서울, 韓國中國現代文學學會, 2014年 3月
안연진 · 최재영	근대중국어 시기 의지류 조동사의 부정형식 고찰,『中國文學研究』, 第54輯, 서울, 韓國中文學會, 2014年 2月
안영선	『隨想錄』을 통해 본 巴金의 내면세계, 공주대 교육대학원 석사 논문, 2013

安在哲	漢文原典 번역오류 사례분석: '何以A爲'형에서 'A'와 '爲'의 品詞轉成을 중심으로, 『中國語文論譯叢刊』, 第35輯, 서울, 中國語文論譯學會, 2014年 7月
안재호	程顥 "和樂" 수양론 管窺, 『中國學報』, 第69輯, 서울, 韓國中國學會, 2014年 6月
安正燻	評點에서 댓글까지(2) : 중국 인터넷 소설의 독자 개입 양상에 관한 고찰, 『中國小說論叢』, 第42輯, 서울, 韓國中國小說學會, 2014年 4月
安正燻	莊子의 거짓말 혹은 패러디 : 『莊子』重言에 등장하는 孔子에 대한 고찰, 『中國小說論叢』, 第44輯, 서울, 韓國中國小說學會, 2014年 12月
安炫珠 · 金炫兌	영화 "人在囧途"의 교육용 대사 분석 및 교학적 활용, 『中國學論叢』, 第42輯, 大田, 韓國中國文化學會, 2014年 8月
앵춘영	한국인의 "把"구문 하위구조별 습득 고찰: HSK 동태 작문 말뭉치를 중심으로, 『中國言語硏究』, 第55輯, 서울, 韓國中國言語學會, 2014年 12月
楊　釗	明淸文人對張佳胤詩歌的選評, 『中國語文學論集』, 第84號, 서울, 中國語文學硏究會, 2014年 2月
楊　釗	曾瑛『樂府余音小序』考釋, 『中國語文學論集』, 第85號, 서울, 中國語文學硏究會, 2014年 4月
楊　霞	文字新聞的可讀性与語言策略: 試析新聞寫作借鑒文學表現手法的理論依据和運用特点, 『中國人文科學』, 第56輯, 광주, 中國人文學會, 2014年 4月
楊　霞	從漢語動植物成語的具象特點看漢民族的文化和思維方

	式,『中國人文科學』, 第57輯, 광주, 中國人文學會, 2014 年 8月
양갑용 · 이주영	중국 유학생의 한국 유학 선택 행위 연구: 근거이론에 기 초하여, 『中國學硏究』, 第69輯, 서울, 中國學硏究會, 2014年 8月
양금화	論現代漢語的詞典系統,『中國言語研究』, 第51輯, 서울, 韓國中國言語學會, 2014年 4月
梁萬基 · 楊才英 · 趙春利	雙向語法的方法論與語義語法的本體論, 『中國 文化研究』, 第25輯, 서울, 中國文化研究學會, 2014年 8月
梁萬基	『孟子』中"自"的用法及其與殷商甲骨文的淵源關系, 『中 國人文科學』, 第58輯, 광주, 中國人文學會, 2014年 12月
梁承德	詩人之詩: 沈約詩歌特色,『中國學論叢』, 第41輯, 大田, 韓國中國文化學會, 2014年 4月
양승덕	四蕭賦管見: 散體賦를 중심으로,『中國學論叢』, 第43輯, 大田, 韓國中國文化學會, 2014年 12月
梁英梅	『禪門拈頌集』中所見"甚麼"、"怎麼"系疑問代詞用法考 察,『中國語文學論集』, 第87號, 서울, 中國語文學研究會, 2014年 8月
양영매	현대중국어 선택의문형 반어문의 부정의미 연구,『中國言 語研究』, 第53輯, 서울, 韓國中國言語學會, 2014年 8月
양영매	현대중국어 사동성 "A得" 구문의 의미구조 연구,『中國語 文學志』, 第48輯, 서울, 中國語文學會, 2014年 12月
양영매	현대중국어 'A得'구문에 대한 통사 · 의미 분석,『中語中 文學』, 第59輯, 서울, 韓國中語中文學會, 2014年 12月

양오진	朝鮮時代 吏文 교육의 실태와 吏文의 언어적 특징,『中國語文論叢』, 第65輯, 서울, 中國語文硏究會, 2014年 10月
양오진	『이문집람(吏文輯覽)』과 이문(吏文)의 언어, 『中國學報』, 第70輯, 서울, 韓國中國學會, 2014年 12月
楊才英 · 梁萬基 · 趙春利	雙向語法的方法論與語義語法的本體論,『中國文化硏究』, 第25輯, 서울, 中國文化硏究學會, 2014年 8月
楊兆貴 · 趙殷尙	馮夢龍輯錄話本小說集的編纂方式及其寄意試探: 以『古今小說』爲主, 『中國語文論叢』, 第61輯, 서울, 中國語文硏究會, 2014年 2月
양중석	班固가 다시 쓴「袁盎晁錯傳」: 『史記 · 袁盎晁錯傳』과의 비교,『中國文學』, 第78輯, 서울, 韓國中國語文學會, 2014年 2月
양충열	宋代 이전 '採桑女' 형상의 시적 전개양상,『中國人文科學』, 第58輯, 광주, 中國人文學會, 2014年 12月
양회석	王羲之「蘭亭集序」의 새로운 讀法: 情感 구조를 중심으로,『中國人文科學』, 第56輯, 광주, 中國人文學會, 2014年 4月
嚴英旭	노신과 기독교,『中國人文科學』, 第57輯, 광주, 中國人文學會, 2014年 8月
여병창	武寧王陵 '安厝登冠大墓' 解釋 再考察,『中國人文科學』, 第56輯, 광주, 中國人文學會, 2014年 4月
呂承煥 · 金甫暻	唐戲의 시기별 개황과 특징(二): 任半塘『唐戲弄』「總說」중 '盛唐' 부분에 대한 譯註,『中國語文論譯叢刊』, 第34輯, 서울, 中國語文論譯學會, 2014年 1月

여승환	淸末 上海 竹枝詞에 표현된 上海 京劇戲院의 공연활동 특징,『中國文學研究』,第57輯, 서울, 韓國中文學會, 2014年 11月
呂貞男	漢韓顔色詞"紅/빨강, 黑/검정, 白/하양"的隱喩義與認知特征對比,『中國言語研究』,第52輯, 서울, 韓國中國言語學會, 2014年 6月
呂亭淵 · 金貞熙	李白「古風」五十九首 譯解(6): 제37수에서 제44수까지,『中國文化研究』,第24輯, 서울, 中國文化研究學會, 2014年 5月
呂亭淵 · 趙成千	李白「登覽」三十六首 譯解(3),『中國文化研究』,第26輯, 서울, 中國文化研究學會, 2014年 11月
余彩麗 · 金亮鎭	『朴通事』內 難解 漢語의 어휘사적 연구,『中國言語研究』,第52輯, 서울, 韓國中國言語學會, 2014年 6月
염 철	이동동사 '나다'와 '出'의 대조 연구,『中國學研究』,第70輯, 서울, 中國學研究會, 2014年 11月
염군록	中國"牛郎織女"與韓國"樵夫仙女"故事分類比較研究,『中國語文論叢』,第64輯, 서울, 中國語文研究會, 2014年 8月
염군록	中韓"牽牛織女"神話的關聯性研究,『中國語文學』,第66輯, 대구, 嶺南中國語文學會, 2014年 8月
閻君祿	試論成倪『浮休子談論』的"三言"體制與儒 · 道思想,『中國小說論叢』,第44輯, 서울, 韓國中國小說學會, 2014年 12月
廉載雄 역 · 麥耘 저	한어역사음운학의 영역으로 진입하고 있는 한장어비교연구(上),『中國語文論譯叢刊』,第35輯, 서울, 中國語

文論譯學會, 2014年 7月

염재웅   從音義關係探討『一切經音義』中的異讀字,『中國言語研究』, 第53輯, 서울, 韓國中國言語學會, 2014年 8月

簾丁三·宣柱善   衛恒『四體書勢』의 역사적 의의,『中國文學』, 第79輯, 서울, 韓國中國語文學會, 2014年 5月

염정삼·안소민·신원철·문준혜·문수정   한국의 중국문자학계 연구 동향 탐구,『中國語文學志』, 第48輯, 서울, 中國語文學會, 2014年 12月

염죽균   시간부사 '在'의 문법화 과정 및 기제,『中國學硏究』, 第68輯, 서울, 中國學硏究會, 2014年 6月

엽서련   從天象到神話、傳說、民間故事與童話: 牛郎織女的歷時性轉化,『韓中言語文化硏究』, 第34輯, 서울, 韓國現代中國硏究會, 2014年 2月

예동근   중국 소수민족의 미래는 미국식 모델로 가는가?: 베이징 조선공동체 사례 연구,『中國學』, 第47輯, 부산, 大韓中國學會, 2014年 4月

예성호·김윤태   '초국가주의 역동성'으로 본 재중 한국인 자녀교육 선택에 대한 연구: 상해지역을 중심으로,『中國學硏究』, 第68輯, 서울, 中國學硏究會, 2014年 6月

芮束根·董 强   堅持民族區域自治? 還是另尋中他方?: 對中國民族政策的重新審視,『中國學』, 第49輯, 부산, 大韓中國學會, 2014年 12月

오 요   한국 보성과 중국 항주의 차문화관광 비교연구, 순천향대 대학원 석사 논문, 2013

吳光婷	한국 화교의 정체성-대만, 한국 및 중국에 대한 인식의 변화를 중심으로, 한국학중앙연구원 한국학대학원 석사 논문, 2013
吳錦姫·朴健希	漢韓空間維度詞深與'깊다'的認知語義對比, 『中國學論叢』, 第41輯, 大田, 韓國中國文化學會, 2014年 4月
오대원·남수중	중국도시상업은행 효율성 분석을 이용한 한중 금융협력 전략분석: 동북아 국제금융질서 변화의 시사점을 중심으로, 『中國學硏究』, 第68輯, 서울, 中國學硏究會, 2014年 6月
吳萬鍾	伊尹 형상에 대한 고찰, 『中國人文科學』, 第57輯, 광주, 中國人文學會, 2014年 8月
오명선·장동천	점령지 상하이 사람의 자화상 그리기: 리젠우(李健吾)의 번안극 『진샤오위(金小玉)』에 숨겨진 의미, 『中國語文論叢』, 第65輯, 서울, 中國語文硏究會, 2014年 10月
오문의	'것'과 "的"(de), 『中國文學』, 第80輯, 서울, 韓國中國語文學會, 2014年 8月
吳美寧	일본 한문훈독자료 번역의 현황과 과제: 한문훈독연구회의 『논어집해』 번역 작업을 예로, 『中國語文論譯叢刊』, 第34輯, 서울, 中國語文論譯學會, 2014年 1月
오세준	古代韓國漢字音中的雅俗問題, 『中國語文學志』, 第48輯, 서울, 中國語文學會, 2014年 12月
오세준	『說文』"可聲"系所見的'漢-阿準同源詞', 『中國言語硏究』, 第55輯, 서울, 韓國中國言語學會, 2014年 12月
오수형	『八家手圈』에 나타난 正祖의 柳宗元 산문 수용 양상, 『中

	國語文學志』, 第48輯, 서울, 中國語文學會, 2014年 12月
吳淳邦・左維剛	申京淑小說在中國的接受研究: 以中文譯本『單人房』、『尋
	找母親』、『李眞』爲中心, 『中國語文論譯叢刊』, 第34輯,
	서울, 中國語文論譯學會, 2014年 1月
吳淳邦・左維剛	晩淸小說陳春生的『五更鐘』考究, 『中國語文論譯叢刊』,
	第35輯, 서울, 中國語文論譯學會, 2014年 7月
오순방	晩淸基督敎小說中的苦難與死亡敍事硏究: 以五更鐘、
	喩道要旨、驅魔傳、引家歸道爲硏究對象, 『中國語文學
	志』, 第48輯, 서울, 中國語文學會, 2014年 9月
吳淳邦・左維剛	托爾斯泰經典的重構改編 : 陳春生『五更鐘』的本土化譯
	述策略硏究, 『中國小說論叢』, 第44輯, 서울, 韓國中國小
	說學會, 2014年 12月
오승렬	중국경제 소비 제약요인으로서의 관(官)주도형 경제, 『中
	國學硏究』, 第69輯, 서울, 中國學硏究會, 2014年 8月
오연연・박상수	한・중 양국 대학생의 여가 소비행태에 대한 연구: 노래방
	소비문화를 중심으로, 『中國學硏究』, 第68輯, 서울, 中國
	學硏究會, 2014年 6月
吳有晶 역・沈 陽・Rint Sybesma 저	능격동사의 성질과 능격구조의 형성
	(2), 『中國語文論譯叢刊』, 第34輯, 서울, 中國語文論譯學
	會, 2014年 1月
오제중	『說文解字注』의 문자학 이론 고찰-『說文解字・敍』의 段
	玉裁 注를 위주로, 『中國文學硏究』, 第55輯, 서울, 韓國
	中文學會, 2014年 5月
오지연	南朝 樂府民歌 '西曲' 硏究, 성균관대 대학원 석사 논문,

2013

오창화	『檜門觀劇詩』諸家의 和詩略論,『中國學』, 第49輯, 부산, 大韓中國學會, 2014年 12月
오태석	노자 도덕경 기호체계의 상호텍스트성 연구,『中國語文學志』, 第48輯, 서울, 中國語文學會, 2014年 12月
吳恒寧	조선시대 추안(推案)에서 만난 주체의 문제,『中國語文論譯叢刊』, 第34輯, 서울, 中國語文論譯學會, 2014年 1月
오현주	현대중국어 공손표현 교육 방안 연구,『中國語文學』, 第66輯, 대구, 嶺南中國語文學會, 2014年 8月
오효려	『龍圖公案』與朝鮮訟事小說中的人命案研究,『中國語文論叢』, 第64輯, 서울, 中國語文研究會, 2014年 8月
오효려	從寓意角度解讀中、韓公案小說中的動物形象,『中國語文論叢』, 第66輯, 서울, 中國語文研究會, 2014年 12月
王　楠	現代漢語"微X"詞族中"微"的類詞綴傾向分析,『中國語文學論集』, 第87號, 서울, 中國語文學研究會, 2014年 8月
왕　녕	식민지시기 중국현대문학 번역자 양백화, 정내동의 역할 및 위상, 연세대 대학원 석사 논문, 2013
왕　비	從"三言"·"二拍"的商人形象看其商業價値觀,『中國學報』, 第70輯, 서울, 韓國中國學會, 2014年 12月
왕　송·최의현	중국 스마트폰 산업의 저비용 혁신에 관한 연구,『中國學研究』, 第70輯, 서울, 中國學研究會, 2014年 11月
왕　유	문학치료학 관점으로 살펴본 한·중 구비설화의 부녀대립서사 비교 연구, 건국대 대학원 석사 논문, 2013
王　平	"古文"術語在中國古代字典中的淵源與流變考: 以『說文解

字』和『宋本玉篇』爲中心,『韓中言語文化硏究』, 第35輯, 서울, 韓國現代中國硏究會, 2014年 6月

왕동위	書評『漢字的構造及其文化意蘊』, 『中國語文學』, 第65輯, 대구, 嶺南中國語文學會, 2014年 4月
王彤偉	論魯迅近體詩的格律, 『韓中言語文化硏究』, 第35輯, 서울, 韓國現代中國硏究會, 2014年 6月
王寶霞	論學習型中韓詞典中的成語處理模式, 『中國語文論譯叢刊』, 第34輯, 서울, 中國語文論譯學會, 2014年 1月
王寶霞	『漢韓成語學習詞典』編纂的基礎硏究, 『中國言語硏究』, 第50輯, 서울, 韓國中國言語學會, 2014年 2月
王寶霞	『韓漢科技專科學習詞典』的編纂硏究, 『中語中文學』, 第57輯, 서울, 韓國中語中文學會, 2014年 4月
王寶霞 · 蔡智超	『爸爸! 我們去哪兒?』的敘事學分析, 『中語中文學』, 第59輯, 서울, 韓國中語中文學會, 2014年 12月
王飛燕	試論陶淵明與金時習的性情及其在'飮酒詩'中的表現, 『中國人文科學』, 第56輯, 광주, 中國人文學會, 2014年 4月
王翡翠 · 羅敏球	韓劇『來自星星的你』的修辭格分析, 『中國學硏究』, 第70輯, 서울, 中國學硏究會, 2014年 11月
王韶潔	SPS장벽에 대한 중국 4성의 대응방안에 관한 연구-산동성, 절강성, 복건성, 사천성, 전북대 대학원 석사 논문, 2013
왕영덕	韓日學生感知漢語句子難度硏究, 『中國言語硏究』, 第55輯, 서울, 韓國中國言語學會, 2014年 12月
王鈺婷	現代性與國族主義之互涉: 論1950、1960年代臺灣摩登女郎現象, 『中國現代文學』, 第68號, 서울, 韓國中國現代文

	學學會, 2014年 3月
王晶晶	包天笑的"辛亥革命"敍事: 以『留芳記』爲中心,『韓中言語文化硏究』, 第34輯, 서울, 韓國現代中國硏究會, 2014年 2月
王天泉	"荒芙英雄路": 論張承志的小說創作,『中國學硏究』, 第67輯, 서울, 中國學硏究會, 2014年 3月
王海鷰	蕭紅 소설 연구-여성의 비극적 운명 및 그 근원을 중심으로, 충북대 대학원 석사 논문, 2013
왕효나	『뇌우』중·한 비교, 숭실대 대학원 석사 논문, 2013
于 鵬	中國大學生閱讀不同文體漢語篇章的眼動實驗硏究,『中國語 敎育과 硏究』, 第19號, 서울, 韓國中國語敎育學會, 2014年 6月
于 鵬	對韓漢語敎學中副詞"都"的敎學難点及對策,『中國語 敎育과 硏究』, 第20號, 서울, 韓國中國語敎育學會, 2014年 12月
우강식	金庸 무협소설에 나타난 江湖의 유형과 특징에 관한 고찰,『中國語文學』, 第67輯, 대구, 嶺南中國語文學會, 2014年 12月
牛建芳	井上靖의 中國歷史小說 考察-西域小說『敦煌』을 中心으로, 동국대 대학원 석사 논문, 2013
우인호	韓漢口譯練習中的"變譯"探析,『中國言語硏究』, 第53輯, 서울, 韓國中國言語學會, 2014年 8月
우재호	樂府詩 「梅花落」에 관한 小考,『韓中言語文化硏究』, 第34輯, 서울, 韓國現代中國硏究會, 2014年 2月
于翠玲	殖民統治時期韓國與台灣知識份子的反思與批判性文學

	表現: 以蔡萬植「成品人生」與賴和「惹事」爲中心的比較分析, 『中國人文科學』, 第58輯, 광주, 中國人文學會, 2014年 12月
袁 紅 · 金鉉哲	현대중국어 'VP/AP+死+了' 구문 연구, 『中國語文學論集』, 第89號, 서울, 中國語文學硏究會, 2014年 12月
원효붕	『白姓官話』小考, 『中國語文學』, 第67輯, 대구, 嶺南中國語文學會, 2014年 12月
원효붕 · 박지숙	『金文編』四版正編中脫誤"□","□","□","于"字考, 『中國語文論叢』, 第66輯, 서울, 中國語文硏究會, 2014年 12月
원희헌	『양반전』과 『유림외사』의 풍자성 비교, 순천향대 교육대학원 석사 논문, 2013
위 의	한 · 중 고전시가의 봄노래 비교연구-조선 이전 시가와 『시경』의 국풍을 중심으로, 대구대 대학원 석사 논문, 2013
위수광	중국어 교육요목의 의사소통 기능항목 및 화제 선정: 한국인 학습자를 중심으로, 『中國言語硏究』, 第50輯, 서울, 韓國中國言語學會, 2014年 2月
魏慧萍	論當前漢語詞義的解構現象, 『韓中言語文化硏究』, 第35輯, 서울, 韓國現代中國硏究會, 2014年 6月
유 결	表示"撤取"義詞彙的歷史演變: 以『齊民要術』中表"撤取"義的詞彙爲線索, 『韓中言語文化硏究』, 第34輯, 서울, 韓國現代中國硏究會, 2014年 2月
劉 娜	현대중국어 열등비교 범주의 주관성 고찰, 『中國語文學論集』, 第86號, 서울, 中國語文學硏究會, 2014年 6月
劉 偉	範圍副詞"都"與"全"的差異及其認知理據, 『中國文學』, 第

80輯, 서울, 韓國中國語文學會, 2014年 8月

| 劉　哲 | 『老乞大』系列的名量詞研究, 『中國學論叢』, 第42, 大田, 韓國中國文化學會, 2014年 8月 |

유　혁 　　王文治詩歌論略, 『中國文學研究』, 第54輯, 서울, 韓國中文學會, 2014年 2月

劉劍梅 　一個孩子的聖經, 『韓中言語文化研究』, 第36輯, 서울, 韓國現代中國研究會, 2014年 10月

유경철 　『권술견문록(拳術見聞錄)』과 민족영웅 곽원갑(霍元甲)의 신화, 『中國文學』, 第79輯, 서울, 韓國中國語文學會, 2014年 5月

유경철 　이연걸(李連杰)의 영화 『곽원갑(霍元甲)』과 21세기 중국 무술영화의 향방, 『中國現代文學』, 第69號, 서울, 韓國中國現代文學學會, 2014年 6月

劉美景 　杜十娘의 비극 연구: 杜十娘에 새겨진 화폐 표상, 『中國語文學論集』, 第86號, 서울, 中國語文學研究會, 2014年 6月

유민희 　수많은, 평범한 "당신"에게 바치는 헌사: "여성"과 "타자"의 키워드로 읽은 『傾城之戀』, 『中國語文論叢』, 第61輯, 서울, 中國語文研究會, 2014年 2月

유병갑 　皇甫枚 『飛烟傳』 연구-비극요소를 중심으로, 『中國文學研究』, 第54輯, 서울, 韓國中文學會, 2014年 2月

유병례 　朱淑眞의 詠史詩, 『中國語文論叢』, 第62輯, 서울, 中國語文研究會, 2014年 4月

유봉구 　중국 科擧崇拜神의 형성과 그 전개 연구: 魁星神을 중심으로, 『中國學研究』, 第70輯, 서울, 中國學研究會, 2014

年 11月

유성준	晚唐 馬戴의 詩, 『中國學硏究』, 第67輯, 서울, 中國學硏究會, 2014年 3月
유수경	'上', '上面', '上邊'의 어법특성 비교, 『韓中言語文化硏究』, 第36輯, 서울, 韓國現代中國硏究會, 2014年 10月
劉承炫·閔寬東	『珍珠塔』의 서지·서사와 번역양상 : 한국학중앙연구원 소장 56회본을 중심으로, 『中國小說論叢』, 第42輯, 서울, 韓國中國小說學會, 2014年 4月
유연주	『金瓶梅』 속 관음중적 시선 연구, 이화여대 대학원 석사논문, 2013
유영기	『論語』의 제시주어 고찰, 『中國人文科學』, 第56輯, 광주, 中國人文學會, 2014年 4月
劉一雙·鐵 徽	『東韓譯語·釋親』硏究: 以親屬稱謂語彙爲中心, 『中國語文論譯叢刊』, 第34輯, 서울, 中國語文論譯學會, 2014年 1月
劉日煥	中國 先秦時代에 있어서의 社의 기원과 변천(1), 『中國學論叢』, 第41輯, 大田, 韓國中國文化學會, 2014年 4月
유재원	『華音撮要』 중국어성모 한글표음에 관한 고찰, 『中國學硏究』, 第69輯, 서울, 中國學硏究會, 2014年 8月
유재원	『關話略抄』 중국어성모 한글 표음 연구, 『中國語文學志』, 第48輯, 서울, 中國語文學會, 2014年 12月
유재원·김미순	수능 중국어 I 의 의사소통기능 평가 문항 분석 : 평가 목표와 출제 범위를 기준으로, 『中國語 敎育과 硏究』, 第20號, 서울, 韓國中國語敎育學會, 2014年 12月

유중하	짜장면의 뿌리를 찾아서(1): 동북아 화교 네트워크에서 바라본 짜장면,『中國語文學志』, 第48輯, 서울, 中國語文學會, 2014年 9月
유태규	王安石의「明妃曲」과 歐陽脩의 和答詩 考察,『韓中言語文化硏究』, 第34輯, 서울, 韓國現代中國硏究會, 2014年 2月
유태규	西漢의 和親 역사와 王昭君 흉노 출가의 背景,『中國文化硏究』, 第25輯, 서울, 中國文化硏究學會, 2014年 8月
유풀잎	『紅樓夢』에 나타난 女性像 硏究, 동국대 교육대학원 석사 논문, 2013
유향숙	元好問의 樂府詩 硏究, 인하대 교육대학원 석사 논문, 2013
유혜영	「琴操」의 편찬 동기와 사회문화적 가치,『中國文化硏究』, 第25輯, 서울, 中國文化硏究學會, 2014年 8月
尹 錫	李白의 長安宮廷時期 社會的 關係網 구축 양상 小考,『中國語文學論集』, 第86號, 서울, 中國語文學硏究會, 2014年 6月
윤고은	금문의 이미지를 주제로 한 도자접시 연구, 서울과학기술대 산업대학원 석사 논문, 2013
윤기덕	중국어 복모음 음절구조의 정량적 분석,『中國言語硏究』, 第52輯, 서울, 韓國中國言語學會, 2014年 6月
尹相熙	祈使句와 명령문의 相異性과 특징에 대한 비교연구,『中國語文學論集』, 第86號, 서울, 中國語文學硏究會, 2014年 6月
윤영도	신자유주의 시대 중국계 이주민의 초국적 사회공간

	(Transnational Social Space)의 형성과 변천: 밴쿠버의 사례를 중심으로, 『中國現代文學』, 第68號, 서울, 韓國中國現代文學學會, 2014年 3月
윤용보 · 임영화	謙讓語를 사용한 현대 중국어 敬語法 소고, 『中國學』, 第48輯, 부산, 大韓中國學會, 2014年 8月
尹有貞	HNC이론에 기초한 현대중국어 구문(語句)격식 분석, 『中國文化硏究』, 第24輯, 서울, 中國文化硏究學會, 2014年 5月
윤유정	한국학생의 중국어 문장성분 습득 연구: 첨가/누락을 중심으로, 『中語中文學』, 第59輯, 서울, 韓國中語中文學會, 2014年 12月
尹銀雪	明淸시기 堂會 공연 비교 고찰: 『金甁梅』와 『紅樓夢』속 희곡 관련 묘사를 중심으로, 『中國語文學論集』, 第89號, 서울, 中國語文學硏究會, 2014年 12月
윤지영	중국의 현대 작가를 통해 살펴 본 베이징, 한국교통대 인문대학원 석사 논문, 2013
尹志源	『鶡冠子』硏究(1), 『中國學論叢』, 第42輯, 大田, 韓國中國文化學會, 2014年 8月
윤창준	甲骨卜辭를 통해 본 商代의 崇拜對象 고찰(1): 自然神의 최고 지위를 갖는 上帝, 『中國言語硏究』, 第52輯, 서울, 韓國中國言語學會, 2014年 6月
尹賢淑	李玉의 「占花魁」(Ⅳ), 『中國語文論譯叢刊』, 第34輯, 서울, 中國語文論譯學會, 2014年 1月
응웬 티 히엔	동아시아 근대시에 나타난 산책가와 식민지 도시 인식 연구-경성, 하노이와 상하이를 중심으로, 서울대 대학원 박

사 논문, 2013

李 丹　　　　　網絡政治參與對中國政治環境的影響分析,『中國學』, 第
　　　　　　　 48輯, 부산, 大韓中國學會, 2014年 8月

李 莉·韓容洙　漢語模糊數詞隷屬度分析,『中國語文學論集』, 第89號,
　　　　　　　 서울, 中國語文學硏究會, 2014年 12月

이 연　　　　　漢傳佛敎『維摩經』사상과 李奎報의 佛敎詩,『中國語文
　　　　　　　 學』, 第66輯, 대구, 嶺南中國語文學會, 2014年 8月

李 慧·張祝平　清代毛評『三國演義』廣百宋齋本圖贊硏究,『中國小說論
　　　　　　　 叢』, 第44輯, 서울, 韓國中國小說學會, 2014年 12月

이 훈　　　　　17-18세기 清朝의 滿洲地域에 대한 政策과 認識-건륭기
　　　　　　　 만주족의 위기와 관련하여, 고려대 대학원 박사 논문,
　　　　　　　 2013

李嘉英·文大一　新世紀中國當代文學在韓國的接受與反響: 以莫言、曹
　　　　　　　 文軒爲中心,『中國文化硏究』, 第24輯, 서울, 中國文化硏
　　　　　　　 究學會, 2014年 5月

이강범　　　　 근대 중국 언론 자유 인식의 시작: 1903년 "蘇報案"의 전
　　　　　　　 말과 그 의의,『中國學報』, 第69輯, 서울, 韓國中國學會,
　　　　　　　 2014年 6月

李康範　　　　 竹林七賢을 통해 본 隱逸文化와 司馬氏의 정치폭력,『中
　　　　　　　 國語文學論集』, 第88號, 서울, 中國語文學硏究會, 2014
　　　　　　　 年 10月

이강재·이미경·송홍령·김석영　(신)HSK에 대한 한국의 중국어 교육
　　　　　　　 자·학습자 인식 조사연구,『中國語 敎育과 硏究』, 第19
　　　　　　　 號, 서울, 韓國中國語敎育學會, 2014年 6月

李京奎	왕안석 사 연구 : 禪理詞를 중심으로 , 『中國語文學論集』, 第88號, 서울, 中國語文學硏究會, 2014年 10月
이경미	韓·中·日 고전문학 속에 보이는 여성과 자살(自殺),『中國學』, 第47輯, 부산, 大韓中國學會, 2014年 4月
이경진	현대 중국어 비교구문의 특징 분석: 목적어 비교구문이 형성되지 않는 이유를 중심으로,『中國語文論叢』, 第61輯, 서울, 中國語文硏究會, 2014年 2月
이경하	숨겨진 진실을 찾아서: 쉬즈모 (徐志摩)의 "바바오샹(八寶箱)" 미스터리에 대한 小考,『中國語文學』, 第66輯, 대구, 嶺南中國語文學會, 2014年 8月
이경하	현대 중국을 만나다: 왕하이링(王海鴒)의 "결혼 부작"을 중심으로,『中國語文學志』, 第48輯, 서울, 中國語文學會, 2014年 12月
李京勳·李龍振	在華海外公司知識轉移實證硏究,『中國學論叢』, 第41輯, 大田, 韓國中國文化學會, 2014年 4月
李庚姬	중국어 개음 i[j] 고찰: 한국어와 영어의 [j]와 비교를 통하여,『中國語文學論集』, 第84號, 서울, 中國語文學硏究會, 2014年 2月
李光洙	중국지방정부의 온라인 정치,『中國學論叢』, 第42輯, 大田, 韓國中國文化學會, 2014年 8月
이규갑	異體字 字形類似偏旁의 通用 類型 地圖 構築: 寸·大·人爲主,『中語中文學』, 第59輯, 서울, 韓國中語中文學會, 2014年 12月
이규태	中國與周邊國家的外交關係和問題,『中國學論叢』, 第43

	輯, 大田, 韓國中國文化學會, 2014年 12月
이근석	중국유머에 나타난 한국인 풍자의 양태(1): 유머의 번역과 분류를 중심으로, 『中國語文論叢』, 第61輯, 서울, 中國語文硏究會, 2014年 2月
이근숙	중학교 『생활 중국어』 13종의 간체자 분류 및 지도방안 연구, 한국외대 교육대학원 석사 논문, 2013
李紀勳·朴貞淑·黃永姬·權鎬鐘·申旻也·李奉相	『靑樓韻語』 序跋文 譯註, 『中國語文論譯叢刊』, 第35輯, 서울, 中國語文論譯學會, 2014年 7月
이남종	조선(朝鮮) 만성(晩醒) 박치복(朴致馥, 1824-1893)의 『陶靖節述酒詩解』, 『中國文學』, 第80輯, 서울, 韓國中國語文學會, 2014年 8月
李騰淵	試論"孔子厄於陳蔡"故事的敍事轉變過程, 『中國人文科學』, 第56輯, 광주, 中國人文學會, 2014年 4月
李騰淵	試論馮夢龍小說評語中的小說觀念: 以戲曲小說文類分合爲中心, 『中國人文科學』, 第58輯, 광주, 中國人文學會, 2014年 12月
이명아·한용수	중국어 호칭어 중의성에 관한 소고, 『中國語文論叢』, 第64輯, 서울, 中國語文硏究會, 2014年 8月
이명아·한용수	중국어 "老+X", "大+X", "小+X" 형의 호칭어 비교, 『中國言語硏究』, 第53輯, 서울, 韓國中國言語學會, 2014年 8月
李明姬	周公廟遺址의 성격 규명에 관한 小考: 西周 周公廟甲骨文을 중심으로, 『中國語文學論集』, 第84號, 서울, 中國語文學硏究會, 2014年 2月

이명희	西周甲骨文의 연구 槪況, 『中國文化硏究』, 第24輯, 서울, 中國文化硏究學會, 2014年 5月
이미경	중국어 성조와 한국어 방언 성조에 대한 운율유형론적 고찰, 『中國文學』, 第78輯, 서울, 韓國中國語文學會, 2014年 2月
이미경·이강재·송홍령·김석영	(신)HSK에 대한 한국의 중국어 교육자·학습자 인식 조사연구, 『中國語 敎育과 硏究』, 第19號, 서울, 韓國中國語敎育學會, 2014年 6月
李美娜·金原希	三套韓國兒童漢語敎材詞匯考察分析, 『中國語 敎育과 硏究』, 第20號, 서울, 韓國中國語敎育學會, 2014年 12月
이민영	殷墟賓組卜辭 驗辭硏究, 『中語中文學』, 第59輯, 서울, 韓國中語中文學會, 2014年 12月
이범열	현대중국어의 호응식 의문대명사구문 "誰$_1$...誰$_2$..."에서 "誰$_1$"과 "誰$_2$"의 주제기능 연구, 『中國語文學志』, 第47輯, 서울, 中國語文學會, 2014年 6月
이범열	인지적 관점에서 본 현대중국어의 動物隱喩歇後語, 『中國語文學志』, 第48輯, 서울, 中國語文學會, 2014年 12月
이병관	『설문해자·서』 譯註(상), 『中國文化硏究』, 第24輯, 서울, 中國文化硏究學會, 2014年 5月
이보경	루쉰(魯迅)의 『양지서(兩地書)』 연구: 출판 동기를 중심으로, 『中國現代文學』, 第68號, 서울, 韓國中國現代文學學會, 2014年 3月
李保高	중국 공공외교와 공자아카데미, 『中國語文學論集』, 第88號, 서울, 中國語文學研究會, 2014年 10月

이보고	19세기 초 中西 문화 접촉과 The Chinese Repository: 기독교 전파 과정에서의 中西 언어문화 접촉을 중심으로, 『中國語文論叢』, 第66輯, 서울, 中國語文研究會, 2014年 12月
李奉相·申旻也·李紀勳·朴貞淑·黃永姬·權鎬鐘	『靑樓韻語』序跋文譯註, 『中國語文論譯叢刊』, 第35輯, 서울, 中國語文論譯學會, 2014年 7月
李相機	秦石刻文字에 나타난 同字異形에 대한 考察, 『中國人文科學』, 第56輯, 광주, 中國人文學會, 2014年 4月
李相德	梁白華의 「빨래하는 처녀」에 대하여, 『中國小說論叢』, 第44輯, 서울, 韓國中國小說學會, 2014年 12月
李相雨	試論王蒙小說敍事角度的更迭及其藝術表現的內驅力, 『中國人文科學』, 第57輯, 광주, 中國人文學會, 2014年 8月
李相勳·趙成千	朱熹與王夫之的"明德"釋義的異同在中國哲學文化: 以朱熹的"明德"爲主, 『中國文化研究』, 第25輯, 서울, 中國文化研究學會, 2014年 8月
이상훈·조성천	王夫之『薑齋文集·書後二首』解題와 譯註, 『中國語文論叢』, 第65輯, 서울, 中國語文研究會, 2014年 10月
이새미	錢鍾書『圍城』의 실존의식 연구, 고려대 대학원 석사 논문, 2013
이석환	空海의 敎學思想 硏究-如來藏思想과 관련하여, 동국대 대학원 박사 논문, 2013
이선미	張愛玲 중단편 소설집『傳奇』연구, 성신여대 대학원 석사 논문, 2013
이선옥	余華의 문학세계(1), 『中國文學』, 第78輯, 서울, 韓國中

國語文學會, 2014年 2月

이선희 한중 식품 광고에 나타난 공감각적 은유 양상, 『中國語文學』, 第65輯, 대구, 嶺南中國語文學會, 2014年 4月

이설연 한·중 "받다"류 어휘의 의미 분석 대조 연구, 『中國言語研究』, 第51輯, 서울, 韓國中國言語學會, 2014年 4月

이설화 중국어의 도상성에 대한 분석, 『中國語文學志』, 第48輯, 서울, 中國語文學會, 2014年 12月

이소동 고대중국어 동사화 연구, 『中國文學研究』, 第54輯, 서울, 韓國中文學會, 2014年 2月

이소동 『孟子·公孫丑上』 '知言'句의 의미연구, 『中國文學研究』, 第57輯, 서울, 韓國中文學會, 2014年 11月

이소영 제국의 도시, 양주(揚州): 18세기 중국 어느 지방 도시의 문명 생태 보고서, 『양주화방록(揚州畵舫錄)』, 『中國文學』, 第81輯, 서울, 韓國中國語文學會, 2014年 11月

이수민 『姑妄言』 속 人物의 命名 特徵과 意味, 『中國學研究』, 第68輯, 서울, 中國學研究會, 2014年 6月

이수진 중국어 사동과 피동의 상관성에 관한 연구: '叫/讓' 구문을 중심으로, 『中國學』, 第47輯, 부산, 大韓中國學會, 2014年 4月

이숙연 自然之心-臺灣山地原住民文學文本中的生態倫理觀, 『韓中言語文化研究』, 第35輯, 서울, 韓國現代中國研究會, 2014年 6月

李淑娟 擺蕩的生命圖象: 夏曼·藍波安的族裔生命書寫與生命創化, 『中國文學』, 第80輯, 서울, 韓國中國語文學會, 2014

年 8月

이순미	『老乞大』에 보이는 긍정응답어 "可知" 고찰, 『中國語文論叢』, 第61輯, 서울, 中國語文硏究會, 2014年 2月
이순미	『訓蒙字會』 "身體" 部의 중국어 어휘 연구, 『中國語文論叢』, 第63輯, 서울, 中國語文硏究會, 2014年 6月
이순자	李白 飮酒詩의 道家的 性向 硏究, 국민대 대학원 석사 논문, 2013
이슬애	巴金의 『隨想錄』 번역-「說夢」외 19편, 동국대 교육대학원 석사 논문, 2013
이승은	중국 TV드라마 연구-『奮鬪』와 『蝸居』의 서사 특징과 서사 공간을 중심으로, 전남대 대학원 석사 논문, 2013
이승훈	중국어 修辭格 比擬에 대하여: 隱喩와의 차이를 중심으로, 『中國文學』, 第81輯, 서울, 韓國中國語文學會, 2014年 11月
이시찬	『綠窓新話』 一書의 성격과 소설사적 가치, 『中國文學硏究』, 第54輯, 서울, 韓國中文學會, 2014年 2月
李時燦	『淸平山堂話本‧欹枕集』 硏究, 『中國小說論叢』, 第42輯, 서울, 韓國中國小說學會, 2014年 4月
李時燦	宋代 문화와 서사문학 발전의 상관관계 연구, 『中國文化硏究』, 第24輯, 서울, 中國文化硏究學會, 2014年 5月
이시찬	'王魁' 故事를 통해 본 宋代 사회상 硏究, 『中國學硏究』, 第68輯, 서울, 中國學硏究會, 2014年 6月
이안방	나츠메 소세키(夏目漱石)의 수용을 통해 본 이광수와 루쉰(魯迅)의 비교, 강릉원주대 대학원 석사 논문, 2013
이여빈‧이희경	1930년대 '민주화 독재' 논쟁을 통해 본 후스(胡適)의 정치

	사상, 『中國現代文學』, 第70號, 서울, 韓國中國現代文學學會, 2014年 9月
李麗秋	本科生韓中口譯課敎學法探析, 『韓中言語文化硏究』, 第34輯, 서울, 韓國現代中國硏究會, 2014年 2月
李永求・姜小羅	스코포스 이론의 관점에서 본 중국 창작 동화의 번역 전략 고찰: 정위엔지에(鄭淵洁)의 '열두 띠 시리즈'를 중심으로, 『中國語文論譯叢刊』, 第35輯, 서울, 中國語文論譯學會, 2014年 7月
李永燮	陳寅恪의 中國中古史 硏究를 통해 본 近代中國 文化談論의 전환, 『中國語文學論集』, 第84號, 서울, 中國語文學硏究會, 2014年 2月
이영섭	淸朝遺老 王國維 學術의 時宜性 연구: 『說文』 今敍篆文合以古籒說을 중심으로, 『中國語文學』, 第65輯, 대구, 嶺南中國語文學會, 2014年 4月
李永燮	中國 近代 新文化運動에 대한 化保守主義者의 비판: 梅光迪의 「評提倡新文化者」를 중심으로, 『中國語文學論集』, 第85號, 서울, 中國語文學硏究會, 2014年 4月
李永燮	슬픔에 대한 중국문학과 서양문학의 문화적인 공감과 소통: 錢鍾書의 「詩可以怨」 解題와 譯註, 『中國語文論譯叢刊』, 第35輯, 서울, 中國語文論譯學會, 2014年 7月
李暎叔	曹操의 '唯才是擧'에 반영된 여성관, 『中國小說論叢』, 第42輯, 서울, 韓國中國小說學會, 2014年 4月
이영숙	『여인무사』의 마이너리티 담론 : 젠더와 디아스포라를 중심으로, 『中國文化硏究』, 第25輯, 서울, 中國文化硏究學

	會, 2014年 8月
李英月	연변지역의 韓中 상호 번역에 나타나는 諧音 修辭의 유형과 표현 효과 연구,『韓中言語文化研究』, 第36輯, 서울, 韓國現代中國研究會, 2014年 10月
李英姬	"有"的演化小考,『中國學』, 第49輯, 부산, 大韓中國學會, 2014年 12月
李 銳	정지상 시의 만당시풍적 특질, 경남대 대학원 석사 논문, 2013
李玉珠	표준중국어 발화 속도와 음높이 연구,『中國語文學論集』, 第86號, 서울, 中國語文學研究會, 2014年 6月
이옥하	溫庭筠詞에 활용된 꽃 이미지 특질 고찰: 韋莊, 李煜詞와의 비교를 겸론하여,『中國語文學志』, 第47輯, 서울, 中國語文學會, 2014年 6月
李龍振·李京勳	在華海外公司知識轉移實證研究,『中國學論叢』, 第41輯, 大田, 韓國中國文化學會, 2014年 4月
이용태	"心性論"으로 본 周作人의 "人性論" 연구,『中國語文學』, 第66輯, 대구, 嶺南中國語文學會, 2014年 8月
이우철·사위국	漢語敎材中的"SVOV得C"句式的語法特點分析, 『中國語文學』, 第67輯, 대구, 嶺南中國語文學會, 2014年 12月
이욱연	『정글만리』 신드롬을 어떻게 볼 것인가?,『中國學報』, 第69輯, 서울, 韓國中國學會, 2014年 6月
이운재·송홍령	코퍼스에 근거한 현대중국어 "V+在+장소" 구문의 의미 분석: 장소구문의 동사 분포 양상을 중심으로,『中國語文學志』, 第48輯, 서울, 中國語文學會, 2014年 12月

李有鎭	20세기 전반 중국의 '동북' 역사기획 속에서의 주몽서사 : 푸쓰녠의 「동북사강」을 중심으로, 『中國語文學論集』, 第85號, 서울, 中國語文學硏究會, 2014年 4月
李允姬	1940년대 關永吉의 향토문학 구상 : 새로운 향토문학사 인식의 가능성을 제기하며, 『中國小說論叢』, 第43輯, 서울, 韓國中國小說學會, 2014年 8月
李垠尙	중국 지식정보 유통과 시누아즈리 형성, 『中國學論叢』, 第41輯, 大田, 韓國中國文化學會, 2014年 4月
이은수	중국어 주제의 기능에 관한 고찰, 『中國文學硏究』, 第54輯, 서울, 韓國中文學會, 2014年 2月
이은수	중한 재귀대명사 비교 연구, 『中國文學硏究』, 第55輯, 서울, 韓國中文學會, 2014年 5月
이은수	중일 재귀대명사 비교 연구, 『中國語文論叢』, 第65輯, 서울, 中國語文硏究會, 2014年 10月
이은화 · Hou Jie	한국인 중국어 학습자의 이음절 어휘 습득과 한국어 한자어와의 상관관계 연구, 『中國言語硏究』, 第54輯, 서울, 韓國中國言語學會, 2014年 10月
이장휘	范曄의 〈옥중에서 여러 조카들에게 보내는 편지(獄中與諸甥侄書)〉 역주, 『中國學』, 第47輯, 부산, 大韓中國學會, 2014年 4月
이재송	沈從文의 "鄕下人" 창작의식 연구, 경희대 교육대학원 석사 논문, 2013
이재훈	朱熹 『詩集傳』 「曹風」의 新舊傳 비교 연구, 『中國語文論叢』, 第63輯, 서울, 中國語文硏究會, 2014年 6月

이정민	조선시대의『小學』이해 연구, 서울대 대학원 박사 논문, 2013
이정순	사동문 의미자질의 한－중 번역 교육에 대한 함의 연구, 『中國語 敎育과 硏究』, 第19號, 서울, 韓國中國語敎育學會, 2014年 6月
이정심	다차원 척도 분석으로 해석한 '看'의 다의적 의미관계, 『中國文學硏究』, 第57輯, 서울, 韓國中文學會, 2014年 11月
이정인	'사회주의 정신문명'에서 '중화문화'로의 이동: 개혁개방 이후 중국 문화정책의 흐름, 『中國文化硏究』, 第24輯, 서울, 中國文化硏究學會, 2014年 5月
이정재	華東地域 제의연행에 보이는 西遊記 敍事의 특징: 江蘇 南通 및 六合의 "神書"를 중심으로, 『中國學報』, 第70輯, 서울, 韓國中國學會, 2014年 12月
이정표 · 김경환	중국 신토지 개혁 이후 농민소득 변화 분석: 충칭시 지표(地票) 제도를 중심으로, 『中國學』, 第49輯, 부산, 大韓中國學會, 2014年 12月
李濟雨	晩明小品 연구 중 '小品' 개념의 구성과 인식: 現狀과 問題, 『中國語文論譯叢刊』, 第34輯, 서울, 中國語文論譯學會, 2014年 1月
李鍾武	船山詩學 체계 속 '興會'에 대한 一考, 『中國人文科學』, 第57輯, 광주, 中國人文學會, 2014年 8月
이종무 · 김원희	사회전환기 신세대 의식에 관한 문화적 담론, 『中國學』, 第48輯, 부산, 大韓中國學會, 2014年 8月
이종민	梁啓超『新中國未來記』譯註(1), 『中國現代文學』, 第68

號, 서울, 韓國中國現代文學學會, 2014年 3月

이종민   梁啓超『新中國未來記』譯註(2),『中國現代文學』, 第69
號, 서울, 韓國中國現代文學學會, 2014年 6月

이종민   왕후이의『現代中國思想的興起』에 대한 비판적 고찰: 유
학과 제국 문제를 중심으로,『中國現代文學』, 第71號, 서
울, 韓國中國現代文學學會, 2014年 12月

이종호   현대중국어 호칭표시 이중목적어 구문 재고,『中國言語硏
究』, 第53輯, 서울, 韓國中國言語學會, 2014年 8月

이주노   新文化運動期 中國知識人의 사유체계 연구: 東西文化論
戰을 중심으로,『中國現代文學』, 第69號, 서울, 韓國中國
現代文學學會, 2014年 6月

李洲良   『春秋』的記事特徵及其對『左傳』、『國語』的影響, 『中
國語文論譯叢刊』, 第35, 서울, 中國語文論譯學會, 2014
年 7月

이주민   魯迅 詩歌 硏究, 고려대 대학원 박사 논문, 2013

이주영·양갑용   중국 유학생의 한국 유학 선택 행위 연구: 근거이론에 기
초하여, 『中國學硏究』, 第69輯, 서울, 中國學硏究會,
2014年 8月

李周殷   現代漢語連動句的認知解析, 『中國文化硏究』, 第24輯,
서울, 中國文化硏究學會, 2014年 5月

이주해   唐宋 "讀詩詩"의 사회적 기능과 문인들의 심리,『中國語
文學志』, 第47輯, 서울, 中國語文學會, 2014年 6月

이주현   삶과 죽음, 그 경계에 대한 통찰:「들풀(野草)」에 나타난
루쉰(魯迅) 상상력의 일면,『中國文學』, 第80輯, 서울, 韓

	國中國語文學會, 2014年 8月
이중희 · 김성자	중국 베이징시 교통 · 통신비의 소비구조 변화,『中國學』, 第47輯, 부산, 大韓中國學會, 2014年 4月
이지민 · 김준연	趙孟頫 題畵詩의 감각적 표현 연구,『中國語文論叢』, 第64輯, 서울, 中國語文硏究會, 2014年 8月
이지연 · 배재석	주제중심 중국어 회화 수업 내용 연구: '패션디자인'을 중심으로,『中語中文學』, 第59輯, 서울, 韓國中語中文學會, 2014年 12月
李智暎	『可洪音義』'切脚' 硏究,『中國語文學論集』, 第86號, 서울, 中國語文學硏究會, 2014年 6月
李智暎	『可洪音義』의 引用文獻과 注音用語分析,『中國語文學論集』, 第87號, 서울, 中國語文學硏究會, 2014年 8月
李智暎	『可洪音義』의 注音에 나타난 上聲 調値 硏究:『大般涅槃經』注釋을 중심으로,『中國語文學論集』, 第89號, 서울, 中國語文學硏究會, 2014年 12月
이지영	"耳"의 曾攝 讀音에 대한 小考,『中國語文學志』, 第48輯, 서울, 中國語文學會, 2014年 12月
이지영	『可洪音義』의 止攝, 蟹攝 음운체계 연구,『中國言語硏究』, 第55輯, 서울, 韓國中國言語學會, 2014年 12月
이지원	중국어 학습자의 의사소통 능력 향상을 위한 회화교재에 쓰인 반응 발화에 대한 고찰,『中國言語硏究』, 第54輯, 서울, 韓國中國言語學會, 2014年 10月
이지은	戱曲 揷畵의 敍事性 고찰: 暖紅室本『長生殿』을 대상으로,『中國語文論叢』, 第63輯, 서울, 中國語文硏究會,

2014年 6月

이지은 · 강병규　통계적 분석 방법을 통해 본 중국어 방언 분류: 음운, 형태, 어법 자질을 중심으로, 『中國言語研究』, 第54輯, 서울, 韓國中國言語學會, 2014年 10月

이지은 · 나민구　중국 지도자 연설 텍스트의 수사학적 분석: 후진타오(胡錦濤) 2013년 신년연설을 중심으로, 『中國學報』, 第70輯, 서울, 韓國中國學會, 2014年 12月

이지현　沈從文의 장편소설 『長河』 주제의식 연구-常과 變의 인식을 중심으로, 이화여대 대학원 석사 논문, 2013

이지현 · 이창호　코퍼스에 기반한 被구문 통사 특징 소고, 『中國語文學志』, 第48輯, 서울, 中國語文學會, 2014年 9月

李知眩　현대 중국어 비대격 동사 구문(Unaccusative Verb Construction)의 의미 구조 분석, 『中國語文學論集』, 第89號, 서울, 中國語文學研究會, 2014年 12月

이찬우 · 김민창　한 · 중 양국의 중간재 교역구조 변화 분석: 국제산업연관표를 이용한 실증분석, 『中國學研究』, 第70輯, 서울, 中國學研究會, 2014年 11月

이창호 · 이지현　코퍼스에 기반한 被구문 통사 특징 소고, 『中國語文學志』, 第48輯, 서울, 中國語文學會, 2014年 9月

이채문　『詩經』 國風의 樂舞詩, 『中國文學研究』, 第56輯, 서울, 韓國中文學會, 2014年 8月

이처문 · 이홍종　박근혜 정부의 대중국정책과 한중관계의 과제, 『中國學』, 第48輯, 부산, 大韓中國學會, 2014年 8月

李鐵根　述賓短語直接做定語的偏正短語的類型與功能硏究, 『中

	國語文學論集』, 第84號, 서울, 中國語文學硏究會, 2014年 2月
이철승	현대 중국의 "중국의 꿈"관과 유가철학, 『中國學報』, 第70輯, 서울, 韓國中國學會, 2014年 12月
李春永	한어 어음변천과 현대 한국 漢字音(韻母) 반영 탐색: 현대 중국 普通話[-i],[-□],[-□],[□] 음을 대상으로, 『中國語文學』, 第66輯, 대구, 嶺南中國語文學會, 2014年 8月
이하영	돈황학개론1-한국어번역논문, 제주대 통역번역대학원 석사 논문, 2013
이해우	『福建方言字典(Dictionary of The Hok-Keen Dialect of The Chinese Language)』文白異讀字를 통해 본 閩南 漳州方言의 歷史語音層次에 대한 고찰, 『中國言語硏究』, 第55輯, 서울, 韓國中國言語學會, 2014年 12月
이헌용	高行健『靈山』한국어 번역 中의 오류 분석, 동의대 대학원 석사 논문, 2013
이현복 · 정지수	집중 중국어 연수 교육과정 설계 사례분석: 고려대학교 KU-China Global Leadership Program을 예로, 『中國語文論叢』, 第66輯, 서울, 中國語文硏究會, 2014年 12月
이현선	『音學五書 · 詩本音』 연구(2): 四聲과 四聲一貫, 『中國語文學志』, 第48輯, 서울, 中國語文學會, 2014年 9月
이현선	『音學五書 · 詩本音』-一字二音과 方音 현상, 『中國語文學志』, 第48輯, 서울, 中國語文學會, 2014年 12月
이현우	한국에서의 "歸去來"에 관한 수용의 양상, 『中國語文論叢』, 第66輯, 서울, 中國語文硏究會, 2014年 12月

이현정	대중을 위한 청산: 영화『부용진』의 때늦은 상흔 서사, 『中語中文學』, 第57輯, 서울, 韓國中語中文學會, 2014年 4月
이혜정	『西遊記』의 佛教思想과 三教의 융합, 금강대 대학원 석사 논문, 2013
이혜정	대만의 사회과 교과서에 나타난 동아시아의 표상 체계, 서울교육대 교육대학원 석사 논문, 2013
이혜정	從共時平面上看"起來"的語義分化及其句法表現, 『中國語文學』, 第67輯, 대구, 嶺南中國語文學會, 2014年 12月
이호영	王國維『人間詞話』에 나타난 境界說 研究-藝術 創作者의 觀點을 中心으로, 성균관대 대학원 석사 논문, 2013
이홍규	추이즈위안의『프티부르주아 사회주의 선언』, 중국 체재의 미래를 묻다, 『中國現代文學』, 第69號, 서울, 韓國中國現代文學會, 2014年 6月
이홍종·이처문	박근혜 정부의 대중국정책과 한중관계의 과제, 『中國學』, 第48輯, 부산, 大韓中國學會, 2014年 8月
이화범	現代漢語 조동사에 대한 規範化 初探, 『中語中文學』, 第57輯, 서울, 韓國中語中文學會, 2014年 4月
이효영	자기 주도적 중국어 어휘학습을 위한 어휘학습 전략과 지도 방안 연구, 『中國言語研究』, 第52輯, 서울, 韓國中國言語學會, 2014年 6月
이효영·진광호·정태업	Tandem 학습법을 활용한 중국어 말하기·쓰기 교육의 효과, 『中國學』, 第49輯, 부산, 大韓中國學會, 2014年 12月
이 흔	1920~30년대 한·중 소설 속의 여성상 비교연구-채만

	식·강경애와 老舍·蕭紅의 소설을 중심으로, 경희대 대학원 석사 논문, 2013
이희경	궈징밍(郭敬明) 현상과 새로운 글쓰기의 가능성, 『中國現代文學』, 第69號, 서울, 韓國中國現代文學學會, 2014年 6月
이희경·이여빈	1930년대 '민주화 독재' 논쟁을 통해 본 후스(胡適)의 정치 사상, 『中國現代文學』, 第70號, 서울, 韓國中國現代文學學會, 2014年 9月
이희옥	중국의 신형대국론과 한중관계의 재구성, 『中國學硏究』, 第67輯, 서울, 中國學硏究會, 2014年 3月
이희현	『晨報副鐫』의 신시 동향-氷心, 沈從文, 胡也頻을 중심으로, 『中國文學研究』, 第56輯, 서울, 韓國中文學會, 2014年 8月
임대근	희미한 흔적과 대체된 상상: 한국의 대중과 함께 홍콩을 문제화하기, 『中國現代文學』, 第71號, 서울, 韓國中國現代文學學會, 2014年 12月
임도현	기호론적 공간 분석을 통한 李白 詩에 대한 새로운 접근, 『中國文學』, 第79輯, 서울, 韓國中國語文學會, 2014年 5월
임동춘·송인주	陸游 茶詩에 나타난 宋代 茶俗, 『中國人文科學』, 第58輯, 광주, 中國人文學會, 2014年 12月
임명화	『說苑』에 나타난 '然' 고찰, 『中國人文科學』, 第57輯, 광주, 中國人文學會, 2014年 8月
任盤碩	향진기업 탄생·발전과 제도혁신, 『中國學論叢』, 第43輯,

大田, 韓國中國文化學會, 2014年 12月

임소라 　　　魯迅 연설 텍스트의 수사학적 분석: 소리 없는 중국(無聲
　　　　　　的中國)(1927. 2. 18.),『中國學硏究』, 第68輯, 서울, 中
　　　　　　國學硏究會, 2014年 6月

임승권 　　　中國의 集體土地 所有制에 關한 硏究,『中國學論叢』, 第
　　　　　　43輯, 大田, 韓國中國文化學會, 2014年 12月

임승배 · 라희연 　張炎與宋元之際的詞壇格局, 『中國語文論叢』, 第64輯,
　　　　　　서울, 中國語文硏究會, 2014年 8月

林承坯 · 羅海燕 　劉因之學與元代北方文派的生成,『中國人文科學』, 第58
　　　　　　輯, 광주, 中國人文學會, 2014年 12月

임영상 　　　심양 서탑 코리아타운의 변화와 민족문화축제,『中國學硏
　　　　　　究』, 第70輯, 서울, 中國學硏究會, 2014年 11月

임영화 · 윤용보 　謙讓語를 사용한 현대 중국어 敬語法 소고,『中國學』, 第
　　　　　　48輯, 부산, 大韓中國學會, 2014年 8月

임원빈 　　　宋代 승려 惠洪의 시가 연구,『中國學硏究』, 第67輯, 서
　　　　　　울, 中國學硏究會, 2014年 3月

임용지 　　　淺談韓國中文系敎學課程與就業率現況, 『中國語文學』,
　　　　　　第67輯, 대구, 嶺南中國語文學會, 2014年 12月

임의선 　　　1950년대 한국과 타이완의 여성 반공소설 비교연구-최정
　　　　　　희와 판런무를 중심으로, 성균관대 대학원 석사 논문,
　　　　　　2013

임재민 　　　중국어 발화속도와 이해도 비교 분석,『中國語 敎育과 硏
　　　　　　究』, 第19號, 서울, 韓國中國語敎育學會, 2014年 6月

임재민 　　　중국어1 인정교과서 문화소재 고찰 : 제2외국어과 교육과

	정과 연계하여,『中國語 敎育과 硏究』, 第20號, 서울, 韓 國中國語敎育學會, 2014年 12月
任祉泳	花園莊東地甲骨文에 보이는 祭品 考察,『中國語文學論 集』, 第86號, 서울, 中國語文學硏究會, 2014年 6月
임지현	중국 연변 조선족의 국민 정체성 형성-연변의 장소성과 국 가의 역할, 연세대 대학원 석사 논문, 2013
임진호	두준(杜濬)의 詩論과 시가창작: 茶村體와 茶妙四論을 중 심으로,『中國語文學志』, 第47輯, 서울, 中國語文學會, 2014年 6月
임춘성	포스트사회주의 중국의 비판적 사상의 흐름과 문화연구: 리쩌허우 · 첸리췬 · 왕후이 · 왕샤오밍을 중심으로,『中國 現代文學』, 第69號, 서울, 韓國中國現代文學學會, 2014 年 6月
임춘성	왕샤오밍(王曉明)론: 문학청년에서 유기적 지식인으로,『 中國學報』, 第70輯, 서울, 韓國中國學會, 2014年 12月
張 琦	對外漢語敎學中的得体性芻議,『中國語 敎育과 硏究』, 第20號, 서울, 韓國中國語敎育學會, 2014年 12月
장 단	「梁祝說話」韓中 小說化 樣狀, 강남대 대학원 석사 논문, 2013
장 로	한국어와 중국어의 한자음 초성체계 대조 연구, 부산대 대 학원 석사 논문, 2013
장 빈 · 최재영	『忠義直言』的槪貌,『中國言語硏究』, 第53輯, 서울, 韓國 中國言語學會, 2014年 8月
張 碩	『鷄林類事』에 對한 語學的 硏究-漢字語의 音과 意味를

中心으로, 가천대 대학원 석사 논문, 2013

장 설　　중국 동북지역 이인전의 전승에 관한 연구, 목포대 대학원 석사 논문, 2013

章 蓉　　對外漢語敎學中"近義詞"混淆現象分析 : 以韓國學生爲主, 『中國語 敎育과 硏究』, 第19號, 서울, 韓國中國語敎育學會, 2014年 6月

張佳穎　　공간척도사 '大/小'의 인지적 의미 분석, 『中國文學』, 第79輯, 서울, 韓國中國語文學會, 2014年 5月

장가영　　현대중국어 다의어 '遠/近'의 의미 확장 연구, 『中國學硏究』, 第69輯, 서울, 中國學硏究會, 2014年 8월

張慶艶　　中國現代詩歌語言常用詞의 相關比較硏究, 『韓中言語文化硏究』, 第35輯, 서울, 韓國現代中國硏究會, 2014年 6月

張慶艶　　中國現代詩歌語言的詞彙詞類和結構特點硏究, 『韓中言語文化硏究』, 第36輯, 서울, 韓國現代中國硏究會, 2014年 10月

張光芒　　突入生活·開拓敍事·深掘人生: 2013年江蘇長篇小說綜評, 『韓中言語文化硏究』, 第35輯, 서울, 韓國現代中國硏究會, 2014年 6月

張根愛　　쑤퉁(蘇童)의 「橋上的瘋媽媽」에 드러난 광기 이미지 연구, 『中國小說論叢』, 第43輯, 서울, 韓國中國小說學會, 2014年 8月

張東烈·金愛英　　異文結合 異體字 硏究:『奇字彙』를 중심으로, 『中國語文學論集』, 第88號, 서울, 中國語文學硏究會, 2014年 10月

장동천　　쉬즈모의 케임브리지 토포필리아와 낭만적 상상의 배경,

	『中國語文論叢』, 第64輯, 서울, 中國語文硏究會, 2014年 8月
장동천 · 오명선	점령지 상하이 사람의 자화상 그리기: 리젠우(李健吾)의 번안극 『진샤오위(金小玉)』에 숨겨진 의미, 『中國語文論叢』, 第65輯, 서울, 中國語文硏究會, 2014年 10月
張美蘭	중국어와 한국어 '명사+분류사'형 합성명사 대조 연구, 『中國語文論譯叢刊』, 第34輯, 서울, 中國語文論譯學會, 2014年 1月
張峰春	연변방언 한어 차용어의 성조 변용 연구, 전북대 대학원 석사 논문, 2013
張珊珊	『文章講話』 選譯, 인제대 대학원 석사 논문, 2013
장수남	웅진~사비초 백제의 남조문화 수용 연구, 연세대 대학원 박사 논문, 2013
장선우	중복동사문(重動句)의 문맥 분석, 『中國言語硏究』, 第53輯, 서울, 韓國中國言語學會, 2014年 8月
장예소	염상섭의 『삼대』와 파금의 『가』의 비교 연구, 한양대 대학원 석사 논문, 2013
張幼冬	路線介詞"順着"與"沿着"辨析, 『中國學』, 第47輯, 부산, 大韓中國學會, 2014年 4月
장윤선	신사실소설 중 망자(亡者)의 시선으로 구현된 생존풍경-팡팡(方方)의 『風景』과 쑤퉁의 『菩薩蠻』을 중심으로, 『中國文學硏究』, 第54輯, 서울, 韓國中文學會, 2014年 2月
장은주	運用'任務型敎學法'的小學生漢語口語活動設計硏究. 이화여대 외국어교육특수대학원 석사 논문, 2013

張在雄	중국어 동화 현상의 기능 음운론적 연구,『中國語文學論集』, 第86號, 서울, 中國語文學研究會, 2014年 6月
張在雄	중첩 의성어를 통한 표준 중국어의 음절 구조 분석 : 핵전 활음 음운 위치를 중심으로,『中國語文學論集』, 第88號, 서울, 中國語文學研究會, 2014年 10月
장정아 · 전인갑	동아시아 지역질서의 재구성 再論: 中心의 相對化를 위한 모색,『中國學報』, 第69輯, 서울, 韓國中國學會, 2014年 6月
장정임	The Semantic and Syntactic Differences in the Sentences in which 于 and 於 Appear: based on the Data in Zuo's Commentary(『左傳』), 『中國語文論叢』, 第61輯, 서울, 中國語文研究會, 2014年 2月
장정임	至于(至於)의 어법화 과정 고찰(上): 상고 한어 문헌에 나타난 용례를 중심으로,『中國言語研究』, 第52輯, 서울, 韓國中國言語學會, 2014年 6月
장정임	지시사 斯의 어법화 과정:『詩經』에 나타난 斯의 용례를 중심으로,『中國語文論叢』, 第65輯, 서울, 中國語文研究會, 2014年 10月
장정재 · 신금미	새만금 한중경제협력단지 조성을 위한 부동산 투자이민제도 도입의 필요성,『中國學』, 第49輯, 부산, 大韓中國學會, 2014年 12月
장준영	先秦 寓言의 스토리텔링 미학에 관한 몇 가지 단상,『中國學研究』, 第69輯, 서울, 中國學研究會, 2014年 8月
장진개 · 구경숙	河北行唐方言"V+dong+(O)+了(Lou)"結構的語義功能和

	表達功能, 『中國言語硏究』, 第51輯, 서울, 韓國中國言語學會, 2014年 4月
장진개 · 구경숙	河北行唐方言"V+dong+(O)+了(lou)"結構的語法特徵, 『中國言語硏究』, 第52輯, 서울, 韓國中國言語學會, 2014年 6月
張進凱 · 金日權	現代漢語名詞性補語構式硏究, 『中國學論叢』, 第42輯, 大田, 韓國中國文化學會, 2014年 8月
張祝平 · 李 慧	淸代毛評『三國演義』廣百宋齋本圖贊硏究, 『中國小說論叢』, 第44輯, 서울, 韓國中國小說學會, 2014年 12月
장춘석	『마하바라따』와 『觀無量壽經』에 보이는 연꽃 연구, 『中國人文科學』, 第58輯, 광주, 中國人文學會, 2014年 12月
장평평	김동인과 욱달부의 단편소설 비교연구-소설의 주제의식을 중심으로, 아주대 대학원 석사 논문, 2013
張惠貞 · 鄭榮豪	'沈小霞 고사'의 서사 비교 연구 : 「沈小霞妾」·「沈小霞相會出師表」·「청련벽일」을 중심으로, 『中國人文科學』, 第58輯, 광주, 中國人文學會, 2014年 12月
田 娟	朝鮮文人의 文天祥 認識과 『集杜詩』受容, 한국학중앙연구원 한국학대학원 석사 논문, 2013
田 輝	中國語 聲調 變化 例外 現象 硏究-『廣韻』·『中原音韻』을 중심으로, 제주대 대학원 석사 논문, 2013
전가람	『論語』「歲寒然後知松柏之後凋也」句 小考, 『中國人文科學』, 第57輯, 광주, 中國人文學會, 2014年 8月
全繼紅	韓·中 古詩歌에 나타난 '달'의 原型的 心象 硏究, 중앙대 대학원 석사 논문, 2013

전광진	중국경내 어웡키족 언어에 대한 한글 서사법 연구,『中國文學硏究』, 第55輯, 서울, 韓國中文學會, 2014年 5月
전광진	중국 타이완 남도어족 세딕어의 한글 서사법 창제,『中國文學硏究』, 第57輯, 서울, 韓國中文學會, 2014年 11月
전기정	"是……的₃" 구문의 특징과 오류분석,『中國語文學志』, 第47輯, 서울, 中國語文學會, 2014年 6月
田生芳	試析"多+V(一)點"與"V+多(一)點",『中國語文學論集』, 第88號, 서울, 中國語文學硏究會, 2014年 10月
전원홍・김종호	與漢語賓語對應的韓語形式硏究-以韓語狀態形式爲中心,『中國文學硏究』, 第54輯, 서울, 韓國中文學會, 2014年 2月
全恩淑	明末淸初 艶情小說의 "性" 콤플렉스,『中國語文學論集』, 第85號, 서울, 中國語文學硏究會, 2014年 4月
全恩淑	明末淸初 艶情小說의 "淫婦"형상과 문화심리,『中國語文學論集』, 第88號, 서울, 中國語文學硏究會, 2014年 10月
전인갑・장정아	동아시아 지역질서의 재구성 再論: 中心의 相對化를 위한 모색,『中國學報』, 第69輯, 서울, 韓國中國學會, 2014年 6月
丁 鑫	김유정과 선충원(沈從文)의 농촌소설 비교 연구, 중앙대 대학원 석사 논문, 2013
鄭廣薰	敦煌 變文의 우리말 번역에 대한 고찰 : 번역 어투를 중심으로,『中國小說論叢』, 第42輯, 서울, 韓國中國小說學會, 2014年 4月
정다움	東아시아의 蘭亭修禊圖 硏究, 홍익대 대학원 석사 논문,

2013

정민경	『香廉集』 주리정(周履靖)의 여성시에 대한 향유, 『中國語文學志』, 第47輯, 서울, 中國語文學會, 2014年 6月
정병석	帛書『易傳』「要」편을 통해 본 孔子의『周易』觀, 『中國學報』, 第70輯, 서울, 韓國中國學會, 2014年 12月
鄭相泓	『詩經』과 詩歌發生類型 硏究(2) 토템가(圖騰歌): 中國 少數民族의 詩歌 및 原始宗敎와의 비교, 『中國語文論譯叢刊』, 第35輯, 서울, 中國語文論譯學會, 2014年 7月
정성임 · 安奇燮	古代漢語 '與'의 전치사 · 접속사 기능에 대한 의문 , 『中國人文科學』, 第56輯, 광주, 中國人文學會, 2014年 4月
정성임 · 安奇燮	古代漢語 '及 · 至'의 전치사 · 접속사 기능에 대한 의문, 『中國人文科學』, 第57輯, 광주, 中國人文學會, 2014年 8月
정세진	蘇軾 詩와 관련된 일본 五山禪僧들의 讀後詩에 관한 연구: 『翰林五鳳集』에 실린 시를 중심으로, 『中國文學』, 第78輯, 서울, 韓國中國語文學會, 2014年 2月
정세진	蘇軾 詩 自註에 관한 첫 번째 고찰: 讀者에 대한 시인의 제안과 간섭, 『中國文學』, 第80輯, 서울, 韓國中國語文學會, 2014年 8月
정소영	부사어 중작교육의 문제점과 해결방안 구조조사 "地"와 정도보어 "得"를 중심으로, 『中國語文學志』, 第48輯, 서울, 中國語文學會, 2014年 12月
程小花	「申屠澄」 硏究, 『中國人文科學』, 第57輯, 광주, 中國人文學會, 2014年 8月
정소화	인류재창조형 홍수신화 비교 연구 : 彝族 4대 창세시 홍수

	자료와 한국 홍수 자료의 비교를 중심으로,『中國人文科學』, 第58輯, 광주, 中國人文學會, 2014年 12月
정언야 · 박홍수	數字成語考察,『中國言語硏究』, 第50輯, 서울, 韓國中國言語學會, 2014年 2月
정연실	『隸辨』(卷第六) 연구,『中國言語硏究』, 第52輯, 서울, 韓國中國言語學會, 2014年 6月
정연실	편방 攴, 攵(攵)의 이체 양상 고찰,『中國學硏究』, 第69輯, 서울, 中國學硏究會, 2014年 8月
鄭榮豪 · 張惠貞	'沈小霞 고사'의 서사 비교 연구 :「沈小霞妾」·「沈小霞相會出師表」·「청련벽일」을 중심으로,『中國人文科學』, 第58輯, 광주, 中國人文學會, 2014年 12月
鄭雨光	邵洵美 시에 대한 再評價 :『詩二十五首』를 중심으로,『中國文化硏究』, 第25輯, 서울, 中國文化硏究學會, 2014年 8月
鄭元祉	淸代 秧歌의 特性,『中國人文科學』, 第57輯, 광주, 中國人文學會, 2014年 8月
鄭元祉	中國 西北地域 秧歌藝人 考察,『中國人文科學』, 第58輯, 광주, 中國人文學會, 2014年 12月
정원호	『朝鮮王朝實錄』의『詩經』活用例 연구, 부산대 대학원 박사 논문, 2013
정원호	『朝鮮王朝實錄』에 인용된『詩經』「文王」편의 활용사례 고찰,『中國語文學』, 第66輯, 대구, 嶺南中國語文學會, 2014年 8月
정원호	조선시대 對중국 외교에 활용된『詩經』의 역할 고찰,『中

	國學』, 第49輯, 부산, 大韓中國學會, 2014年 12月
鄭有善	국내 중국인 유학생의 대학생활실태 조사 및 관리방안 연구,『中國語文論譯叢刊』, 第34輯, 서울, 中國語文論譯學會, 2014年 1月
정유선	중국 경극 의상의 연극적 특성,『中國文學硏究』, 第54輯, 서울, 韓國中文學會, 2014年 2月
鄭莉芳	漢語新詞語和敎學,『中國學硏究』, 第70輯, 서울, 中國學硏究會, 2014年 11月
鄭在書	『海東異蹟』의 神話, 道敎的 想像力: 중국 신선설화와의 대비적 고찰,『中國小說論叢』, 第42輯, 서울, 韓國中國小說學會, 2014年 4月
정재서	顏之推의 사상 및 처세관: 葛洪과의 비교를 통하여,『中國語文學志』, 第48輯, 서울, 中國語文學會, 2014年 12月
鄭周永	『說文解字』中的"所"字結構,『中國語文學論集』, 第84號, 서울, 中國語文學硏究會, 2014年 2月
정지수 · 이현복	집중 중국어 연수 교육과정 설계 사례분석: 고려대학교 KU-China Global Leadership Program을 예로,『中國語文論叢』, 第66輯, 서울, 中國語文硏究會, 2014年 12月
鄭鎭椌 · 朴紅英	構式語法理念在結果述補結構習得中的運用, 『中國語文論譯叢刊』, 第34輯, 서울, 中國語文論譯學會, 2014年 1月
정진걸	"신악부운동", 정말로 있었나?,『中國文學』, 第79輯, 서울, 韓國中國語文學會, 2014年 5月
정진걸	白居易의「琵琶行」에 관한 세 가지 의문,『中國文學』, 第81輯, 서울, 韓國中國語文學會, 2014年 11月

정진매 · 변형우	『論語』『孟子』에 나타난 동사 '謂'의 어법특징 고찰, 『中國文學硏究』, 第56輯, 서울, 韓國中文學會, 2014年 8月
鄭振偉	邁向個體化: 初論羅智成『透明鳥』, 『韓中言語文化硏究』, 第34輯, 서울, 韓國現代中國硏究會, 2014年 2月
정태업	朱淑眞詞에 보이는 사랑과 고독, 『中國學』, 第47輯, 부산, 大韓中國學會, 2014年 4月
정태업 · 이효영 · 진광호	Tandem 학습법을 활용한 중국어 말하기 · 쓰기 교육의 효과, 『中國學』, 第49輯, 부산, 大韓中國學會, 2014年 12月
丁海里 · 柳昌辰	林紓의 번역 사상 小考, 『中國人文科學』, 第56輯, 광주, 中國人文學會, 2014年 4月
정현선	上海 亭子間의 空間 含意와 文學的 表現, 『中國人文科學』, 第56輯, 광주, 中國人文學會, 2014年 4月
정현애	"~에게" 의미 개사구와 술어 비교연구: "對", "給", "向"을 중심으로, 『中國言語硏究』, 第54輯, 서울, 韓國中國言語學會, 2014年 10月
정현옥	李商隱 社會詩 硏究, 경상대 대학원 석사 논문, 2013
정호준	杜甫의 題畵詩 考, 『中國學硏究』, 第68輯, 서울, 中國學硏究會, 2014年 6月
정환희 · 김병환	『주역』의 수학적 논리에 대한 철학적 해명, 『中國學報』, 第70輯, 서울, 韓國中國學會, 2014年 12月
제 민	韓 · 中 妓女詩人 比較 硏究-李梅窓과 魚玄機를 중심으로, 강남대 대학원 석사 논문, 2013
제해성	蔡邕 「獨斷」에 나타난 朝廷 公文의 분류와 문체 특징 『中

　　　　　　　　國語文論叢』, 第63輯, 서울, 中國語文硏究會, 2014年 6月

趙　吉・金鉉哲　　形容詞做補語的VA動結式考察, 『中國語文學論集』, 第85
　　　　　　　　號, 서울, 中國語文學硏究會, 2014年 4月

조강필・함정식・고명걸・조혜진　　중국 진출 한국 기업의 내부역량과 전략
　　　　　　　　적합성이 성과에 미치는 영향, 『中國學』, 第47輯, 부산,
　　　　　　　　大韓中國學會, 2014年 4月

조경환　　　　　被字句의 주관화와 관화와 탈-주관화에 관화에 관한 소고,
　　　　　　　　『中國語文論叢』, 第61輯, 서울, 中國語文硏究會, 2014年
　　　　　　　　2月

조경환　　　　　17・18세기 서양 선교사들의 문법서에 관한 소고 :
　　　　　　　　Grammatica Sinica와 Arte de la lengua Mandarina의 비
　　　　　　　　교 연구, 『中國文化硏究』, 第25輯, 서울, 中國文化硏究學
　　　　　　　　會, 2014年 8月

조규백　　　　　朝鮮朝 漢文學에 나타난 蘇東坡 前後「赤壁賦」의 受容과
　　　　　　　　'赤壁船遊'의 再演, 『中國學硏究』, 第67輯, 서울, 中國學
　　　　　　　　硏究會, 2014年 3月

조기연　　　　　치유의 시문학에서 본 소식 항주 1시기 시 연구, 강원대
　　　　　　　　대학원 석사 논문, 2013

趙大遠・葉　菲　　中國股票市場的歷史回顧、現階段問題及未來展望, 『中
　　　　　　　　國學論叢』, 第41輯, 大田, 韓國中國文化學會, 2014年 4月

조득창　　　　　淺談姚一葦1960年代話劇的"史詩劇場"藝術手法, 『中國語
　　　　　　　　文論叢』, 第63輯, 서울, 中國語文硏究會, 2014年 6月

趙得昌・趙成千　　李白「登覽」三十六首 譯解(1)-제1수에서 제6수까지, 『中國
　　　　　　　　文化硏究』, 第25輯, 서울, 中國文化硏究學會, 2014年 8月

趙得昌	馬森1960年代話劇的 「荒誕劇」藝術手法,『中國文化研究』, 第26輯, 서울, 中國文化研究學會, 2014年 11月
조리영	한중 근대 저항시 비교연구-1920～1930년대 중심으로, 건국대 대학원 석사 논문, 2013
趙美娟	明代 중후기 江南 문인과 여성 배우의 교류 및 문예발전에 대한 영향,『中國語文論譯叢刊』, 第35輯, 서울, 中國語文論譯學會, 2014年 7月
조미연	張岱의 산문에 나타난 江南의 희곡문화와 그의 희곡관,『中國文學研究』, 第56輯, 서울, 韓國中文學會, 2014年 8月
조미원	『紅樓夢』의 혼종성 연구: 滿漢文化 교섭의 시각으로『紅樓夢』 읽기,『韓中言語文化研究』, 第34輯, 서울, 韓國現代中國研究會, 2014年 2月
조미원	明淸 시기 才女文化의 한 표상:『紅樓夢』 속의 詩社와 여성인물 小考,『中國語文學志』, 第48輯, 서울, 中國語文學會, 2014年 9月
조보로	한국 개화기 소설론에 나타난 양계초의 영향 연구, 배재대 대학원 박사 논문, 2013
조성금	天山 위구르王國의 佛敎繪畵 研究, 동국대 대학원 박사 논문, 2013
조성식	"潘勖錫魏, 思摹經典"辯:「冊魏公九錫文」의 風骨論的 이해,『中國語文學志』, 第48輯, 서울, 中國語文學會, 2014年 12月
趙成千・李相勳	朱熹與王夫之的"明德"釋義的異同在中國哲學文化: 以朱熹的"明德"爲主,『中國文化研究』, 第25輯, 서울, 中國文

化研究學會, 2014年 8月

趙成千·趙得昌　李白「登覽」三十六首 譯解(1)-제1수에서 제6수까지,『中國
　　　　　　　文化研究』, 第25輯, 서울, 中國文化研究學會, 2014年 8月

조성천·이상훈　王夫之『薑齋文集·書後二首』解題와 譯註,『中國語文
　　　　　　　論叢』, 第65輯, 서울, 中國語文研究會, 2014年 10月

趙成千·呂亭淵　李白「登覽」三十六首 譯解(3),『中國文化研究』, 第26輯,
　　　　　　　서울, 中國文化研究學會, 2014年 11月

조성천·서　성　唐詩 중의 知, 覺 동사의 생략과 번역,『中國語文論叢』,
　　　　　　　第66輯, 서울, 中國語文研究會, 2014年 12月

조영경 역·탕샤오빙(唐小兵) 저　타이완 문학의 개념에 관하여(1),『中國
　　　　　　　現代文學』, 第68號, 서울, 韓國中國現代文學學會, 2014
　　　　　　　年 3月

조영경 역·탕샤오빙(唐小兵) 저　타이완 문학의 개념에 관하여(2),『中國
　　　　　　　現代文學』, 第70號, 서울, 韓國中國現代文學學會, 2014
　　　　　　　年 9月

조영현　　　　차이밍량 "漫走長征" 시리즈에 대한 管窺錐指-『行者』『行
　　　　　　　在水上』『西遊』를 중심으로,『中國文學研究』, 第57輯,
　　　　　　　서울, 韓國中文學會, 2014年 11月

조윤서　　　　금문을 활용한 도벽디자인 연구, 목원대 대학원 석사 논
　　　　　　　문, 2013

趙遠一·朴福在　荀子의 經世思想 研究,『中國學論叢』, 第41輯, 大田, 韓
　　　　　　　國中國文化學會, 2014年 4月

趙源一　　　　董仲舒의 政治思想 研究,『中國學論叢』, 第42輯, 大田,
　　　　　　　韓國中國文化學會, 2014年 8月

趙恩瓊	현대 중국어 담화기능 연구를 통한 중국어 교육 방안 : 담화 표지 '完了'를 중심으로,『中國語文學論集』, 第87號, 서울, 中國語文學研究會, 2014年 8月
趙殷尚·楊兆貴	馮夢龍輯錄話本小說集的編纂方式及其寄意試探: 以『古今小說』爲主,『中國語文論叢』, 第61輯, 서울, 中國語文研究會, 2014年 2月
趙殷尚	蕭穎士와 그의 제자들: 학맥 형성과정과 문학적 성향 및 특징을 중심으로,『中國語文論譯叢刊』, 第35輯, 서울, 中國語文論譯學會, 2014年 7月
조은정	『老子』어기사 '兮' 고찰-출토문헌과 전래문헌 5종 판본 비교를 중심으로,『中國文學研究』, 第54輯, 서울, 韓國中文學會, 2014年 2月
曹銀晶	출토문헌에 보이는 "毋"의 타 부정사로의 교체 현상:『論語』와『老子』제 판본 비교를 중심으로,『中國言語研究』, 第52輯, 서울, 韓國中國言語學會, 2014年 6月
조은정	『尙書·多士』편 經文과 주석사 언어 비교 연구,『中國文學研究』, 第56輯, 서울, 韓國中文學會, 2014年 8月
조은정	홍콩의 주요 거리 이름으로 살펴본 월방언(粤方言) 차용어의 유형 및 그 특징,『中國語文論叢』, 第65輯, 서울, 中國語文研究會, 2014年 10月
조은정	출토문헌에 나타난 부정부사 弗의 의미 기능과 통시적 변천,『中國學報』, 第70輯, 서울, 韓國中國學會, 2014年 12月
趙立新·金昌慶	歷史的曖昧: 依舊存續的中朝同盟?,『中國學』, 第49輯, 부산, 大韓中國學會, 2014年 12月

趙春利·梁萬基·楊才英　　雙向語法的方法論與語義語法的本體論,『中國
　　　　　　文化研究』, 第25輯, 서울, 中國文化研究學會, 2014年 8月

조혜진·조강필·함정식·고명걸　　중국 진출 한국 기업의 내부역량과 전
　　　　　　략 적합성이 성과에 미치는 영향,『中國學』, 第47輯, 부
　　　　　　산, 大韓中國學會, 2014年 4月

조홍선　　　　『探妝血祭』의 서술방식의 의미 고찰,『中國文學研究』,
　　　　　　第57輯, 서울, 韓國中文學會, 2014年 11月

左維剛·吳淳邦　　申京淑小說在中國的接受研究: 以中文譯本『單人房』、『尋
　　　　　　找母親』、『李眞』爲中心,『中國語文論譯叢刊』, 第34輯,
　　　　　　서울, 中國語文論譯學會, 2014年 1月

左維剛·吳淳邦　　晚清小說陳春生的『五更鐘』考究,『中國語文論譯叢刊』,
　　　　　　第35輯, 서울, 中國語文論譯學會, 2014年 7月

左維剛·吳淳邦　　托爾斯泰經典的重構改編 : 陳春生『五更鐘』的本土化譯
　　　　　　述策略研究,『中國小說論叢』, 第44輯, 서울, 韓國中國小
　　　　　　說學會, 2014年 12月

朱　彤　　　　中國人 學習者를 위한 韓國語의 非言語的 意思疏通 教育
　　　　　　方案 研究-錢鍾書『圍城』의 韓譯本과 原本을 活用하여,
　　　　　　중앙대 대학원 석사 논문, 2013

주기하　　　　중국어 부사 '就' 연구사 소고,『中語中文學』, 第57輯, 서
　　　　　　울, 韓國中語中文學會, 2014年 4月

주기하　　　　현대 중국어 부사 '就'의 의미기능 분석,『中國學研究』, 第
　　　　　　69輯, 서울, 中國學研究會, 2014年 8月

주기하　　　　"就"의 主觀量 標記 기능 연구,『中國語文學志』, 第48輯,
　　　　　　서울, 中國語文學會, 2014年 9月

주문화	"差點兒(沒)"的語篇分析及敎學, 『中國語文學志』, 第46輯, 서울, 中國語文學會, 2014年 4月
주성일	『朝鮮館譯語』에 나타난 근대한어 韻尾 변화-天文門을 중심으로, 『中國文學研究』, 第54輯, 서울, 韓國中文學會, 2014年 2月
朱淑霞	『太上感應篇』及其諺解本之翻譯研究, 『中國語文論譯叢刊』, 第35輯, 서울, 中國語文論譯學會, 2014年 7月
주취난	試以"順序象似性"談漢語語法敎學: 以韓國學習者爲對象, 『中國語文學』, 第66輯, 대구, 嶺南中國語文學會, 2014年 8月
지관순	新文化運動期 王國維의 史學研究와 現實認識-학술활동의 변화를 중심으로, 연세대 대학원 석사 논문, 2013
陳 琳	韓·中 近代詩에 나타난 老莊思想 研究, 충남대 대학원 박사 논문, 2013
진 현	上의 의미 확장에 대한 인지언어학적 접근: "X+上"을 중심으로, 『中國言語研究』, 第51輯, 서울, 韓國中國言語學會, 2014年 4月
진광호	古漢語 訓詁上 反訓 現狀, 『中國學』, 第47輯, 부산, 大韓中國學會, 2014年 4月
진광호·정태업·이효영	Tandem 학습법을 활용한 중국어 말하기·쓰기 교육의 효과, 『中國學』, 第49輯, 부산, 大韓中國學會, 2014年 12月
陳明舒	"一邊VP1一邊VP2"VS"VP1的時候VP2", 『韓中言語文化研究』, 第36輯, 서울, 韓國現代中國研究會, 2014年 10月

陳明娥	日据時期韓國漢語會話書的特點: 以體例和內容爲中心,『中國學硏究』, 第70輯, 서울, 中國學硏究會, 2014年 11月
陳明鎬	葉燮詩論的文學主客觀要素與其創作循環過程探討,『中國語文論譯叢刊』, 第34輯, 서울, 中國語文論譯學會, 2014年 1月
진명호	宗義反映時代精神之創作論與其實踐探討,『中國語文論叢』, 第61輯, 서울, 中國語文硏究會, 2014年 2月
陳性希	봉합된 청춘 서사와 세대 : 영화「우리가 잃어버릴 청춘(致我們終將逝去的靑春)」 읽기,『中國小說論叢』, 第44輯, 서울, 韓國中國小說學會, 2014年 12月
陳世昌·金炫兌	中國 地名 改名 要因의 通時的 考察,『中國學』, 第48輯, 부산, 大韓中國學會, 2014年 8月
진예정	吳文英詞 硏究, 고려대 대학원 박사 논문, 2013
秦華鎭	중국어 형용사서술어문의 사건구조,『中國語文學論集』, 第85號, 서울, 中國語文學硏究會, 2014年 4月
진화진	형용사의 사건구조와 '被+AP',『中國語 敎育과 硏究』, 第19號, 서울, 韓國中國語敎育學會, 2014年 6月
秦華鎭	빈어수반 일음절 형용사 서술어구의 타동성,『中國語文學論集』, 第87號, 서울, 中國語文學硏究會, 2014年 8月
진화진	'형용사(A)+一下+빈어(O)' 初探 ,『中國語 敎育과 硏究』, 第20號, 서울, 韓國中國語敎育學會, 2014年 12月
차미경	『패왕별희』 이야기의 변용 양상과 그 특징,『中國文學硏究』, 第54輯, 서울, 韓國中文學會, 2014年 2月
차태근	학술장을 통해서 본 근대 정전,『中國語文論叢』, 第64輯,

서울, 中國語文硏究會, 2014年 8月

蔡智超・王寶霞　『爸爸! 我們去哪兒?』的叙事學分析,『中語中文學』, 第59
　　　　　　　輯, 서울, 韓國中語中文學會, 2014年 12月

蔡佩均　　　　東方主義與自我東方主義的多層構造: 以日治時期臺灣題
　　　　　　　材作品中的異國情調爲中心,『韓中言語文化硏究』, 第36
　　　　　　　輯, 서울, 韓國現代中國硏究會, 2014年 10月

千金梅・賈　捷　『楚辭章句』淸初溪香館刻本補正,『中國學論叢』, 第42
　　　　　　　輯, 大田, 韓國中國文化學會, 2014年 8月

千大珍　　　　中國白話小說史 時代區分 試論,『中國小說論叢』, 第42
　　　　　　　輯, 서울, 韓國中國小說學會, 2014年 4月

천쓰허(陳思和) 저・손주연 역　'역사-가족' 민간서사 양식의 새로운 시도,
　　　　　　　『中國現代文學』, 第69號, 서울, 韓國中國現代文學學會,
　　　　　　　2014年 6月

천현경　　　　조화사회(和諧社會)의 그늘-梁鴻의『中國在梁莊』에 보이
　　　　　　　는 중국 농촌,『中國文學硏究』, 第56輯, 서울, 韓國中文
　　　　　　　學會, 2014年 8月

鐵　徵・劉一雙　『東韓譯語・釋親』硏究: 以親屬稱謂語彙爲中心,『中國
　　　　　　　語文論譯叢刊』, 第34輯, 서울, 中國語文論譯學會, 2014
　　　　　　　年 1月

초육매　　　　南北朝時期"言說"類動詞比較硏究,『中國語文學志』, 第
　　　　　　　46輯, 서울, 中國語文學會, 2014年 4月

초육매　　　　南北朝時期"視看"類動詞比較硏究,『中國文學硏究』, 第55
　　　　　　　輯, 서울, 韓國中文學會, 2014年 5月

焦毓梅　　　　"前進"和"後退"義動詞不平衡發展的歷時考察,『韓中言語文

	化研究』, 第35輯, 서울, 韓國現代中國硏究會, 2014年 6月
초팽염	"很"的語法化過程及認知机制,『中語中文學』, 第59輯, 서울, 韓國中語中文學會, 2014年 12月
최 건 · 김영실	把字句在韓國語中的相應表現及相關問題, 『中國言語硏究』, 第54輯, 서울, 韓國中國言語學會, 2014年 10月
최 영	한국어와 중국어 대등(對等)합성어 결합 순서의 대조 연구: "인지언어학적 대조"를 중심으로,『中國語文學』, 第65輯, 대구, 嶺南中國語文學會, 2014年 4月
최강호	대만인의 국가정체성 변화: '중국화'인가? '대만화'인가?,『中國學論叢』, 第43輯, 大田, 韓國中國文化學會, 2014年 12月
최광순	『홍루몽』 숙어 연구, 대구가톨릭대 대학원 박사 논문, 2013
최규발 · 신경미	현대중국어 지시어 "這"와 "那"에 대한 고찰,『中國語文論叢』, 第64輯, 서울, 中國語文硏究會, 2014年 8月
崔南圭	『上博楚簡(三)』「中弓」篇 '先有司' 구절에 대한 고찰,『中國人文科學』, 第56輯, 광주, 中國人文學會, 2014年 4月
崔南圭	『彭祖』제 7-8간의 문자와 문장에 대한 고찰,『中國人文科學』, 第57輯, 광주, 中國人文學會, 2014年 8月
崔南圭	容庚『金文編』四版에서 잘못 脫漏된 '黃 · 饋 · ★(尊簋)' · '其' · '★'자에 대한 考察,『中國人文科學』, 第58輯, 광주, 中國人文學會, 2014年 12月
최덕경 · 최형록	『詩經』에 나타나는 채소 연구,『中國學』, 第49輯, 부산, 大韓中國學會, 2014年 12月

崔明哲·徐文敎	국제화 시대의 전제조건,『中國學論叢』, 第42輯, 大田, 韓國中國文化學會, 2014年 8月
崔愍知	現代漢語"看"和"看看"的語義特徵, 『中國學論叢』, 第42, 大田, 韓國中國文化學會, 2014年 8月
최병학	중국어 집중교육프로그램이 학습동기와 학습 불안감에 미치는 영향 연구: G대학의 사례를 중심으로,『中國語文論叢』, 第66輯, 서울, 中國語文研究會, 2014年 12月
崔晳元	孔平仲『詩戱』에 나타난 詩的 유희성에 대한 고찰: 集句詩와 藥名詩, 藏頭體를 中心으로,『中國語文論譯叢刊』, 第35輯, 서울, 中國語文論譯學會, 2014年 7月
최성은	"給我" 명령문 연구,『中國言語研究』, 第50輯, 서울, 韓國中國言語學會, 2014年 2月
최수경	明末 상업출판 하의 소설총집의 양상과 '小說化'의 과정-『繡谷春容』과『萬錦情林』을 중심으로,『中國文學研究』, 第54輯, 서울, 韓國中文學會, 2014年 2月
최수경	가족, 지역, 국가: 19세기 前期 女性總集의 담론과 그 의미, 『中國語文論叢』, 第63輯, 서울, 中國語文研究會, 2014年 6月
崔琇景	女性의 재구성 : 19세기 中期『名媛詩話』의 '才女' 생산방식과 그 의미,『中國文化研究』, 第25輯, 서울, 中國文化研究學會, 2014年 8月
최수경	지식의 재활용: 明末 상업출판과 "燕居筆記"의 사회학,『中國語文論叢』, 第66輯, 서울, 中國語文研究會, 2014年 12月

최승현	당대 중국「귀교교권권익보호법」의 역사적 배경 및 그 의의 연구,『中國人文科學』, 第57輯, 광주, 中國人文學會, 2014年 8月
최영호	'革命+戀愛' 敍事를 다시 읽는 몇 가지 觀點,『中國現代文學』, 第69號, 서울, 韓國中國現代文學學會, 2014年 6月
최용철	中國小說의 滿洲語 번역본 目錄에 대한 고찰,『中國語文論叢』, 第61輯, 서울, 中國語文研究會, 2014年 2月
崔胤京	스마트폰을 활용한 중국어 읽기 녹음과제 학습모형의 적용과 평가,『中國語文學論集』, 第88號, 서울, 中國語文學研究會, 2014年 10月
崔允瑄·朴興洙	甲骨文字에 나타난 殷商代 '酒' 文化 小考,『中國文化研究』, 第24輯, 서울, 中國文化研究學會, 2014年 5月
최은정	鐵凝의『永遠有多遠』에 대한 소고: 여성인물의 욕망을 중심으로,『中國語文學』, 第65輯, 대구, 嶺南中國語文學會, 2014年 4月
崔恩禎	울음(鳴), 공감(共感), 공명(共鳴)의 레토릭 : 발화에서 담론까지의 '불평즉명론(不平則鳴論)',『中國小說論叢』, 第43輯, 서울, 韓國中國小說學會, 2014年 8月
崔銀晶	鐵凝소설에 나타난 '가족' 담론,『中國小說論叢』, 第44輯, 서울, 韓國中國小說學會, 2014年 12月
최은형	왕력과 문화대혁명, 영남대 대학원 석사 논문, 2013
崔銀喜	초급중국어 수업을 위한 자연식접근 교수법(The Natural Approach) 적용 방안,『中國語文學論集』, 第84號, 서울, 中國語文學研究會, 2014年 2月

최은희·박혜원	4년제 대학생 취업진로를 고려한 중국관련 교과목 개선 방안,『中國語 敎育과 硏究』, 第20號, 서울, 韓國中國語 敎育學會, 2014年 12月
최의현·왕 송	중국 스마트폰 산업의 저비용 혁신에 관한 연구,『中國學 硏究』, 第70輯, 서울, 中國學硏究會, 2014年 11月
최재영·안연진	근대중국어 시기 의지류 조동사의 부정형식 고찰,『中國 文學硏究』, 第54輯, 서울, 韓國中文學會, 2014年 2月
최재영	동등비교표지 '有'의 문법화 연구,『中國學硏究』, 第67輯, 서울, 中國學硏究會, 2014年 3月
최재영·권선아	복합전치사 '爲了/爲著' 연구 : 明淸시기와 現代시기의 작품분석을 기반으로,『中國文化硏究』, 第25輯, 서울, 中國 文化硏究學會, 2014年 8月
최재영·장 빈	『忠義直言』的槪貌,『中國言語硏究』, 第53輯, 서울, 韓國 中國言語學會, 2014年 8月
崔宰榮·徐銤銀	『醒世姻緣傳』의 허가류 의무양상 조동사 연구 : 可, 得, 可以, 能을 중심으로,『中國語文學論集』, 第88號, 서울, 中國語文學硏究會, 2014年 10月
최재영·서지은	객관적 의무양상과 주관적 의무양상의 설정 문제 고찰:『 醒世姻緣傳』의 의무양상 조동사를 중심으로,『中國言語 硏究』, 第54輯, 서울, 韓國中國言語學會, 2014年 10月
崔宰溶	중국 인터넷 장편 '차원이동소설'에 대한 연구 : '여성 고대 이동소설'과 '남성 환생소설'을 중심으로,『中國小說論叢』, 第42輯, 서울, 韓國中國小說學會, 2014年 4月
崔宰溶	의/협의 변천사 : 최근 중국 인터넷 '선협소설'에서의 의/

	협 개념, 『中國小說論叢』, 第44輯, 서울, 韓國中國小說學會, 2014年 12月
崔在赫	고려 문인들의 소식문예이론 수용 고찰, 『中國語文學論集』, 第89號, 서울, 中國語文學硏究會, 2014年 12月
최정석	한중 FTA에 대한 시각연구: 중국의 견해를 중심으로, 『中國學硏究』, 第68輯, 서울, 中國學硏究會, 2014年 6月
崔正燮	漢字論을 통한 日本漢學의 中國專有批判, 『中國語文學論集』, 第89號, 서울, 中國語文學硏究會, 2014年 12月
최지영	중국 공산당의 '반(反)부패투쟁' 영도방식 연구 : 당 기율검사위원회(紀律檢查委員會)의 역할을 중심으로, 『中國學硏究』, 第68輯, 서울, 中國學硏究會, 2014年 6月
崔鎭淑	李淸照와 姜夔의 작품을 통해 본 '雅詞' 연구, 『中國語文學論集』, 第88號, 서울, 中國語文學硏究會, 2014年 10月
최진아	고전(古典)은 고정된 것인가?: 디지털 시대의 중국 고전 교육을 위한 시론(試論), 『中國語文學志』, 第47輯, 서울, 中國語文學會, 2014年 6月
崔辰而	현대중국어 논항 교체 현상에 관한 고찰: '장소-방식'을 중심으로, 『中國語文學論集』, 第86號, 서울, 中國語文學硏究會, 2014年 6月
崔昌源·付希亮	太一神源自帝嚳考, 『中國文化硏究』, 第24輯, 서울, 中國文化硏究學會, 2014年 5月
崔昌源·付希亮	4000年前全球降溫事件與中國五帝聯盟的誕生, 『中國學硏究』, 第68輯, 서울, 中國學硏究會, 2014年 6月
崔昌源·付希亮	從婚姻制度分析瞽叟與象謀害舜傳說背後的歷史眞相, 『

	中國語文學論集』, 第87號, 서울, 中國語文學研究會, 2014年 8月
崔泰勳	『漢韓大辭典』에 보이는 明·淸代 古白話語 오류 연구, 『中國言語硏究』, 第52輯, 서울, 韓國中國言語學會, 2014年 6月
최해별	宋·元 시기 "檢驗 지식"의 형성과 발전: 『洗冤集錄』과 『無冤錄』을 중심으로, 『中國學報』, 第69輯, 서울, 韓國中國學會, 2014年 6月
崔賢美	다중지능이론에 근거한 유아 중국어 초기 도입 단계 교수요목 설계: 이중언어 환경의 만 5세 유아를 중심으로, 『中國語文學論集』, 第85號, 서울, 中國語文學研究會, 2014年 4月
최현미	신문보도기사를 활용한 읽기·쓰기 통합 수업안 설계 고찰, 『中國語 敎育과 硏究』, 第19號, 서울, 韓國中國語敎育學會, 2014年 6月
최현미	讓 구문의 화용의미 고찰 및 한국학생들의 讓 구문 화용의미 인식 조사 연구, 『中國言語硏究』, 第52輯, 서울, 韓國中國言語學會, 2014年 6月
최현미	Flipped Classroom 모형의 중국어 중급 청취 수업 응용을 위한 교수 설계, 『中國語文學志』, 第48輯, 서울, 中國語文學會, 2014年 9月
최형록·최덕경	『詩經』에 나타나는 채소 연구, 『中國學』, 第49輯, 부산, 大韓中國學會, 2014年 12月
崔亨燮	중국 몽골족의 국가급 무형문화유산에 관한 고찰, 『中國

	小說論叢』, 第42輯, 서울, 韓國中國小說學會, 2014年 4月
최혜선	梁啓超의 저작물에 나타난 일본어 차용어 연구-『强學報』· 『時務報』 및 『淸議報』를 中心으로, 고려대 대학원 석사 논문, 2013
秋吉 收	"雜文家"魯迅的誕生, 『韓中言語文化硏究』, 第36輯, 서울, 韓國現代中國硏究會, 2014年 10月
湯 洪·金鉉哲	'지나(支那)' 어원 연구 총술 : 17세기 이후를 중심으로, 『中 國語文學論集』, 第84號, 서울, 中國語文學硏究會, 2014 年 2月
탕샤오빙(唐小兵) 저·조영경 역	타이완 문학의 개념에 관하여(1), 『中國 現代文學』, 第68號, 서울, 韓國中國現代文學學會, 2014 年 3月
탕샤오빙(唐小兵) 저·조영경 역	타이완 문학의 개념에 관하여(2), 『中國 現代文學』, 第70號, 서울, 韓國中國現代文學學會, 2014 年 9月
彭 靜	『正音新纂』聲母系統考: 一百多年前南京官話的聲母系 統, 『中國語文學論集』, 第86號, 서울, 中國語文學硏究會, 2014年 6月
팽 정	明代蘇州曲家許自昌戲曲用韻考, 『中國語文學志』, 第48 輯, 서울, 中國語文學會, 2014年 9月
彭吉軍·金鐘讚	關於"像"表示"相同或有共同點"的動詞說商榷, 『中國學硏 究』, 第70輯, 서울, 中國學硏究會, 2014年 11月
팽철호	한국에서 다른 植物로 인식되는 중국문학 속의 植物: 薇· 荇菜·茱萸·薤·柏의 경우, 『中國文學』, 第81輯, 서울,

	韓國中國語文學會, 2014年 11月
팽철호	한국에서 다른 식물로 인식되는 중국문학 속의 植物(2): 海棠花, 杜鵑花, 躑躅의 경우,『中國語文學』, 第67輯, 대구, 嶺南中國語文學會, 2014年 12月
피경훈	'혁명문학'의 새로운 가능성을 위한 시론: 趙樹理의『鍛鍊鍛鍊』과『老定額』에 대한 독해를 중심으로,『中國現代文學』, 第71號, 서울, 韓國中國現代文學學會, 2014年 12月
畢信燕	『北京官話 支那語大海』중국어 성모의 한글 표기 연구, 『中國語文學論集』, 第89號, 서울, 中國語文學研究會, 2014年 12月
賀 瑩·金昌慶	中韓日廣電行業國際競爭力比較分析及對策研究: 以一般化雙重鉆石模型爲中心,『中國學』, 第47輯, 부산, 大韓中國學會, 2014年 4月
河炅心	元代 '嘲笑' 散曲 小考,『中國語文學論集』, 第86號, 서울, 中國語文學研究會, 2014年 6月
何雅雯	靑春書寫的敍事與抒情: 以朱天心、楊照、、馬世芳爲例,『中國文學』, 第78輯, 서울, 韓國中國語文學會, 2014年 2月
何雅雯	多重的城市: 關於初唐幾首帝京詩作,『中國學報』, 第69輯, 서울, 韓國中國學會, 2014年 6月
何雅雯	離散時代: 以蔣曉雲八0年代以後小說爲例,『韓中言語文化研究』, 第36輯, 서울, 韓國現代中國研究會, 2014年 10月
하주연	李淸照 詞에 나타나는 詩的 話者 연구, 고려대 대학원 석사 논문, 2013

韓　丞	"取得"類 單音節 動詞의 雙音化와 述補結構의 生成과정, 『中國語文學論集』, 第89號, 서울, 中國語文學硏究會, 2014年 12月
한서영	차용어 절단형을 활용한 현대 중국어의 혼성어에 대한 형태론적 고찰,『中國言語硏究』, 第53輯, 서울, 韓國中國言語學會, 2014年 8月
한세현	1920～30년대 廣東畵壇 연구-嶺南畵派와 廣東國畵硏究會를 중심으로, 홍익대 대학원 석사 논문, 2013
한송도	漢韓表白色色彩詞認知域投射的對比硏究, 『中國言語硏究』, 第53輯, 서울, 韓國中國言語學會, 2014年 8月
한용수 · 속윤걸	現代漢語起始體標記"起來"的綜合硏究, 『中國語文論叢』, 第62輯, 서울, 中國語文硏究會, 2014年 4月
한용수 · 이명아	중국어 호칭어 중의성에 관한 소고,『中國語文論叢』, 第64輯, 서울, 中國語文硏究會, 2014年 8月
한용수 · 이명아	중국어 "老+X", "大+X", "小+X" 형의 호칭어 비교,『中國言語硏究』, 第53輯, 서울, 韓國中國言語學會, 2014年 8月
한용수 · 류준방	韓漢外來語同義現象及語義變化對比?究, 『中國語文論叢』, 第66輯, 서울, 中國語文硏究會, 2014年 12月
韓容洙 · 李　莉	漢語模糊數詞隸屬度分析, 『中國語文學論集』, 第89號, 서울, 中國語文學硏究會, 2014年 12月
韓在均	從韓漢俗語看韓中傳統思想文化異同, 『中國言語硏究』, 第52輯, 서울, 韓國中國言語學會, 2014年 6月
한종진	明淸時期 小品文의 美人論과 女性物事記에 나타난 女性觀: 전통적 여성관의 허위적 변형과 심미적 여성관의 탄생,

한지연	『中國文學』, 第80輯, 서울, 韓國中國語文學會, 2014 8月 記憶・創傷與殖民經驗的再現-淺論吳濁流『亞細亞的孤兒』的被殖民書寫, 『韓中言語文化硏究』, 第35輯, 서울, 韓國現代中國硏究會, 2014年 6月
한지연	錢鍾書『談藝錄』에 나타난 비평의식: 第一則「詩分唐宋」을 중심으로, 『中國學硏究』, 第70輯, 서울, 中國學硏究會, 2014年 11月
한지연	以"技擊"治學: 試論錢基博筆記體小說『技擊餘聞補』, 『中國學報』, 第70輯, 서울, 韓國中國學會, 2014年 12月
韓惠京	『紅樓夢』 읽기를 통한 인문학적 교양교육, 『中國小說論叢』, 第44輯, 서울, 韓國中國小說學會, 2014年 12月
한희창	선행연구 고찰을 통한 한국인의 중국어 발음 오류 유형 분석, 『中國言語硏究』, 第50輯, 서울, 韓國中國言語學會, 2014年 2月
한희창	전공계열에 따른 초급중국어 학습 환경 비교: 한양대학교 '초급중국어1' 학습자를 대상으로, 『中語中文學』, 第57輯, 서울, 韓國中語中文學會, 2014年 4月
한희창	한국인 중국어 학습자의 학습동기 측정도구 개발, 『中國語 敎育과 硏究』, 第20號, 서울, 韓國中國語敎育學會, 2014年 12月
咸恩仙	現代文藝理論視角下的馮夢龍小說理論硏究, 『中國文化硏究』, 第26輯, 서울, 中國文化硏究學會, 2014年 11月
함정식・조강필・고명걸・조혜진	중국 진출 한국 기업의 내부역량과 전략 적합성이 성과에 미치는 영향, 『中國學』, 第47輯, 부

	산, 大韓中國學會, 2014年 4月
해영화 · 강내희	'량장쓰후'와 경관의 문화정치경제: 금융화 시대 중국의 '사회주의적' 공간 생산, 『中國現代文學』, 第71號, 서울, 韓國中國現代文學學會, 2014年 12月
許　寧 · 朴順哲	韓 · 中文人關于山東登州咏史詩之比較研究: 以中國明朝年間爲中心, 『中國人文科學』, 第57輯, 광주, 中國人文學會, 2014年 8月
許庚寅	論高行健的冷文學特質, 『中國語文學論集』, 第89號, 서울, 中國語文學硏究會, 2014年 12月
許國萍 · 宋眞喜	成語集中敎學效果考察: 談語境及脚本設置對成語敎學的影響, 『中國語文學論集』, 第84號, 서울, 中國語文學硏究會, 2014年 2月
허성도	孟子의 形色論, 『中國文學』, 第78輯, 서울, 韓國中國語文學會, 2014年 2月
許允貞	중국 국가급 무형문화유산 목록의 고찰 : 소수민족의 목록을 중심으로, 『中國小說論叢』, 第44輯, 서울, 韓國中國小說學會, 2014年 12月
허종국	중국 민족정책에서의 새로운 시각 분석: '탈정치화' 논쟁을 중심으로, 『中國學』, 第48輯, 부산, 大韓中國學會, 2014年 8月
현성준	현대중국어 부정형식 사자성어 연구, 『中國文化硏究』, 第25輯, 서울, 中國文化硏究學會, 2014年 8月
胡　云	영화로 재전유된 『춘향전』과 『홍루몽』의 여성성 연구-여주인공에게 반영된 자의식을 중심으로, 성균관대 대학원

석사 논문, 2013

호재영   離合詞使用的偏誤研究,『中國學』, 第48輯, 부산, 大韓中
國學會, 2014年 8月

洪尙勳   『紅樓夢』과 明·淸 章回小說의 전통: 최근 중국 연구 성
과에 대한 비판적 검토를 겸하여,『中國文學』, 第78輯, 서
울, 韓國中國語文學會, 2014年 2月

홍상훈   『三寶太監西洋記通俗演義』의 詩文 인용 및 變容 樣相,
『中國文學』, 第79輯, 서울, 韓國中國語文學會, 2014年 5月

홍서연   王國維의 文體論 考察:『人間詞話』의 詞體論을 중심으
로,『中國語文論叢』, 第61輯, 서울, 中國語文研究會,
2014年 2月

홍석표   루쉰(魯迅)과 그 제자들 그리고 "조선" 인식,『中國語文學
志』, 第47輯, 서울, 中國語文學會, 2014年 6月

홍석표   장아이링(張愛玲)과 최승희, 한국전쟁 서사 그리고 김일
성 사망 소식,『中國語文學志』, 第48輯, 서울, 中國語文
學會, 2014年 9月

홍연옥   "個"의 의미기능과 문법화 연구,『中國文學』, 第79輯, 서
울, 韓國中國語文學會, 2014年 5月

홍윤기   『삼국연의(三國演義)』에 나오는 노(弩)에 관하여,『中國
語文論叢』, 第66輯, 서울, 中國語文研究會, 2014年 12月

洪允姫   중국 용 신화의 에콜로지: 물의 신으로서의 용을 중심으
로,『中國語文學論集』, 第86號, 서울, 中國語文學研究會,
2014年 6月

洪允姫   袁珂의『古神話選釋』「前言」을 통해 본 학문과 권력,『中

國語文學論集』, 第88號, 서울, 中國語文學硏究會, 2014
年 10月

홍은빈·김경천	李白「古風」五十九首 譯解(5): 第31首부터 第36首, 『中國語文論叢』, 第62輯, 서울, 中國語文硏究會, 2014年 4月
홍준형	도시와 국가 욕망의 변주곡: '도시' 이념과 상하이 세계박람회, 『中國文化硏究』, 第24輯, 서울, 中國文化硏究學會, 2014年 5月
홍지순	Zhang Ailing's Media Politics in the 1940s, 『中國語文論叢』, 第65輯, 서울, 中國語文硏究會, 2014年 10月
洪旨藝·洪 熹	문양과 의례로 본 동고(銅鼓) 문화의 상징체계 분석, 『中國學論叢』, 第41輯, 大田, 韓國中國文化學會, 2014年 4月
洪 熹·洪旨藝	문양과 의례로 본 동고(銅鼓) 문화의 상징체계 분석, 『中國學論叢』, 第41輯, 大田, 韓國中國文化學會, 2014年 4月
황 염·곽덕환	중국 타이완 관계 변화 연구: 점진적 통일 가능성 탐구, 『中國學硏究』, 第70輯, 서울, 中國學硏究會, 2014年 11月
황갑연	모종삼 양지감함론의 이론적 난제에 대한 고찰: 양지와 과학지식의 관계를 중심으로, 『中國學報』, 第70輯, 서울, 韓國中國學會, 2014年 12月
황선미	딩시린의 희곡『말벌』에 나타난 자유연애, 『韓中言語文化硏究』, 第34輯, 서울, 韓國現代中國硏究會, 2014年 2月
黃善美	루징뤄(陸鏡若)와 그의 첫 신극 공연『인형의 집』, 『中國語文論譯叢刊』, 第35輯, 서울, 中國語文論譯學會, 2014年 7月
黃瑄周	한국본『도정절집(陶靖節集)』의 판본 관계, 『中國語文學

	論集』, 第89號, 서울, 中國語文學硏究會, 2014年 12月
黃信愛	玄應의 『一切經音義』 속 『妙法蓮花經』 語彙 硏究, 『中國學論叢』, 第42, 大田, 韓國中國文化學會, 2014年 8月
黃永姬·權鎬鐘·朴貞淑·李紀勳·申旻也·李奉相	『靑樓韻語』 序跋文 譯註, 『中國語文論譯叢刊』, 第35輯, 서울, 中國語文論譯學會, 2014年 7月
황인정	趙樹理 小說 硏究, 경남대 대학원 석사 논문, 2013
黃靖惠·朴英順	신세기 루쉰(魯迅) 논쟁 연구: 이데올로기 정전에서 문화 컨텍스트로, 『中國語文學論集』, 第84號, 서울, 中國語文學硏究會, 2014年 2月
黃智裕	중국 현대 實驗詩 小考: 신시기 鄭敏 시를 중심으로, 『中國人文科學』, 第56輯, 광주, 中國人文學會, 2014年 4月
黃智裕	比·興 전통과 新詩 표현수법과의 관계 고찰, 『中國人文科學』, 第57輯, 광주, 中國人文學會, 2014年 8月
黃智裕	중국 新時期 現代詩에 나타난 生命意識 고찰: 朦朧派와 新生代派 시인의 생명의식 비교, 『中國人文科學』, 第58輯, 광주, 中國人文學會, 2014年 12月
황첨첨	論淸華間『耆夜≫中所見的周代"樂語", 『中國語文學』, 第65輯, 대구, 嶺南中國語文學會, 2014年 4月
黃後男·金琮鎬	現代漢語"在＋NP＋V"與"V＋在＋NP"的"NP"義比較, 『中國語文論譯叢刊』, 第34輯, 서울, 中國語文論譯學會, 2014年 1月
黃後男	"界"与句子的自足性問題考察, 『中語中文學』, 第59輯, 서울, 韓國中語中文學會, 2014年 12月

학술지명 순 논문 목록 **2**

1-1 中國文學 第78輯 2014年 2月 (韓國中國語文學會)

박 석	先秦儒家의 愼獨의 수양론적 의미,『中國文學』, 第78輯, 서울, 韓國中國語文學會, 2014年 2月
허성도	孟子의 形色論,『中國文學』, 第78輯, 서울, 韓國中國語文學會, 2014年 2月
김인호	宋玉의 생애와 행적 고찰,『中國文學』, 第78輯, 서울, 韓國中國語文學會, 2014年 2月
양중석	班固가 다시 쓴「袁盎晁錯傳」:『史記·袁盎晁錯傳』과의 비교,『中國文學』, 第78輯, 서울, 韓國中國語文學會, 2014年 2月
김월회	'G2' 시대의 중국문학사 敎學,『中國文學』, 第78輯, 서울, 韓國中國語文學會, 2014年 2月
나선희	중국변경 서사시 게사르왕전의 토대: 판본과 불교,『中國文學』, 第78輯, 서울, 韓國中國語文學會, 2014年 2月
정세진	蘇軾 詩와 관련된 일본 五山禪僧들의 讀後詩에 관한 연구:『翰林五鳳集』에 실린 시를 중심으로,『中國文學』, 第78輯, 서울, 韓國中國語文學會, 2014年 2月
金元東	李流芳의 題畵 小品文의 特色:「西湖臥遊圖題跋」을 중심으로,『中國文學』, 第78輯, 서울, 韓國中國語文學會, 2014年 2月
洪尙勳	『紅樓夢』과 明·淸 章回小說의 전통: 최근 중국 연구 성과에 대한 비판적 검토를 겸하여,『中國文學』, 第78輯, 서울, 韓國中國語文學會, 2014年 2月

박재우 · 김영명	金山의 작품과 그 사상의식 변주 고찰,『中國文學』, 第78輯, 서울, 韓國中國語文學會, 2014年 2月
이선옥	余華의 문학세계(1),『中國文學』, 第78輯, 서울, 韓國中國語文學會, 2014年 2月
何雅雯	靑春書寫的敍事與抒情: 以朱天心、楊照、、馬世芳爲例,『中國文學』, 第78輯, 서울, 韓國中國語文學會, 2014年 2月
노우정	인간 도연명을 바라보는 새로운 시선-화가 석도(石濤)의『도연명시의책(陶淵明詩意冊)』을 중심으로,『中國文學』, 第78輯, 서울, 韓國中國語文學會, 2014年 2月
朴德俊	副詞近義詞本來, 原本, 元來 硏究,『中國文學』, 第78輯, 서울, 韓國中國語文學會, 2014年 2月
이미경	중국어 성조와 한국어 방언 성조에 대한 운율유형론적 고찰,『中國文學』, 第78輯, 서울, 韓國中國語文學會, 2014年 2月

1-2 中國文學 第79輯 2014年 5月 (韓國中國語文學會)

임도현	기호론적 공간 분석을 통한 李白 詩에 대한 새로운 접근,『中國文學』, 第79輯, 서울, 韓國中國語文學會, 2014年 5月
정진걸	"신악부운동", 정말로 있었나?,『中國文學』, 第79輯, 서울, 韓國中國語文學會, 2014年 5月

홍상훈	『三寶太監西洋記通俗演義』의 詩文 인용 및 變容 樣相, 『中國文學』, 第79輯, 서울, 韓國中國語文學會, 2014年 5月
閔庚旭	學術史의 관점에서 본 余英時의 陳寅恪 晚年詩文 解釋의 意義, 『中國文學』, 第79輯, 서울, 韓國中國語文學會, 2014年 5月
유경철	『권술견문록(拳術見聞錄)』과 민족영웅 곽원갑(霍元甲)의 신화, 『中國文學』, 第79輯, 서울, 韓國中國語文學會, 2014年 5月
金垠希	莫言의 『탄샹싱(檀香刑)』 연구, 『中國文學』, 第79輯, 서울, 韓國中國語文學會, 2014年 5月
김영식	『越絕書』 연구:『越絕書』의 성질과 소설적 요소 發現, 『中國文學』, 第79輯, 서울, 韓國中國語文學會, 2014年 5月
宣柱善·簾丁三	衛恒 『四體書勢』의 역사적 의의, 『中國文學』, 第79輯, 서울, 韓國中國語文學會, 2014年 5月
성기옥	『論衡』 난독 구문에 대한 교감 내용 고찰, 『中國文學』, 第79輯, 서울, 韓國中國語文學會, 2014年 5月
홍연옥	"個"의 의미기능과 문법화 연구, 『中國文學』, 第79輯, 서울, 韓國中國語文學會, 2014年 5月
張佳穎	공간척도사 '大/小'의 인지적 의미 분석, 『中國文學』, 第79輯, 서울, 韓國中國語文學會, 2014年 5月

1-3 中國文學 第80輯 2014年 8月 (韓國中國語文學會)

김인호   楚辭의 범위와 의미 고찰,『中國文學』, 第80輯, 서울, 韓國中國語文學會, 2014年 8月

정세진   蘇軾 詩 自註에 관한 첫 번째 고찰: 讀者에 대한 시인의 제안과 간섭,『中國文學』, 第80輯, 서울, 韓國中國語文學會, 2014年 8月

한종진   明淸時期 小品文의 美人論과 女性物事記에 나타난 女性觀: 전통적 여성관의 허위적 변형과 심미적 여성관의 탄생,『中國文學』, 第80輯, 서울, 韓國中國語文學會, 2014 8月

이주현   삶과 죽음, 그 경계에 대한 통찰:「들풀(野草)」에 나타난 루쉰(魯迅) 상상력의 일면,『中國文學』, 第80輯, 서울, 韓國中國語文學會, 2014年 8月

김태연   시인 하이즈(海子)의 정전화,『中國文學』, 第80輯, 서울, 韓國中國語文學會, 2014年 8月

李淑娟   擺蕩的生命圖象: 夏曼·藍波安的族裔生命書寫與生命創化,『中國文學』, 第80輯, 서울, 韓國中國語文學會, 2014年 8月

이남종   조선(朝鮮) 만성(晩醒) 박치복(朴致馥, 1824-1893)의『陶靖節述酒詩解』,『中國文學』, 第80輯, 서울, 韓國中國語文學會, 2014年 8月

朴昭賢   팥배나무 아래의 재판관:『棠陰比事』를 통해 본 유교적 정의,『中國文學』, 第80輯, 서울, 中國語文學會, 2014年

8月

안소민
會意字의 유형과 실체: 『說文解字注』에 나타난 段玉裁의 관점을 중심으로, 『中國文學』, 第80輯, 서울, 韓國中國語文學會, 2014年 8月

오문의
'것'과 "的"(de), 『中國文學』, 第80輯, 서울, 韓國中國語文學會, 2014年 8月

劉 偉
範圍副詞"都"與"全"的差異及其認知理據, 『中國文學』, 第80輯, 서울, 韓國中國語文學會, 2014年 8月

김석영
교육과 평가를 위한 중국어 의사소통능력 구성요소 고찰, 『中國文學』, 第80輯, 서울, 韓國中國語文學會, 2014年 8月

1-4 中國文學 第81輯 2014年 11月 (韓國中國語文學會)

정진걸
白居易의 「琵琶行」에 관한 세 가지 의문, 『中國文學』, 第81輯, 서울, 韓國中國語文學會, 2014年 11月

朴泓俊
李漁 戲曲과 諷刺, 『中國文學』, 第81輯, 서울, 韓國中國語文學會, 2014年 11月

이소영
제국의 도시, 양주(揚州): 18세기 중국 어느 지방 도시의 문명 생태 보고서, 『양주화방록(揚州畵舫錄)』, 『中國文學』, 第81輯, 서울, 韓國中國語文學會, 2014年 11月

金 艶
金仁順中短篇小說的女性意識解讀, 『中國文學』, 第81輯, 서울, 韓國中國語文學會, 2014年 11月

팽철호
한국에서 다른 植物로 인식되는 중국문학 속의 植物: 薇·

荇菜·茱萸·薤·柏의 경우,『中國文學』, 第81輯, 서울, 韓國中國語文學會, 2014年 11月

김지현 　사 번역과 우리말 율격,『中國文學』, 第81輯, 서울, 韓國中國語文學會, 2014年 11月

愼鏞權 　『華音啓蒙諺解』의 漢語音 표기 연구,『中國文學』, 第81輯, 서울, 韓國中國語文學會, 2014年 11月

이승훈 　중국어 修辭格 比擬에 대하여: 隱喩와의 차이를 중심으로,『中國文學』, 第81輯, 서울, 韓國中國語文學會, 2014年 11月

2-1 中國文學硏究 第54輯 2014年 2月 (韓國中文學會)

박성진 　漢代『史記』의 傳播에 대한 고찰,『中國文學硏究』, 第54輯, 서울, 韓國中文學會, 2014年 2月

강창수 　李賀 詩에 나타난 역사인물의 詩的 형상,『中國文學硏究』, 第54輯, 서울, 韓國中文學會, 2014年 2月

김보경 　朝鮮刊本『精刊補註東坡和陶詩話』 수록 蘇軾詩 원문 연구,『中國文學硏究』, 第54輯, 서울, 韓國中文學會, 2014年 2月

차미경 　『패왕별희』 이야기의 변용 양상과 그 특징,『中國文學硏究』, 第54輯, 서울, 韓國中文學會, 2014年 2月

정유선 　중국 경극 의상의 연극적 특성,『中國文學硏究』, 第54輯, 서울, 韓國中文學會, 2014年 2月

유병갑 　皇甫枚『飛烟傳』 연구-비극요소를 중심으로,『中國文學

研究』, 第54輯, 서울, 韓國中文學會, 2014年 2月

이시찬   『綠窓新話』 一書의 성격과 소설사적 가치, 『中國文學研究』, 第54輯, 서울, 韓國中文學會, 2014年 2月

최수경   明末 상업출판 하의 소설총집의 양상과 '小說化의 과정-『繡谷春容』과 『萬錦情林』을 중심으로, 『中國文學研究』, 第54輯, 서울, 韓國中文學會, 2014年 2月

유 혁   王文治詩歌論略, 『中國文學研究』, 第54輯, 서울, 韓國中文學會, 2014年 2月

김상규   『太平廣記』 한국 전래 시기의 재고찰, 『中國文學研究』, 第54輯, 서울, 韓國中文學會, 2014年 2月

김 호   한국학중앙연구원 장서각 소장 중국본 고서에 관한 一考, 『中國文學研究』, 第54輯, 서울, 韓國中文學會, 2014年 2月

강내영   M(Market) 선상의 아리아: 중국 "포스트-6세대" 청년감독의 어떤 영향-닝하오(寧浩) 감독론, 『中國文學研究』, 第54輯, 서울, 韓國中文學會, 2014年 2月

장윤선   신사실소설 중 망자(亡者)의 시선으로 구현된 생존풍경-팡팡(方方)의 『風景』과 쑤퉁의 『菩薩蠻』을 중심으로, 『中國文學研究』, 第54輯, 서울, 韓國中文學會, 2014年 2月

배은한   入聲의 歸屬 및 소실 과정에 대한 견해 분석, 『中國文學研究』, 第54輯, 서울, 韓國中文學會, 2014年 2月

주성일   『朝鮮館譯語』에 나타난 근대한어 韻尾 변화-天文門을 중심으로, 『中國文學研究』, 第54輯, 서울, 韓國中文學會, 2014年 2月

김종호 · 전원홍   與漢語賓語對應的韓語形式研究-以韓語狀態形式爲中心,

『中國文學研究』, 第54輯, 서울, 韓國中文學會, 2014年 2月

이은수   중국어 주제의 기능에 관한 고찰,『中國文學研究』, 第54
輯, 서울, 韓國中文學會, 2014年 2月

강용중   전공과목 중국어 원어강의에 대한 기초적 연구-전공 학생
들의 설문을 중심으로,『中國文學研究』, 第54輯, 서울, 韓
國中文學會, 2014年 2月

이소동   고대중국어 동사화 연구,『中國文學研究』, 第54輯, 서울,
韓國中文學會, 2014年 2月

조은정   『老子』 어기사 '兮' 고찰-출토문헌과 전래문헌 5종 판본
비교를 중심으로,『中國文學研究』, 第54輯, 서울, 韓國中
文學會, 2014年 2月

최재영·안연진   근대중국어 시기 의지류 조동사의 부정형식 고찰,『中國
文學研究』, 第54輯, 서울, 韓國中文學會, 2014年 2月

2-2 中國文學研究 第55輯 2014年 5月. (韓國中文學會)

남종진   한유의 비지문에 대한 후대 문인의 논평,『中國文學研究』,
第55輯, 서울, 韓國中文學會, 2014年 5月

권아린   『說苑』「敍錄」을 통해 본『說苑』의 성격 고찰,『中國文
學研究』, 第55輯, 서울, 韓國中文學會, 2014年 5月

김양수   허우샤오셴의『카페 뤼미에르』: 혼종과 장소의 서사,『中
國文學研究』, 第55輯, 서울, 韓國中文學會, 2014年 5月

김상원   대중어문 운동과 백화문 운동의 관계,『中國文學研究』,

第55輯, 서울, 韓國中文學會, 2014年 5月

전광진   중국경내 어웡키족 언어에 대한 한글 서사법 연구,『中國
文學硏究』, 第55輯, 서울, 韓國中文學會, 2014年 5月

오제중   『說文解字注』의 문자학 이론 고찰-『說文解字 · 敍』의 段
玉裁 注를 위주로,『中國文學硏究』, 第55輯, 서울, 韓國
中文學會, 2014年 5月

이은수   중한 재귀대명사 비교 연구,『中國文學硏究』, 第55輯, 서
울, 韓國中文學會, 2014年 5月

박영록   蒙元 몽골어 公牘과 白話碑에 보이는 指書의 형식과 어투
의 특징,『中國文學硏究』, 第55輯, 서울, 韓國中文學會,
2014年 5月

초육매   南北朝時期"視看"類動詞比較硏究,『中國文學硏究』, 第55
輯, 서울, 韓國中文學會, 2014年 5月

2-3 中國文學硏究 第56輯 2014年 8月 (韓國中文學會)

이채문   『詩經』國風의 樂舞詩,『中國文學硏究』, 第56輯, 서울,
韓國中文學會, 2014年 8月

조미연   張岱의 산문에 나타난 江南의 희곡문화와 그의 희곡관,『中
國文學硏究』, 第56輯, 서울, 韓國中文學會, 2014年 8月

이희현   『晨報副鐫』의 신시 동향-氷心, 沈從文, 胡也頻을 중심으
로,『中國文學硏究』, 第56輯, 서울, 韓國中文學會, 2014
年 8月

천현경	조화사회(和諧社會)의 그늘-梁鴻의『中國在梁莊』에 보이는 중국 농촌,『中國文學硏究』, 第56輯, 서울, 韓國中文學會, 2014年 8月
강내영	중국 3대 국내영화제 연구-金鷄獎, 百花獎, 華表獎을 중심으로,『中國文學硏究』, 第56輯, 서울, 韓國中文學會, 2014年 8月
박찬욱	"不能說的秘密"의 음악과 그림에 대한 상호 연관적 분석-쇼팽과 그의 연인 간 이야기를 중심으로,『中國文學硏究』, 第56輯, 서울, 韓國中文學會, 2014年 8月
김　영	漢語稱呼類雙賓句及其相關句式的歷時考察,『中國文學硏究』, 第56輯, 서울, 韓國中文學會, 2014年 8月
김신주	西周 중기 金文 어휘와 이를 활용한 청동기 斷代 연구(續)-악侯鼎을 중심으로,『中國文學硏究』, 第56輯, 서울, 韓國中文學會, 2014年 8月
서원남	『史記』三家注에 보이는 문자관련 훈고의 고찰,『中國文學硏究』, 第56輯, 서울, 韓國中文學會, 2014年 8月
강용중	『老乞大』상업어휘 연구,『中國文學硏究』, 第56輯, 서울, 韓國中文學會, 2014年 8月
박영록	『嶺表錄異』문헌 연구,『中國文學硏究』, 第56輯, 서울, 韓國中文學會, 2014年 8月
정진매·변형우	『論語』『孟子』에 나타난 동사 '謂'의 어법특징 고찰,『中國文學硏究』, 第56輯, 서울, 韓國中文學會, 2014年 8月
조은정	『尙書·多士』편 經文과 주석사 언어 비교 연구,『中國文學硏究』, 第56輯, 서울, 韓國中文學會, 2014年 8月

2-4 中國文學硏究 第57輯 2014年 11月 (韓國中文學會)

강창수　　李賀 詩의 白色 이미지 小考,『中國文學硏究』, 第57輯, 서울, 韓國中文學會, 2014年 11月

송윤미　　『大唐西域記』內 觀自在菩薩像 유형별 고사 고찰,『中國文學硏究』, 第57輯, 서울, 韓國中文學會, 2014年 11月

여승환　　淸末 上海 竹枝詞에 표현된 上海 京劇戲院의 공연활동 특징,『中國文學硏究』, 第57輯, 서울, 韓國中文學會, 2014年 11月

조영현　　차이밍량 "漫走長征" 시리즈에 대한 管窺錐指-『行者』『行在水上』『西遊』를 중심으로,『中國文學硏究』, 第57輯, 서울, 韓國中文學會, 2014年 11月

조홍선　　『探妝血祭』의 서술방식의 의미 고찰,『中國文學硏究』, 第57輯, 서울, 韓國中文學會, 2014年 11月

김상원　　국어로마자와 라틴화신문자의 논쟁 양상 분석,『中國文學硏究』, 第57輯, 서울, 韓國中文學會, 2014年 11月

전광진　　중국 타이완 남도어족 세딕어의 한글 서사법 창제,『中國文學硏究』, 第57輯, 서울, 韓國中文學會, 2014年 11月

이정심　　다차원 척도 분석으로 해석한 '看'의 다의적 의미관계,『中國文學硏究』, 第57輯, 서울, 韓國中文學會, 2014年 11月

박석홍　　甲骨文 '單'의 형체 기원 고찰,『中國文學硏究』, 第57輯, 서울, 韓國中文學會, 2014年 11月

강용중　　『朱子語類考文解義』 주석체재 연구,『中國文學硏究』, 第57輯, 서울, 韓國中文學會, 2014年 11月

이소동   『孟子·公孫丑上』'知言'句의 의미연구,『中國文學硏究』,
第57輯, 서울, 韓國中文學會, 2014年 11月

3-1 中國文化硏究 第24輯 2014年 5月 (中國文化硏究學會)

홍준형   도시와 국가 욕망의 변주곡: '도시' 이념과 상하이 세계박
람회,『中國文化硏究』, 第24輯, 서울, 中國文化硏究學會,
2014年 5月

신동순   사회주의 중국 출판문화정책 당정(黨政) '문건'과 그 역사
적 맥락 읽고,『中國文化硏究』, 第24輯, 서울, 中國文化
硏究學會, 2014年 5月

이정인   '사회주의 정신문명'에서 '중화문화'로의 이동: 개혁개방 이
후 중국 문화정책의 흐름,『中國文化硏究』, 第24輯, 서울,
中國文化硏究學會, 2014年 5月

付希亮·崔昌源   太一神源自帝嚳考,『中國文化硏究』, 第24輯, 서울, 中國
文化硏究學會, 2014年 5月

김광영   『洛陽伽藍記』 중의 戲曲 활동,『中國文化硏究』, 第24輯,
서울, 中國文化硏究學會, 2014年 5月

金勝心   玄宗 詩歌에 나타난 황제의 人品: 巡遊詩를 중심으로,
『中國文化硏究』, 第24輯, 서울, 中國文化硏究學會, 2014年
5月

金貞熙·呂亭淵   李白「古風」五十九首 譯解(6): 제37수에서 제44수까지,
『中國文化硏究』, 第24輯, 서울, 中國文化硏究學會, 2014

年 5月

李時燦	宋代 문화와 서사문학 발전의 상관관계 연구,『中國文化研究』, 第24輯, 서울, 中國文化研究學會, 2014年 5月
閔寬東	『三國志演義』의 國內 流入과 出版 : 조선 출판본을 중심으로,『中國文化研究』, 第24輯, 서울, 中國文化研究學會, 2014年 5月
李嘉英・文大一	新世紀中國當代文學在韓國的接受與反響: 以莫言、曹文軒爲中心,『中國文化研究』, 第24輯, 서울, 中國文化研究學會, 2014年 5月
朴興洙・崔允瑄	甲骨文字에 나타난 殷商代 '酒 文化 小考,『中國文化研究』, 第24輯, 서울, 中國文化研究學會, 2014年 5月
이명희	西周甲骨文의 연구 槪況,『中國文化研究』, 第24輯, 서울, 中國文化研究學會, 2014年 5月
이병관	『설문해자・서』譯註(상),『中國文化研究』, 第24輯, 서울, 中國文化研究學會, 2014年 5月
李周殷	現代漢語連動句的認知解析,『中國文化研究』, 第24輯, 서울, 中國文化研究學會, 2014年 5月
尹有貞	HNC이론에 기초한 현대중국어 구문(語句)격식 분석,『中國文化研究』, 第24輯, 서울, 中國文化研究學會, 2014年 5月
강용중	교양 초급중국어 국제어 강의 시행에 대한 설문조사 연구,『中國文化研究』, 第24輯, 서울, 中國文化研究學會, 2014年 5月
郭聖林	漢語作爲第二語言學習者成語語形偏誤初探,『中國文化研究』, 第24輯, 서울, 中國文化研究學會, 2014年 5月

3-2 中國文化硏究 第25輯 2014年 8月 (中國文化硏究學會)

신정수 　　太湖石의 기괴한 형상에 대한 미의식의 변화 : 9세기 전반
　　　　　기 백거이와 교유 문인의 작품을 중심으로, 『中國文化硏
　　　　　究』, 第25輯, 서울, 中國文化硏究學會, 2014年 8月

김연주 　　蘇軾의 문학텍스트를 통한 회화예술론 연구 , 『中國文化
　　　　　硏究』, 第25輯, 서울, 中國文化硏究學會, 2014年 8月

유혜영 　　「琴操」의 편찬 동기와 사회문화적 가치, 『中國文化硏究』,
　　　　　第25輯, 서울, 中國文化硏究學會, 2014年 8月

이영숙 　　『여인무사』의 마이너리티 담론 : 젠더와 디아스포라를 중
　　　　　심으로, 『中國文化硏究』, 第25輯, 서울, 中國文化硏究學
　　　　　會, 2014年 8月

李相勳·趙成千 　朱熹與王夫之的"明德"釋義的異同在中國哲學文化:　以朱
　　　　　熹的"明德"爲主, 『中國文化硏究』, 第25輯, 서울, 中國文
　　　　　化硏究學會, 2014年 8月

강내영 　　중국 청년감독의 어떤 초상 : 시장화 시대의 반(反)시장적
　　　　　예술영화 : 리뤼쥔(李睿珺) 감독론, 『中國文化硏究』, 第
　　　　　25輯, 서울, 中國文化硏究學會, 2014年 8月

유태규 　　西漢의 和親 역사와 王昭君 흉노 출가의 背景, 『中國文化
　　　　　硏究』, 第25輯, 서울, 中國文化硏究學會, 2014年 8月

趙得昌·趙成千 　李白「登覽」三十六首 譯解(1)-제1수에서 제6수까지, 『中國
　　　　　文化硏究』, 第25輯, 서울, 中國文化硏究學會, 2014年 8月

崔琇景 　　女性의 재구성 : 19세기 中期 『名媛詩話』의 '才女' 생산
　　　　　방식과 그 의미, 『中國文化硏究』, 第25輯, 서울, 中國文

化硏究學會, 2014年 8月

鄭雨光	邵洵美 시에 대한 再評價 : 『詩二十五首』를 중심으로,『中國文化硏究』, 第25輯, 서울, 中國文化硏究學會, 2014年 8月
노정은	샤오훙의 『호란하 이야기』에 나타난 새로운 서사, 양식의 재구성,『中國文化硏究』, 第25輯, 서울, 中國文化硏究學會, 2014年 8月
金英鉉	中國 殷商代 醫療文化特色 小考 : 甲骨文을 중심으로,『中國文化硏究』, 第25輯, 서울, 中國文化硏究學會, 2014年 8月
최재영·권선아	복합전치사 '爲了/爲著' 연구 : 明淸시기와 現代시기의 작품분석을 기반으로,『中國文化硏究』, 第25輯, 서울, 中國文化硏究學會, 2014年 8月
현성준	현대중국어 부정형식 사자성어 연구,『中國文化硏究』, 第25輯, 서울, 中國文化硏究學會, 2014年 8月
조경환	17·18세기 서양 선교사들의 문법서에 관한 소고 : Grammatica Sinica와 Arte de la lengua Mandarina의 비교 연구,『中國文化硏究』, 第25輯, 서울, 中國文化硏究學會, 2014年 8月
고광민	교양『초급중국어』수업의 짝활동·그룹활동 모델 연구,『中國文化硏究』, 第25輯, 서울, 中國文化硏究學會, 2014年 8月
강수정	중국 번역뉴스의 가독성 적용에 관한 고찰,『中國文化硏究』, 第25輯, 서울, 中國文化硏究學會, 2014年 8月
楊才英·梁萬基·趙春利	雙向語法的方法論與語義語法的本體論,『中國文

化研究』, 第25輯, 서울, 中國文化硏究學會, 2014年 8月

3-3 中國文化硏究 第26輯 2014年 11月 (中國文化硏究學會)

Choi Kwan · Kim Min C. The Challenge to Traditional Labour Rights and Policies in China from 1911 to 1949: Some Cultural, Historical, and Public Security Perspectives, 『中國文化硏究』, 第26輯, 서울, 中國文化硏究學會, 2014年 11月

박정원 중국문화유산 디지털 자원취득과 콘텐츠 제작 FullStep 모듈 연구 : '峨眉山和樂山大佛을 중심으로, 『中國文化硏究』, 第26輯, 서울, 中國文化硏究學會, 2014年 11月

권호종 · 신민야 『靑樓韻語』編纂背景 小考, 『中國文化硏究』, 第26輯, 서울, 中國文化硏究學會, 2014年 11月

趙成千 · 呂亭淵 李白「登覽」三十六首 譯解(3), 『中國文化硏究』, 第26輯, 서울, 中國文化硏究學會, 2014年 11月

배다니엘 溫庭筠 자연시의 특징 분석, 『中國文化硏究』, 第26輯, 서울, 中國文化硏究學會, 2014年 11月

서 성 청대 손온(孫溫)이 그린 『전본 홍루몽』 화책의 서사 표현 방식, 『中國文化硏究』, 第26輯, 서울, 中國文化硏究學會, 2014年 11月

咸恩仙 現代文藝理論視角下的馮夢龍小說理論硏究, 『中國文化硏究』, 第26輯, 서울, 中國文化硏究學會, 2014年 11月

趙得昌 馬森1960年代話劇的 「荒誕劇」藝術手法, 『中國文化硏究

』, 第26輯, 서울, 中國文化硏究學會, 2014年 11月

강용중　　　『客商一覽醒迷』의 번역과 상업언어 연구,『中國文化硏究』, 第26輯, 서울, 中國文化硏究學會, 2014年 11月

김진호　　　竝列式 同素異序 成語의 奇字·偶字 結合方式,『中國文化硏究』, 第26輯, 서울, 中國文化硏究學會, 2014年 11月

4-1 中國小說論叢 제42輯 2014年 4月 (韓國中國小說學會)

鄭在書　　　『海東異蹟』의 神話, 道敎的 想像力: 중국 신선설화와의 대비적 고찰,『中國小說論叢』, 第42輯, 서울, 韓國中國小說學會, 2014年 4月

李暎叔　　　曹操의 '唯才是擧'에 반영된 여성관,『中國小說論叢』, 第42輯, 서울, 韓國中國小說學會, 2014年 4月

鄭廣薰　　　敦煌 變文의 우리말 번역에 대한 고찰 : 번역 어투를 중심으로,『中國小說論叢』, 第42輯, 서울, 韓國中國小說學會, 2014年 4月

朴璟實　　　葉適 散文에 나타난 敎育觀 연구,『中國小說論叢』, 第42輯, 서울, 韓國中國小說學會, 2014年 4月

李時燦　　　『淸平山堂話本·欹枕集』 硏究,『中國小說論叢』, 第42輯, 서울, 韓國中國小說學會, 2014年 4月

朴桂花　　　明末 福建 建陽지역의 公案小說集 출판과 법률문화: 余象斗의 공안소설집 출판을 중심으로,『中國小說論叢』, 第42輯, 서울, 韓國中國小說學會, 2014年 4月

劉承炫·閔寬東	『珍珠塔』의 서지·서사와 번역양상 : 한국학중앙연구원 소장 56회본을 중심으로,『中國小說論叢』, 第42輯, 서울, 韓國中國小說學會, 2014年 4月
文炫善	장르로서의 기환(奇幻), 용어의 개념정립을 위한 시론(試論),『中國小說論叢』, 第42輯, 서울, 韓國中國小說學會, 2014年 4月
閔庚旭	朝鮮活字本『三國志通俗演義』에 대한 文獻校勘 연구,『中國小說論叢』, 第42輯, 서울, 韓國中國小說學會, 2014年 4月
高淑姬	조선시대 중국 실용전문서적의 전래와 수용:『無冤錄』을 중심으로,『中國小說論叢』, 第42輯, 서울, 韓國中國小說學會, 2014年 4月
千大珍	中國白話小說史 時代區分 試論,『中國小說論叢』, 第42輯, 서울, 韓國中國小說學會, 2014年 4月
崔宰溶	중국 인터넷 장편 '차원이동소설'에 대한 연구 : '여성 고대 이동소설'과 '남성 환생소설'을 중심으로,『中國小說論叢』, 第42輯, 서울, 韓國中國小說學會, 2014年 4月
安正熏	評點에서 댓글까지(2) : 중국 인터넷 소설의 독자 개입 양상에 관한 고찰,『中國小說論叢』, 第42輯, 서울, 韓國中國小說學會, 2014年 4月
金明信	영화『畵皮』에 나타난 원전 서사와 변용,『中國小說論叢』, 第42輯, 서울, 韓國中國小說學會, 2014年 4月
崔亨燮	중국 몽골족의 국가급 무형문화유산에 관한 고찰,『中國小說論叢』, 第42輯, 서울, 韓國中國小說學會, 2014年 4月

4-2 中國小說論叢 제43輯 2014年 8月 (韓國中國小說學會)

崔恩禎 　　울음(鳴), 공감(共感), 공명(共鳴)의 레토릭 : 발화에서 담론까지의 '불평즉명론(不平則鳴論)', 『中國小說論叢』, 第43輯, 서울, 韓國中國小說學會, 2014年 8月

金洛喆 　　당전기와 성경에 나타난 '용(龍)'의 의미 고찰 : 「유의전(柳毅傳)」과 「욥기」를 중심으로, 『中國小說論叢』, 第43, 서울, 韓國中國小說學會, 2014年 8月

朴馬利阿 　　呂洞賓 애정고사를 통해 본 '황금 꽃'의 의미 : 「三戲白牧丹」과 「八仙得道傳」 중의 煉性 서사와 낭만주의의 상관성을 중심으로, 『中國小說論叢』, 第43輯, 서울, 韓國中國小說學會, 2014年 8月

金道榮 　　朝鮮時代 「呂洞賓圖」 연구, 『中國小說論叢』, 第43輯, 서울, 韓國中國小說學會, 2014年 8月

宋眞榮 　　明淸小說에 나타난 死後世界에 관한 연구 : 「鬧陰司司馬貌斷獄」을 중심으로, 『中國小說論叢』, 第43輯, 서울, 韓國中國小說學會, 2014年 8月

裵玗桯 　　雅丹文庫 所藏 한글筆寫本 「한셩뎨됴비연합덕젼」의 飜譯樣相 고찰 : 伶玄의 「趙飛燕外傳」과의 비교를 중심으로, 『中國小說論叢』, 第43輯, 서울, 韓國中國小說學會, 2014年 8月

朴蘭英 　　『婦女雜誌』를 통해 본 20세기 초 중국여성 : 사적 영역과 공적 영역 사이에서, 『中國小說論叢』, 第43輯, 서울, 韓國中國小說學會, 2014年 8月

李允姬　　　1940년대 關永吉의 향토문학 구상 : 새로운 향토문학사
　　　　　　인식의 가능성을 제기하며,『中國小說論叢』, 第43輯, 서
　　　　　　울, 韓國中國小說學會, 2014年 8月

張根愛　　　쑤퉁(蘇童)의「橋上的瘋媽媽」에 드러난 광기 이미지 연
　　　　　　구,『中國小說論叢』, 第43輯, 서울, 韓國中國小說學會,
　　　　　　2014年 8月

金俸延　　　폭력의 의 내재성과 불가피성 : 쑤퉁의『米』읽기,『中國
　　　　　　小說論叢』, 第43輯, 서울, 韓國中國小說學會, 2014年 8月

4-3 中國小說論叢 제44輯 2014年 12月 (韓國中國小說學會)

安正燻　　　莊子의 거짓말 혹은 패러디 :『莊子』重言에 등장하는 孔
　　　　　　子에 대한 고찰,『中國小說論叢』, 第44輯, 서울, 韓國中
　　　　　　國小說學會, 2014年 12月

閻君祿　　　試論成俔『浮休子談論』的"三言"體制與儒·道思想, 『中
　　　　　　國小說論叢』, 第44輯, 서울, 韓國中國小說學會, 2014年
　　　　　　12月

金曉民　　　『西廂記演義』와『演譯西廂記』: 자료적 특징, 관계 및 비
　　　　　　교를 중심으로,『中國小說論叢』, 第44輯, 서울, 韓國中國
　　　　　　小說學會, 2014年 12月

高淑姬　　　18세기 한중 공안서사물에 나타난 'Justice' :『鹿洲公案』
　　　　　　과『欽欽新書』를　중심으로,『中國小說論叢』, 第44輯,
　　　　　　서울, 韓國中國小說學會, 2014年 12月

張祝平·李慧	清代毛評『三國演義』廣百宋齋本圖贊研究, 『中國小說論叢』, 第44輯, 서울, 韓國中國小說學會, 2014年 12月
高旼喜	중국현대소설과 『紅樓夢』, 『中國小說論叢』, 第44輯, 서울, 韓國中國小說學會, 2014年 12月
韓惠京	『紅樓夢』 읽기를 통한 인문학적 교양교육, 『中國小說論叢』, 第44輯, 서울, 韓國中國小說學會, 2014年 12月
左維剛·吳淳邦	托爾斯泰經典的重構改編 : 陳春生『五更鐘』的本土化譯述策略研究, 『中國小說論叢』, 第44輯, 서울, 韓國中國小說學會, 2014年 12月
李相德	梁白華의 「빨래하는 처녀」에 대하여, 『中國小說論叢』, 第44輯, 서울, 韓國中國小說學會, 2014年 12月
裵淵姬	양장(楊絳)의 「우리 세 사람(我們仨)」에 나타난 서사 전략, 『中國小說論叢』, 第44輯, 서울, 韓國中國小說學會, 2014年 12月
崔銀晶	鐵凝소설에 나타난 '가족' 담론, 『中國小說論叢』, 第44輯, 서울, 韓國中國小說學會, 2014年 12月
崔宰溶	의/협의 변천사 : 최근 중국 인터넷 '선협소설'에서의 의/협 개념, 『中國小說論叢』, 第44輯, 서울, 韓國中國小說學會, 2014年 12月
陳性希	봉합된 청춘 서사와 세대 : 영화 「우리가 잃어버릴 청춘(致我們終將逝去的靑春)」 읽기, 『中國小說論叢』, 第44輯, 서울, 韓國中國小說學會, 2014年 12月
許允貞	중국 국가급 무형문화유산 목록의 고찰 : 소수민족의 목록을 중심으로, 『中國小說論叢』, 第44輯, 서울, 韓國中國小

說學會, 2014年 12月

5-1 中國語 敎育과 硏究 第19號 2014年 6月 (韓國中國語敎育學會)

임재민	중국어 발화속도와 이해도 비교 분석 , 『中國語 敎育과 硏究』, 第19號, 서울, 韓國中國語敎育學會, 2014年 6月
최현미	신문보도기사를 활용한 읽기·쓰기 통합 수업안 설계 고찰, 『中國語 敎育과 硏究』, 第19號, 서울, 韓國中國語敎育學會, 2014年 6月
朴庸鎭	現代漢語雙音節輕聲詞規律趨向, 『中國語 敎育과 硏究』, 第19號, 서울, 韓國中國語敎育學會, 2014年 6月
章 蓉	對外漢語敎學中"近義詞"混淆現象分析: 以韓國學生爲主, 『中國語 敎育과 硏究』, 第19號, 서울, 韓國中國語敎育學會, 2014年 6月
姜美子	對韓漢語介詞敎學的若幹思考, 『中國語 敎育과 硏究』, 第19號, 서울, 韓國中國語敎育學會, 2014年 6月
김윤정	'願意'의 의미 및 품사 귀속에 대한 연구, 『中國語 敎育과 硏究』, 第19號, 서울, 韓國中國語敎育學會, 2014年 6月
孟柱億·郭興燕	"很難+V/Vp"在韓語中的對應形式及敎學建議, 『中國語 敎育과 硏究』, 第19號, 서울, 韓國中國語敎育學會, 2014年 6月
이정순	사동문 의미자질의 한-중 번역 교육에 대한 함의 연구, 『中國語 敎育과 硏究』, 第19號, 서울, 韓國中國語敎育學

會, 2014年 6月

박용석   대학 중국어 교재의 본문 텍스트와 삽화 간의 상호연관성에 대한 분석,『中國語 敎育과 硏究』, 第19號, 서울, 韓國中國語敎育學會, 2014年 6月

문유미   인지언어학 이론을 적용한 중국어 교육 연구현황 고찰,『中國語 敎育과 硏究』, 第19號, 서울, 韓國中國語敎育學會, 2014年 6月

진화진   형용사의 사건구조와 '被+AP',『中國語 敎育과 硏究』, 第19號, 서울, 韓國中國語敎育學會, 2014年 6月

이강재 · 이미경 · 송홍령 · 김석영   (신)HSK에 대한 한국의 중국어 교육자 · 학습자 인식 조사연구,『中國語 敎育과 硏究』, 第19號, 서울, 韓國中國語敎育學會, 2014年 6月

于 鵬   中國大學生閱讀不同文體漢語篇章的眼動實驗硏究,『中國語 敎育과 硏究』, 第19號, 서울, 韓國中國語敎育學會, 2014年 6月

5-2 中國語 敎育과 硏究 第20號 2014年 12月 (韓國中國語敎育學會)

한희창   한국인 중국어 학습자의 학습동기 측정도구 개발,『中國語 敎育과 硏究』, 第20號, 서울, 韓國中國語敎育學會, 2014年 12月

張 琦   對外漢語敎學中的得体性芻議,『中國語 敎育과 硏究』, 第20號, 서울, 韓國中國語敎育學會, 2014年 12月

于　鵬　　　　對韓漢語敎學中副詞"都"的敎學難点及對策,『中國語 敎育
　　　　　　　과 硏究』, 第20號, 서울, 韓國中國語敎育學會, 2014年 12月

송시황　　　　한·중 상향이중모음 운율 분석과 교육용 한글 표기 방법
　　　　　　　연구,『中國語 敎育과 硏究』, 第20號, 서울, 韓國中國語
　　　　　　　敎育學會, 2014年 12月

李美娜·金原希　三套韓國兒童漢語敎材詞匯考察分析,『中國語 敎育과 硏
　　　　　　　究』, 第20號, 서울, 韓國中國語敎育學會, 2014年 12月

金眞姬　　　　中韓兩國慣用語對比硏究其慣用語敎學方案,『中國語 敎
　　　　　　　育과 硏究』, 第20號, 서울, 韓國中國語敎育學會, 2014年
　　　　　　　12月

徐眞賢·郭小明　중국어 교육을 위한 현대중국어 양사(量詞)의 순서배열
　　　　　　　설계,『中國語 敎育과 硏究』, 第20號, 서울, 韓國中國語
　　　　　　　敎育學會, 2014年 12月

진화진　　　　'형용사(A)+一下+빈어(O)' 初探 ,『中國語 敎育과 硏究』,
　　　　　　　第20號, 서울, 韓國中國語敎育學會, 2014年 12月

권희정　　　　중국어 3음절어의 구조와 유핵성 분석,『中國語 敎育과
　　　　　　　硏究』, 第20號, 서울, 韓國中國語敎育學會, 2014年 12月

문유미　　　　중국어법과 한문문법 '빈어'의 외연과 내포 : 중학교 한문
　　　　　　　과 한문지식영역의 빈어 설정문제를 중심으로,『中國語
　　　　　　　敎育과 硏究』, 第20號, 서울, 韓國中國語敎育學會, 2014
　　　　　　　年 12月

김수경　　　　2009개정교육과정에 따른 중학교『생활중국어』교과서의
　　　　　　　'한자 쓰기' 학습요소 구현 양상 고찰,『中國語 敎育과 硏
　　　　　　　究』, 第20號, 서울, 韓國中國語敎育學會, 2014年 12月

임재민   중국어1 인정교과서 문화소재 고찰 : 제2외국어과 교육과
정과 연계하여, 『中國語 敎育과 硏究』, 第20號, 서울, 韓
國中國語敎育學會, 2014年 12月

유재원 · 김미순   수능 중국어Ⅰ의 의사소통기능 평가 문항 분석 : 평가 목
표와 출제 범위를 기준으로, 『中國語 敎育과 硏究』, 第20
號, 서울, 韓國中國語敎育學會, 2014年 12月

최은희 · 박혜원   4년제 대학생 취업진로를 고려한 중국관련 교과목 개선
방안, 『中國語 敎育과 硏究』, 第20號, 서울, 韓國中國語
敎育學會, 2014年 12月

6-1 中國語文論譯叢刊 제34輯 2014年 1月 (中國語文論譯學會)

金大煥   『論語』國譯上의 몇 가지 문제, 『中國語文論譯叢刊』, 第
34輯, 서울, 中國語文論譯學會, 2014年 1月

鐵　徵 · 劉一雙   『東韓譯語 · 釋親』研究: 以親屬稱謂語彙爲中心, 『中國
語文論譯叢刊』, 第34輯, 서울, 中國語文論譯學會, 2014
年 1月

吳美寧   일본 한문훈독자료 번역의 현황과 과제: 한문훈독연구회
의 『논어집해』 번역 작업을 예로, 『中國語文論譯叢刊』,
第34輯, 서울, 中國語文論譯學會, 2014年 1月

吳恒寧   조선시대 추안(推案)에서 만난 주체의 문제, 『中國語文論
譯叢刊』, 第34輯, 서울, 中國語文論譯學會, 2014年 1月

閔寬東   『酉陽雜俎』의 국내 유입과 수용, 『中國語文論譯叢刊』,

第34輯, 서울, 中國語文論譯學會, 2014年 1月

陳明鎬　　葉燮詩論的文學主客觀要素與其創作循環過程探討, 『中國語文論譯叢刊』, 第34輯, 서울, 中國語文論譯學會, 2014年 1月

李濟雨　　晚明小品 연구 중 '小品' 개념의 구성과 인식: 現狀과 問題, 『中國語文論譯叢刊』, 第34輯, 서울, 中國語文論譯學會, 2014年 1月

孫皖怡　　由白蛇故事透視中國兩性史, 『中國語文論譯叢刊』, 第34輯, 서울, 中國語文論譯學會, 2014年 1月

朴現圭　　한국에서 諸葛亮 廟宇의 유래와 건립: 조선 말기 이전을 중심으로, 『中國語文論譯叢刊』, 第32輯, 서울, 中國語文論譯學會, 2014年 1月

金英明　　我孤獨故我在: 從魯迅到高行健, 『中國語文論譯叢刊』, 第34輯, 서울, 中國語文論譯學會, 2014年 1月

金順珍　　권정생과 황춘밍 동화 비교 연구, 『中國語文論譯叢刊』, 第34輯, 서울, 中國語文論譯學會, 2014年 1月

江志全　　20世紀90年代與被改寫的作家王小波, 『中國語文論譯叢刊』, 第34輯, 서울, 中國語文論譯學會, 2014年 1月

左維剛·吳淳邦　　申京淑小說在中國的接受研究: 以中文譯本『單人房』、『尋找母親』、『李眞』爲中心, 『中國語文論譯叢刊』, 第34輯, 서울, 中國語文論譯學會, 2014年 1月

文炳淳　　古文字에 보이는 '龍 字 및 關聯 字形 분석, 『中國語文論譯叢刊』, 第34輯, 서울, 中國語文論譯學會, 2014年 1月

黃後男·金琮鎬　　現代漢語"在＋NP＋V"與"V＋在＋NP"的"NP"義比較, 『中

國語文論譯叢刊』, 第34輯, 서울, 中國語文論譯學會, 2014年 1月

鄭鎭椌 · 朴紅英   構式語法理念在結果述補結構習得中的運用, 『中國語文論譯叢刊』, 第34輯, 서울, 中國語文論譯學會, 2014年 1月

白枝勳   '結果' 기능 연구: 접속사, 담화표지의 기능을 중심으로, 『中國語文論譯叢刊』, 第34輯, 서울, 中國語文論譯學會, 2014年 1月

張美蘭   중국어와 한국어 '명사+분류사'형 합성명사 대조 연구, 『中國語文論譯叢刊』, 第34輯, 서울, 中國語文論譯學會, 2014年 1月

王寶霞   論學習型中韓詞典中的成語處理模式, 『中國語文論譯叢刊』, 第34輯, 서울, 中國語文論譯學會, 2014年 1月

鄭有善   국내 중국인 유학생의 대학생활실태 조사 및 관리방안 연구, 『中國語文論譯叢刊』, 第34輯, 서울, 中國語文論譯學會, 2014年 1月

◎ 翻譯論文

呂承煥 · 金甫暳   唐戲의 시기별 개황과 특징(二): 任半塘『唐戲弄』「總說」 중 '盛唐' 부분에 대한 譯註, 『中國語文論譯叢刊』, 第34輯, 서울, 中國語文論譯學會, 2014年 1月

金明順   趙季『箕雅校注』「前言」譯注, 『中國語文論譯叢刊』, 第34輯, 서울, 中國語文論譯學會, 2014年 1月

尹賢淑   李玉의 「占花魁」(IV), 『中國語文論譯叢刊』, 第34輯, 서

울, 中國語文論譯學會, 2014年 1月

朴智淑·朴柄仙·朴庸鎭 『中國言語文字說略』 註解, 『中國語文論譯叢刊』,
第34輯, 서울, 中國語文論譯學會, 2014年 1月

沈陽·Rint Sybesma 저·吳有晶 역 능격동사의 성질과 능격구조의 형성
(2), 『中國語文論譯叢刊』, 第34輯, 서울, 中國語文論譯學
會, 2014年 1月

6-2 中國語文論譯叢刊 제35輯 2014年 7月 (中國語文論譯學會)

◎ 學術論文

鄭相泓　　　『詩經』과 詩歌發生類型 研究(2) 토템가(圖騰歌): 中國 少
數民族의 詩歌 및 原始宗敎와의 비교, 『中國語文論譯叢
刊』, 第35輯, 서울, 中國語文論譯學會, 2014年 7月

李洲良　　　『春秋』的記事特徵及其對『左傳』、『國語』的影響, 『中
國語文論譯刊』, 第35, 서울, 中國語文論譯學會, 2014
年 7月

趙殷尙　　　蕭穎士와 그의 제자들: 학맥 형성과정과 문학적 성향 및
특징을 중심으로, 『中國語文論譯叢刊』, 第35輯, 서울, 中
國語文論譯學會, 2014年 7月

崔晳元　　　孔平仲『詩戲』에 나타난 詩的 유희성에 대한 고찰: 集句
詩와 藥名詩, 藏頭體를 中心으로, 『中國語文論譯叢刊』,
第35輯, 서울, 中國語文論譯學會, 2014年 7月

朱淑霞　　　『太上感應篇』及其諺解本之翻譯研究, 『中國語文論譯叢

	刊』, 第35輯, 서울, 中國語文論譯學會, 2014年 7月
唐潤熙	明代의 古文과 時文에 대한 一考: 唐宋八大家 古文選集을 중심으로,『中國語文論譯叢刊』, 第35輯, 서울, 中國語文論譯學會, 2014年 7月
趙美娟	明代 중후기 江南 문인과 여성 배우의 교류 및 문예발전에 대한 영향,『中國語文論譯叢刊』, 第35輯, 서울, 中國語文論譯學會, 2014年 7月
左維剛·吳淳邦	晚淸小說陳春生的『五更鐘』考究, 『中國語文論譯叢刊』, 第35輯, 서울, 中國語文論譯學會, 2014年 7月
黃善美	루징뤄(陸鏡若)와 그의 첫 신극 공연『인형의 집』,『中國語文論譯叢刊』, 第35輯, 서울, 中國語文論譯學會, 2014年 7月
李永求·姜小羅	스코포스 이론의 관점에서 본 중국 창작 동화의 번역 전략 고찰: 정위엔지에(鄭淵潔)의 '열두 띠 시리즈'를 중심으로, 『中國語文論譯叢刊』, 第35輯, 서울, 中國語文論譯學會, 2014年 7月
朴惠淑	西周 靑銅器 四十二年逨鼎 銘文 小考,『中國語文論譯叢刊』, 第35輯, 서울, 中國語文論譯學會, 2014年 7月
都惠淑	希麟『續一切經音義』와 屑音 분화 현상 연구,『中國語文論譯叢刊』, 第35輯, 서울, 中國語文論譯學會, 2014年 7月
安在哲	漢文原典 번역오류 사례분석: '何以A爲'형에서 'A'와 '爲'의 品詞轉成을 중심으로,『中國語文論譯叢刊』, 第35輯, 서울, 中國語文論譯學會, 2014年 7月

◎ 飜譯論文

成基玉	『論衡』「非韓」譯註, 『中國語文論譯叢刊』, 第35輯, 서울, 中國語文論譯學會, 2014年 7月
金慶國	劉大櫆의 「論文偶記」 解題와 譯註(上), 『中國語文論譯叢刊』, 第35輯, 서울, 中國語文論譯學會, 2014年 7月
權鎬鐘·黃永姬·朴貞淑·李紀勳·申旻也·李奉相	『青樓韻語』 序跋文 譯註, 『中國語文論譯叢刊』, 第35輯, 서울, 中國語文論譯學會, 2014年 7月
李永燮	슬픔에 대한 중국문학과 서양문학의 문화적인 공감과 소통: 錢鍾書의 「詩可以怨」 解題와 譯註, 『中國語文論譯叢刊』, 第35輯, 서울, 中國語文論譯學會, 2014年 7月
郭銳原 저·朴恩石 역	형용사 유형론과 중국어 형용사의 문법적 지위, 『中國語文論譯叢刊』, 第35輯, 서울, 中國語文論譯學會, 2014年 7月
麥耘 저·廉載雄 역	한어역사음운학의 영역으로 진입하고 있는 한장어비교연구(上), 『中國語文論譯叢刊』, 第35輯, 서울, 中國語文論譯學會, 2014年 7月

7-1 中國語文論叢 제61輯 2014年 2月 (中國語文研究會)

장정임	The Semantic and Syntactic Differences in the Sentences in which 于 and 於 Appear: based on the Data in Zuo's Commentary(『左傳』), 『中國語文論叢』, 第61輯, 서울,

中國語文研究會, 2014年 2月

Li Lin	對『朱子語類』中"V得(O)"結構的考察, 『中國語文論叢』, 第61輯, 서울, 中國語文研究會, 2014年 2月
이순미	『老乞大』에 보이는 긍정응답어 "可知" 고찰,『中國語文論叢』, 第61輯, 서울, 中國語文研究會, 2014年 2月
서한용	『篆訣歌』異本 研究,『中國語文論叢』, 第61輯, 서울, 中國語文研究會, 2014年 2月
박원기	부사 "直"의 "間直" 의미 기능의 발전과 그 문법화,『中國語文論叢』, 第61輯, 서울, 中國語文研究會, 2014年 2月
곽흥연	表推測判斷義的"V不了"研究: 兼與"不會V"進行對比,『中國語文論叢』, 第61輯, 서울, 中國語文研究會, 2014年 2月
성기은	동작단위사의 동사 분류기능 소고,『中國語文論叢』, 第61輯, 서울, 中國語文研究會, 2014年 2月
이경진	현대 중국어 비교구문의 특징 분석: 목적어 비교구문이 형성되지 않는 이유를 중심으로,『中國語文論叢』, 第61輯, 서울, 中國語文研究會, 2014年 2月
조경환	被字句의 주관화와 관화와 탈-주관화에 관화에 관한 소고, 『中國語文論叢』, 第61輯, 서울, 中國語文研究會, 2014年 2月
박성진	『春秋』의 인용과 정치화 試論:『鹽鐵論』을 중심으로,『中國語文論叢』, 第61輯, 서울, 中國語文研究會, 2014年 2月
楊兆貴·趙殷尚	馮夢龍輯錄話本小說集的編纂方式及其寄意試探: 以『古今小說』爲主,『中國語文論叢』, 第61輯, 서울, 中國語文研究會, 2014年 2月

진명호	宗義反映時代精神之創作論與其實踐探討, 『中國語文論叢』, 第61輯, 서울, 中國語文研究會, 2014年 2月
홍서연	王國維의 文體論 考察: 『人間詞話』의 詞體論을 중심으로, 『中國語文論叢』, 第61輯, 서울, 中國語文研究會, 2014年 2月
최용철	中國小說의 滿洲語 번역본 目錄에 대한 고찰, 『中國語文論叢』, 第61輯, 서울, 中國語文研究會, 2014年 2月
박현규	臺灣 李逸濤 『春香傳』의 텍스트 출처와 특징: 日本 高橋佛焉 『春香傳の梗槪』와 비교를 위주로, 『中國語文論叢』, 第61輯, 서울, 中國語文研究會, 2014年 2月
신정수	영화 『조씨고아』의 각색 양상 연구: 영아살해와 부친살해를 중심으로, 『中國語文論叢』, 第61輯, 서울, 中國語文研究會, 2014年 2月
김윤수	노동과 섹슈얼리티의 경계에 선 여성들: 1930년대 중국 "여급" 관련 담론 고찰, 『中國語文論叢』, 第61輯, 서울, 中國語文研究會, 2014年 2月
유민희	수많은, 평범한 "당신"에게 바치는 헌사: "여성"과 "타자"의 키워드로 읽은 『傾城之戀』, 『中國語文論叢』, 第61輯, 서울, 中國語文研究會, 2014年 2月
이근석	중국유머에 나타난 한국인 풍자의 양태(1): 유머의 번역과 분류를 중심으로, 『中國語文論叢』, 第61輯, 서울, 中國語文研究會, 2014年 2月

7-2 中國語文論叢 제62輯 2014年 4月 (中國語文硏究會)

한용수 · 속윤걸   現代漢語起始體標記"起來"的綜合硏究, 『中國語文論叢』, 第62輯, 서울, 中國語文硏究會, 2014年 4月

김기범   생략과 복문에 대한 인식오류 분석: 조동사가 있는 문장을 중심으로, 『中國語文論叢』, 第62輯, 서울, 中國語文硏究會, 2014年 4月

김혜경   현대중국어 "有+NP+VP" 구문에 관한 소고, 『中國語文論叢』, 第62輯, 서울, 中國語文硏究會, 2014年 4月

박인성   送僧詩를 통해 본 劉禹錫의 佛敎觀, 『中國語文論叢』, 第62輯, 서울, 中國語文硏究會, 2014年 4月

유병례   朱淑眞의 詠史詩, 『中國語文論叢』, 第62輯, 서울, 中國語文硏究會, 2014年 4月

박창욱   리앙(李昂)의 글쓰기 전략에 관한 소고: 『눈에 보이는 귀신(看得見的鬼)』을 중심으로, 『中國語文論叢』, 第62輯, 서울, 中國語文硏究會, 2014年 4月

김경천 · 홍은빈   李白 「古風」五十九首 譯解(5): 第31首부터 第36首, 『中國語文論叢』, 第62輯, 서울, 中國語文硏究會, 2014年 4月

7-3 中國語文論叢 제63輯 2014年 6月 (中國語文硏究會)

이순미   『訓蒙字會』 "身體" 部의 중국어 어휘 연구, 『中國語文論叢』, 第63輯, 서울, 中國語文硏究會, 2014年 6月

김영민   현대중국어 원형명사의 의미 기능 고찰: 술부 내 내재 논
항에 위치한 원형명사를 중심으로,『中國語文論叢』, 第63
輯, 서울, 中國語文研究會, 2014年 6月

제해성   蔡邕「獨斷」에 나타난 朝廷 公文의 분류와 문체 특징『中
國語文論叢』, 第63輯, 서울, 中國語文研究會, 2014年 6月

이재훈   朱熹『詩集傳』「曹風」의 新舊傳 비교 연구,『中國語文
論叢』, 第63輯, 서울, 中國語文研究會, 2014年 6月

문정진   욕망, 기괴함, 그리고 "氣韻生動": 陳洪綬와「水滸葉子」
를 중심으로,『中國語文論叢』, 第63輯, 서울, 中國語文研
究會, 2014年 6月

이지은   戲曲 挿畵의 敍事性 고찰: 暖紅室本『長生殿』을 대상으
로,『中國語文論叢』, 第63輯, 서울, 中國語文研究會,
2014年 6月

최수경   가족, 지역, 국가: 19세기 前期 女性總集의 담론과 그 의
미,『中國語文論叢』, 第63輯, 서울, 中國語文研究會,
2014年 6月

김화진   근대시기 동성과 고문의 변화 양상: 만청 해외유기문을 중
심으로,『中國語文論叢』, 第63輯, 서울, 中國語文研究會,
2014年 6月

조득창   淺談姚一葦1960年代話劇的"史詩劇場"藝術手法,『中國語
文論叢』, 第63輯, 서울, 中國語文研究會, 2014年 6月

강성조   略談巴金『隨想錄』的愛國思想: 以巴金『隨想錄』第一集
爲中心,『中國語文論叢』, 第63輯, 서울, 中國語文研究會,
2014年 6月

박영순 1950년대 TV다큐멘터리 속 상하이: "紀實賓道-紀錄片編
輯室"의 네트워크와 문화적 함의,『中國語文論叢』, 第63
輯, 서울, 中國語文硏究會, 2014年 6月

7-4 中國語文論叢 제64輯 2014年 8月 (中國語文硏究會)

권혁준 『白虎通義』와『風俗通義』에 반영된 舌音類의 구개음화
여부,『中國語文論叢』, 第64輯, 서울, 中國語文硏究會,
2014年 8月

박원기 중고중국어 어기부사 "定"의 의미 분화와 문법화 과정,『中
國語文論叢』, 第64輯, 서울, 中國語文硏究會, 2014年 8月

신경미 · 최규발 현대중국어 지시어 "這"와 "那"에 대한 고찰,『中國語文論
叢』, 第64輯, 서울, 中國語文硏究會, 2014年 8月

이명아 · 한용수 중국어 호칭어 중의성에 관한 소고,『中國語文論叢』, 第
64輯, 서울, 中國語文硏究會, 2014年 8月

임승배 · 라희연 張炎與宋元之際의 詞壇格局, 『中國語文論叢』, 第64輯,
서울, 中國語文硏究會, 2014年 8月

김준연 · 이지민 趙孟頫 題畵詩의 감각적 표현 연구,『中國語文論叢』, 第
64輯, 서울, 中國語文硏究會, 2014年 8月

서 성 · 강현실 경쟁하는 삽화와 비평의 형식:『수호전』대척여인 서문본
의 용여당본과의 비교를 중심으로,『中國語文論叢』, 第64
輯, 서울, 中國語文硏究會, 2014年 8月

김수현 명청 서적 삽화 연구의 의미와 과제,『中國語文論叢』, 第

	64輯, 서울, 中國語文硏究會, 2014年 8月
염군록	中國"牛郞織女"與韓國"樵夫仙女"故事分類比較硏究, 『中國語文論叢』, 第64輯, 서울, 中國語文硏究會, 2014年 8月
오효려	『龍圖公案』與朝鮮訟事小說中的人命案硏究, 『中國語文論叢』, 第64輯, 서울, 中國語文硏究會, 2014年 8月
차태근	학술장을 통해서 본 근대 정전, 『中國語文論叢』, 第64輯, 서울, 中國語文硏究會, 2014年 8月
장동천	쉬즈모의 케임브리지 토포필리아와 낭만적 상상의 배경, 『中國語文論叢』, 第64輯, 서울, 中國語文硏究會, 2014年 8月

7-5 中國語文論叢 제65輯 2014年 10月 (中國語文硏究會)

장정임	지시사 斯의 어법화 과정: 『詩經』에 나타난 斯의 용례를 중심으로, 『中國語文論叢』, 第65輯, 서울, 中國語文硏究會, 2014年 10月
양오진	朝鮮時代 吏文 교육의 실태와 吏文의 언어적 특징, 『中國語文論叢』, 第65輯, 서울, 中國語文硏究會, 2014年 10月
조은정	홍콩의 주요 거리 이름으로 살펴본 월방언(粤方言) 차용어의 유형 및 그 특징, 『中國語文論叢』, 第65輯, 서울, 中國語文硏究會, 2014年 10月
박유빈	"X然"의 허화 의미 분석, 『中國語文論叢』, 第65輯, 서울, 中國語文硏究會, 2014年 10月
박다래	"一+(양사)+NP" 주어의 한정성 고찰: 현저성과 확인가능

성을 중심으로, 『中國語文論叢』, 第65輯, 서울, 中國語文
硏究會, 2014年 10月

이은수   중일 재귀대명사 비교 연구, 『中國語文論叢』, 第65輯, 서
울, 中國語文硏究會, 2014年 10月

송정화   『西游記』 揷詩의 도교적 특징과 문학적 기능에 대한 연
구, 『中國語文論叢』, 第65輯, 서울, 中國語文硏究會,
2014年 10月

고점복   루쉰(魯迅)의 잡문(雜文) 언어와 수사의 정신 I : 존재론
적 접근, 『中國語文論叢』, 第65輯, 서울, 中國語文硏究
會, 2014年 10月

남희정   계몽의 딜레마: 점령시기 왕퉁자오(王統照)의 심리구조와
창작, 『中國語文論叢』, 第65輯, 서울, 中國語文硏究會,
2014年 10月

장동천·오명선   점령지 상하이 사람의 자화상 그리기: 리젠우(李健吾)의
번안극 『진샤오위(金小玉)』에 숨겨진 의미, 『中國語文論
叢』, 第65輯, 서울, 中國語文硏究會, 2014年 10月

홍지순   Zhang Ailing's Media Politics in the 1940s, 『中國語文論
叢』, 第65輯, 서울, 中國語文硏究會, 2014年 10月

김윤수   1930년대 중국에서의 "건강미(健美)" 담론: 『玲瓏(영롱)』
(1931-1937)을 중심으로, 『中國語文論叢』, 第65輯, 서울,
中國語文硏究會, 2014年 10月

◎ 註釋 및 資料
조성천·이상훈   王夫之 『薑齋文集·書後二首』 解題와 譯註, 『中國語文

論叢』, 第65輯, 서울, 中國語文硏究會, 2014年 10月

7-6 中國語文論叢 제66輯 2014年 12月 (中國語文硏究會)

◎ 論文

원효봉 · 박지숙	『金文編』四版正編中脫誤"□","□","□","于"字考, 『中國語文論叢』, 第66輯, 서울, 中國語文硏究會, 2014年 12月
한용수 · 류준방	韓漢外來語同義現象及語義變化對比?究, 『中國語文論叢』, 第66輯, 서울, 中國語文硏究會, 2014年 12月
김수경	드라마 『견현전(甄嬛傳)』을 활용한 중고급 단계 현대중국어 학습자의 문언문(文言文)교육 방안 탐색, 『中國語文論叢』, 第66輯, 서울, 中國語文硏究會, 2014年 12月
박석홍	簡化字書寫類推 오류 분석과 지도 중점 연구: 초급 중국어 학습자의 형체유추오류를 중심으로, 『中國語文論叢』, 第66輯, 서울, 中國語文硏究會, 2014年 12月
정지수 · 이현복	집중 중국어 연수 교육과정 설계 사례분석: 고려대학교 KU-China Global Leadership Program을 예로, 『中國語文論叢』, 第66輯, 서울, 中國語文硏究會, 2014年 12月
최병학	중국어 집중교육프로그램이 학습동기와 학습 불안감에 미치는 영향 연구: G대학의 사례를 중심으로, 『中國語文論叢』, 第66輯, 서울, 中國語文硏究會, 2014年 12月
강성조	漢代 경학의 교과과정 및 그 교재 연구: 漢代 경학의 『七經』 기원설에 관한 고증을 중심으로, 『中國語文論叢』, 第

	66輯, 서울, 中國語文硏究會, 2014年 12月
서 성·조성천	唐詩 중의 知, 覺 동사의 생략과 번역,『中國語文論叢』, 第66輯, 서울, 中國語文硏究會, 2014年 12月
김지선	明代異域圖에 대한 硏究:『三才圖會』와『萬寶全書』를 중심으로,『中國語文論叢』, 第66輯, 서울, 中國語文硏究會, 2014年 12月
홍윤기	『삼국연의(三國演義)』에 나오는 노(弩)에 관하여,『中國語文論叢』, 第66輯, 서울, 中國語文硏究會, 2014年 12月
최수경	지식의 재활용: 明末 상업출판과 "燕居筆記"의 사회학,『中國語文論叢』, 第66輯, 서울, 中國語文硏究會, 2014年 12月
오효려	從寓意角度解讀中、韓公案小說中的動物形象,『中國語文論叢』, 第66輯, 서울, 中國語文硏究會, 2014年 12月
이현우	한국에서의 "歸去來"에 관한 수용의 양상,『中國語文論叢』, 第66輯, 서울, 中國語文硏究會, 2014年 12月
이보고	19세기 초 中西 문화 접촉과 The Chinese Repository: 기독교 전파 과정에서의 中西 언어문화 접촉을 중심으로,『中國語文論叢』, 第66輯, 서울, 中國語文硏究會, 2014年 12月
김수연	『신보(申報)』: 근대적 에크리튀르의 성좌,『中國語文論叢』, 第66輯, 서울, 中國語文硏究會, 2014年 12月
백영길	魯迅, 周作人 형제 불화의 종교적 해석,『中國語文論叢』, 第66輯, 서울, 中國語文硏究會, 2014年 12月
고점복	라오서(老舍)의『마씨 부자 이마(二馬)』론: 내재화된 식

민성으로서의 민족주의,『中國語文論叢』, 第66輯, 서울,
中國語文硏究會, 2014年 12月

문대일   옌롄커의『정장몽(丁莊夢)』를 읽는 몇 가지 독해법,『中
國語文論叢』, 第66輯, 서울, 中國語文硏究會, 2014年 12月

김종석   이예(李銳) 중편소설『운하풍(運河風)』론: 1960년대 초,
중기 학교 교육을 중심으로,『中國語文論叢』, 第66輯, 서
울, 中國語文硏究會, 2014年 12月

8-1 中國語文學 제65輯 2014年 4月 (嶺南中國語文學會)

심성호   굴(屈),송부(宋賦)의 산수자연,『中國語文學』, 第65輯, 대
구, 嶺南中國語文學會, 2014年 4月

권응상   연자루(燕子樓) 이야기의 형성과 변주,『中國語文學』, 第
65輯, 대구, 嶺南中國語文學會, 2014年 4月

황첨첨   論淸華間『耆夜≫中所見的周代"樂語",『中國語文學』, 第
65輯, 대구, 嶺南中國語文學會, 2014年 4月

김영옥   『도주요몽기(陶冑妖夢記)』를 통해 본 꿈의 서사와 변용: 근
대 지식인의 심리적 불안과 불교적 사유를 중심으로,『中
國語文學』, 第65輯, 대구, 嶺南中國語文學會, 2014年 4月

강유나   淸初女作家錢鳳綸生平著述考論,『中國語文學』, 第65輯,
대구, 嶺南中國語文學會, 2014年 4月

이영섭   淸朝遺老 王國維 學術의 時宜性 연구:『說文』今敍篆文
合以古籒說을 중심으로,『中國語文學』, 第65輯, 대구, 嶺

南中國語文學會, 2014年 4月

봉인영   Mapping Alterity: Maps, Borders, and Social Relations in the Romance of the Three Kingdoms, 『中國語文學』, 第65輯, 대구, 嶺南中國語文學會, 2014年 4月

김영철   混沌의 가장자리: 劉震雲 소설 『壹句頂壹萬句』의 한 가지 독법, 『中國語文學』, 第65輯, 대구, 嶺南中國語文學會, 2014年 4月

최은정   鐵凝의 『永遠有多遠』에 대한 소고: 여성인물의 욕망을 중심으로, 『中國語文學』, 第65輯, 대구, 嶺南中國語文學會, 2014年 4月

김소정   임서의 번역과 중국적 수용: 『巴黎茶花女遺事』를 중심으로, 『中國語文學』, 第65輯, 대구, 嶺南中國語文學會, 2014年 4月

최 영   한국어와 중국어 대등(對等)합성어 결합 순서의 대조 연구: "인지언어학적 대조"를 중심으로, 『中國語文學』, 第65輯, 대구, 嶺南中國語文學會, 2014年 4月

이선희   한중 식품 광고에 나타난 공감각적 은유 양상, 『中國語文學』, 第65輯, 대구, 嶺南中國語文學會, 2014年 4月

권부경   基于事件終結性,非終結性特徵的時量短語句考察, 『中國語文學』, 第65輯, 대구, 嶺南中國語文學會, 2014年 4月

왕동위   書評 『漢字的構造及其文化意蘊』, 『中國語文學』, 第65輯, 대구, 嶺南中國語文學會, 2014年 4月

8-2 中國語文學 제66輯 2014年 8月 (嶺南中國語文學會)

신의선   蘇軾 詩의 禪的 心象 考察,『中國語文學』, 第66輯, 대구, 嶺南中國語文學會, 2014年 8月

정원호   『朝鮮王朝實錄』에 인용된『詩經』「文王」편의 활용사례 고찰,『中國語文學』, 第66輯, 대구, 嶺南中國語文學會, 2014年 8月

이 연   漢傳佛敎『維摩經』사상과 李奎報의 佛敎詩,『中國語文學』, 第66輯, 대구, 嶺南中國語文學會, 2014年 8月

김은경   陸游의 蜀中詞에 나타난 心態 표현 특징,『中國語文學』, 第66輯, 대구, 嶺南中國語文學會, 2014年 8月

강종임   전통시기 중국의 소설 대여와 그 한계,『中國語文學』, 第66輯, 대구, 嶺南中國語文學會, 2014年 8月

강경구   중국현대문학의 불교표현과 개인의 탐색,『中國語文學』, 第66輯, 대구, 嶺南中國語文學會, 2014年 8月

김은희   20세기 前半의 중국 여성작가의 賢母良妻論: 陳衡哲과 氷心을 중심으로,『中國語文學』, 第66輯, 대구, 嶺南中國語文學會, 2014年 8月

이경하   숨겨진 진실을 찾아서: 쉬즈모 (徐志摩)의 "바바오샹(八寶箱)" 미스터리에 대한 小考,『中國語文學』, 第66輯, 대구, 嶺南中國語文學會, 2014年 8月

이용태   "心性論"으로 본 周作人의 "人性論" 연구,『中國語文學』, 第66輯, 대구, 嶺南中國語文學會, 2014年 8月

李春永   한어 어음변천과 현대 한국 漢字音(韻母) 반영 탐색: 현대

중국 普通話[-i],[-□],[-□],[□] 음을 대상으로, 『中國語文學』, 第66輯, 대구, 嶺南中國語文學會, 2014年 8月

고미숙   중국어 이음절 복모음에 대한 음성학적 특성 및 발음교육 방안 연구, 『中國語文學』, 第66輯, 대구, 嶺南中國語文學會, 2014年 8月

주취난   試以"順序象似性"談漢語語法教學: 以韓國學習者爲對象, 『中國語文學』, 第66輯, 대구, 嶺南中國語文學會, 2014年 8月

오현주   현대중국어 공손표현 교육 방안 연구, 『中國語文學』, 第66輯, 대구, 嶺南中國語文學會, 2014年 8月

김소정   수용과 번역: 청말 시기의 셰익스피어, 『中國語文學』, 第66輯, 대구, 嶺南中國語文學會, 2014年 8月

신지언   중국어 복합문 번역양상 고찰: 문학작품 번역을 대상으로, 『中國語文學』, 第66輯, 대구, 嶺南中國語文學會, 2014年 8月

류 만   "疲倦"義形容詞的歷時演變, 『中國語文學』, 第66輯, 대구, 嶺南中國語文學會, 2014年 8月

고건혜   十五~十六世紀中國與朝鮮的認識差異和溝通障碍: 以崔溥『漂海錄』爲中心, 『中國語文學』, 第66輯, 대구, 嶺南中國語文學會, 2014年 8月

염군록   中韓"牽牛織女"神話的關聯性硏究, 『中國語文學』, 第66輯, 대구, 嶺南中國語文學會, 2014年 8月

8-3 中國語文學 제67輯 2014年 12月 (嶺南中國語文學會)

노경희	"淸新庾開府"小考: 庾信詩 風格論,『中國語文學』, 第67輯, 대구, 嶺南中國語文學會, 2014年 12月
권응상	慘軍戱 壹考,『中國語文學』, 第67輯, 대구, 嶺南中國語文學會, 2014年 12月
팽철호	한국에서 다른 식물로 인식되는 중국문학 속의 植物(2): 海棠花, 杜鵑花, 躑躅의 경우,『中國語文學』, 第67輯, 대구, 嶺南中國語文學會, 2014年 12月
박유빈	庾信에 대한 杜甫의 수용 小考: "感發"의 시각을 중심으로,『中國語文學』, 第67輯, 대구, 嶺南中國語文學會, 2014年 12月
김경석	"新北京"과『駱駝祥子』의 현재적 의미에 대한 試論: 農民工 문제를 중심으로,『中國語文學』, 第67輯, 대구, 嶺南中國語文學會, 2014年 12月
우강식	金庸 무협소설에 나타난 江湖의 유형과 특징에 관한 고찰,『中國語文學』, 第67輯, 대구, 嶺南中國語文學會, 2014年 12月
서 영	『紅樓夢』中同詞根"子"尾詞與"兒"尾詞分析,『中國語文學』, 第67輯, 대구, 嶺南中國語文學會, 2014年 12月
김혜영	章黃 학파의 언어연구 초탐,『中國語文學』, 第67輯, 대구, 嶺南中國語文學會, 2014年 12月
원효붕	『白姓官話』小考,『中國語文學』, 第67輯, 대구, 嶺南中國語文學會, 2014年 12月

사위국 · 이우철	漢語教材中的"SVOV得C"句式的語法特點分析, 『中國語文學』, 第67輯, 대구, 嶺南中國語文學會, 2014年 12月
이혜정	從共時平面上看"起來"的語義分化及其句法表現, 『中國語文學』, 第67輯, 대구, 嶺南中國語文學會, 2014年 12月
박정희	항저우 도시문화와 문화 창의산업, 『中國語文學』, 第67輯, 대구, 嶺南中國語文學會, 2014年 12月
임용지	淺談韓國中文系教學課程與就業率現況, 『中國語文學』, 第67輯, 대구, 嶺南中國語文學會, 2014年 12月

9-1 中國語文學論集 第84號 2014年 2月 (中國語文學研究會)

李明姬	周公廟遺址의 성격 규명에 관한 小考: 西周 周公廟甲骨文을 중심으로, 『中國語文學論集』, 第84號, 서울, 中國語文學研究會, 2014年 2月
李庚姬	중국어 개음 i[j] 고찰: 한국어와 영어의 [j]와 비교를 통하여, 『中國語文學論集』, 第84號, 서울, 中國語文學研究會, 2014年 2月
鄭周永	『說文解字』中的"所"字結構, 『中國語文學論集』, 第84號, 서울, 中國語文學研究會, 2014年 2月
朴建榮	"V不V得C" 가능보어 의문문의 구조 분석, 『中國語文學論集』, 第84號, 서울, 中國語文學研究會, 2014年 2月
閔載泓	겸어문의 형성과 겸어문 변별을 위한 어법 기제, 『中國語文學論集』, 第84號, 서울, 中國語文學研究會, 2014年 2月

金雅瑛	민국시기 중국어회화서의 시간표현 어휘 기능 고찰, 『中國語文學論集』, 第84號, 서울, 中國語文學硏究會, 2014年 2月
許國萍 · 宋眞喜	成語集中敎學效果考察: 談語境及脚本設置對成語敎學的影響, 『中國語文學論集』, 第84號, 서울, 中國語文學硏究會, 2014年 2月
文有美	현대중국어 주어절과 목적어절 특징 비교, 『中國語文學論集』, 第84號, 서울, 中國語文學硏究會, 2014年 2月
李鐵根	述賓短語直接做定語的偏正短語的類型與功能硏究, 『中國語文學論集』, 第84號, 서울, 中國語文學硏究會, 2014年 2月
金美順	고등학교 『중국어Ⅰ』 '간체자 쓰기' 영역의 편제에 관한 고찰: 교수 · 학습 내용의 연계성에 근거한 적합성을 중심으로, 『中國語文學論集』, 第84號, 서울, 中國語文學硏究會, 2014年 2月
崔銀喜	초급중국어 수업을 위한 자연식접근 교수법(The Natural Approach) 적용 방안, 『中國語文學論集』, 第84號, 서울, 中國語文學硏究會, 2014年 2月
宋美鈴	魯迅 「狂人日記」의 파토스 분석, 『中國語文學論集』, 第84號, 서울, 中國語文學硏究會, 2014年 2月
朴英順 · 黃靖惠	신세기 루쉰(魯迅) 논쟁 연구: 이데올로기 정전에서 문화 컨텍스트로, 『中國語文學論集』, 第84號, 서울, 中國語文學硏究會, 2014年 2月
琴知雅	조선시대 唐詩選集의 편찬양상 연구: 延世大 所藏 4종 唐詩選集의 유형, 특징 및 문헌 가치를 중심으로, 『中國語文

	學論集』, 第84號, 서울, 中國語文學研究會, 2014年 2月
金永哲	淸代『佩文齋詠物詩選』과의 比較를 통해 照明한 朝鮮『古今詠物近體詩』의 獨自性, 『中國語文學論集』, 第84號, 서울, 中國語文學研究會, 2014年 2月
楊 釗	明淸文人對張佳胤詩歌的選評, 『中國語文學論集』, 第84號, 서울, 中國語文學研究會, 2014年 2月
朴敬姬	『세설신어』에 나타난 팬덤 현상, 『中國語文學論集』, 第84號, 서울, 中國語文學研究會, 2014年 2月
金華珍	만청 고문 선집의 변천과 문화·교육적 함의, 『中國語文學論集』, 第84號, 서울, 中國語文學研究會, 2014年 2月
柳江夏	司馬遷과 屈原을 통해 본 사회적 생명의 지속과 단절, 『中國語文學論集』, 第84號, 서울, 中國語文學研究會, 2014年 2月
李永燮	陳寅恪의 中國中古史 硏究를 통해 본 近代中國 文化談論의 전환, 『中國語文學論集』, 第84號, 서울, 中國語文學研究會, 2014年 2月
湯 洪·金鉉哲	'지나(支那)' 어원 연구 총술 : 17세기 이후를 중심으로, 『中國語文學論集』, 第84號, 서울, 中國語文學研究會, 2014年 2月

9-2 中國語文學論集 第85號 2014年 4月 (中國語文學研究會)

朴炯春	漢語拼音正詞法 고찰, 『中國語文學論集』, 第85號, 서울,

中國語文學研究會, 2014年 4月

| 金紅梅 | 준관용구(類固定短語)'可A可B'에 관한 고찰,『中國語文學論集』, 第85號, 서울, 中國語文學研究會, 2014年 4月 |

秦華鎭   중국어 형용사서술어문의 사건구조,『中國語文學論集』, 第85號, 서울, 中國語文學研究會, 2014年 4月

趙　吉·金鉉哲   形容詞做補語的VA動結式考察,『中國語文學論集』, 第85號, 서울, 中國語文學研究會, 2014年 4月

姜　燕   『世說新語』心理動詞的配價研究,『中國語文學論集』, 第85號, 서울, 中國語文學研究會, 2014年 4月

金承賢   중국어 '太'와 한국어 '너무'의 대조연구,『中國語文學論集』, 第85號, 서울, 中國語文學研究會, 2014年 4月

金廷恩   고등학교 중국어 교과서에 반영된 읽기 교육에 대한 고찰,『中國語文學論集』, 第85號, 서울, 中國語文學研究會, 2014年 4月

崔賢美   다중지능이론에 근거한 유아 중국어 초기 도입 단계 교수요목 설계: 이중언어 환경의 만 5세 유아를 중심으로,『中國語文學論集』, 第85號, 서울, 中國語文學研究會, 2014年 4月

楊　釗   曾璵『樂府余音小序』考釋,『中國語文學論集』, 第85號, 서울, 中國語文學研究會, 2014年 4月

李永燮   中國 近代 新文化運動에 대한 化保守主義者의 비판: 梅光迪의「評提倡新文化者」를 중심으로,『中國語文學論集』, 第85號, 서울, 中國語文學研究會, 2014年 4月

全恩淑   明末淸初 艶情小說의 "性" 콤플렉스,『中國語文學論集』,

第85號, 서울, 中國語文學硏究會, 2014年 4月

| 李有鎭 | 20세기 전반 중국의 '동북' 역사기획 속에서의 주몽서사 : 푸쓰녠의「동북사강」을 중심으로, 『中國語文學論集』, 第85號, 서울, 中國語文學硏究會, 2014年 4月 |

高仁德   중국 독서사에 있어서 '도(圖)'의 함의, 『中國語文學論集』, 第85號, 서울, 中國語文學硏究會, 2014年 4月

9-3 中國語文學論集 第86號 2014年 6月 (中國語文學硏究會)

任祉泳   花園莊東地甲骨文에 보이는 祭品 考察, 『中國語文學論集』, 第86號, 서울, 中國語文學硏究會, 2014年 6月

金愛英   佛經音義에 引用된『通俗文』考察, 『中國語文學論集』, 第86號, 서울, 中國語文學硏究會, 2014年 6月

金殷嬉   신중국 성립 초기(1950년대) 문맹퇴치운동의 역사적 고찰, 『中國語文學論集』, 第86號, 서울, 中國語文學硏究會, 2014年 6月

彭 靜   『正音新纂』聲母系統考: 一百多年前南京官話的聲母系統, 『中國語文學論集』, 第86號, 서울, 中國語文學硏究會, 2014年 6月

李智英   『可洪音義』'切脚' 硏究, 『中國語文學論集』, 第86號, 서울, 中國語文學硏究會, 2014年 6月

李玉珠   표준중국어 발화 속도와 음높이 연구, 『中國語文學論集』, 第86號, 서울, 中國語文學硏究會, 2014年 6月

張在雄	중국어 동화 현상의 기능 음운론적 연구, 『中國語文學論集』, 第86號, 서울, 中國語文學硏究會, 2014年 6月
劉 娜	현대중국어 열등비교 범주의 주관성 고찰, 『中國語文學論集』, 第86號, 서울, 中國語文學硏究會, 2014年 6月
成耆恩·金鉉哲	현대중국어 전용동량사 '番'의 주관성 분석, 『中國語文學論集』, 第86號, 서울, 中國語文學硏究會, 2014年 6月
申惠仁	현대중국어 '不得X'와 'X不得'구조의 금지(禁止) 용법 고찰, 『中國語文學論集』, 第86號, 서울, 中國語文學硏究會, 2014年 6月
崔辰而	현대중국어 논항 교체 현상에 관한 고찰: '장소-방식'을 중심으로, 『中國語文學論集』, 第86號, 서울, 中國語文學硏究會, 2014年 6月
尹相熙	祈使句와 명령문의 相異性과 특징에 대한 비교연구, 『中國語文學論集』, 第86號, 서울, 中國語文學硏究會, 2014年 6月
徐美靈	1910~1945년 한국에서 출판된 중국어 교재의 저자 연구, 『中國語文學論集』, 第86號, 서울, 中國語文學硏究會, 2014年 6月
申振浩	21세기 중국문학 패러다임의 변화: 인터넷문학을 중심으로, 『中國語文學論集』, 第86號, 서울, 中國語文學硏究會, 2014年 6月
尹 錫	李白의 長安宮廷時期 社會的 關係網 구축 양상 小考, 『中國語文學論集』, 第86號, 서울, 中國語文學硏究會, 2014年 6月

劉美景	杜十娘의 비극 연구: 杜十娘에 새겨진 화폐 표상,『中國語文學論集』, 第86號, 서울, 中國語文學研究會, 2014年 6月
河炅心	元代 '嘲笑' 散曲 小考,『中國語文學論集』, 第86號, 서울, 中國語文學研究會, 2014年 6月
金善子	만주족 의례에 나타난 자손줄(子孫繩)과 여신, 그리고 '탯줄 상징,『中國語文學論集』, 第86號, 서울, 中國語文學研究會, 2014年 6月
洪允姬	중국 용 신화의 에콜로지: 물의 신으로서의 용을 중심으로,『中國語文學論集』, 第86號, 서울, 中國語文學研究會, 2014年 6月

9-4 中國語文學論集 第87號 2014年 8月 (中國語文學研究會)

金正男	從古文字構形看戰國儒家經典解釋學的面貌: 以淸華簡『書』類文獻爲例,『中國語文學論集』, 第87號, 서울, 中國語文學研究會, 2014年 8月
金泰慶	조선시대 자료를 통한 중국어 성조의 운미 기원설 고찰,『中國語文學論集』, 第87號, 서울, 中國語文學研究會, 2014年 8月
李智英	『可洪音義』의 引用文獻과 注音用語分析,『中國語文學論集』, 第87號, 서울, 中國語文學研究會, 2014年 8月
金秀貞·金鉉哲	現代漢語"X就X"結構的構式義分析,『中國語文學論集』, 第87號, 서울, 中國語文學研究會, 2014年 8月

孫美莉	존재구문 술어성분 'V着'에 대한 고찰,『中國語文學論集』, 第87號, 서울, 中國語文學硏究會, 2014年 8月
文有美	현대중국어 주제절의 화용적 특징 고찰,『中國語文學論集』, 第87號, 서울, 中國語文學硏究會, 2014年 8月
秦華鎭	빈어수반 일음절 형용사 서술어구의 타동성,『中國語文學論集』, 第87號, 서울, 中國語文學硏究會, 2014年 8月
梁英梅	『禪門拈頌集』中所見"甚麼"、"怎麼"系疑問代詞用法考察,『中國語文學論集』, 第87號, 서울, 中國語文學硏究會, 2014年 8月
王 楠	現代漢語"微X"詞族中"微"的類詞綴傾向分析, 『中國語文學論集』, 第87號, 서울, 中國語文學硏究會, 2014年 8月
趙恩瓊	현대 중국어 담화기능 연구를 통한 중국어 교육 방안 : 담화 표지 '完了'를 중심으로,『中國語文學論集』, 第87號, 서울, 中國語文學硏究會, 2014年 8月
宋之賢	韓·中 반의어 대조와 반의어의 교육적 활용,『中國語文學論集』, 第87號, 서울, 中國語文學硏究會, 2014年 8月
柳在元·金美順	대학수학능력시험 '중국어Ⅰ'의 평가 타당도에 관한 연구: 어휘를 중심으로,『中國語文學論集』, 第87號, 서울, 中國語文學硏究會, 2014年 8月
金海明	白居易 樂詩의 '聲情' 연구,『中國語文學論集』, 第87號, 서울, 中國語文學硏究會, 2014年 8月
金宜貞	명말 여성 여행 기록의 두 좌표 :『東歸記事』와『黔塗略』, 『中國語文學論集』, 第87號, 서울, 中國語文學硏究會, 2014年 8月

安 仁	唐代 小說 속에 나타난 文人園林의 '志怪적 묘사'에 관한 小考: 『太平廣記』故事를 중심으로, 『中國語文學論集』, 第87號, 서울, 中國語文學硏究會, 2014年 8月
權鎬鐘・朴貞淑	明代『靑樓韻語』의 편찬 의의, 『中國語文學論集』, 第87號, 서울, 中國語文學硏究會, 2014年 8月
付希亮・崔昌源	從婚姻制度分析瞽叟與象謀害舜傳說背後的歷史眞相, 『中國語文學論集』, 第87號, 서울, 中國語文學硏究會, 2014年 8月

9-5 中國語文學論集 第88號 2014年 10月 (中國語文學硏究會)

金愛英・張東烈	異文結合 異體字 硏究: 『奇字彙』를 중심으로, 『中國語文學論集』, 第88號, 서울, 中國語文學硏究會, 2014年 10月
朴賢珠	선진시기 '气'자의 의미와 글자 운용 고찰, 『中國語文學論集』, 第88號, 서울, 中國語文學硏究會, 2014年 10月
張在雄	중첩 의성어를 통한 표준 중국어의 음절 구조 분석 : 핵전 활음 음운 위치를 중심으로, 『中國語文學論集』, 第88號, 서울, 中國語文學硏究會, 2014年 10月
崔宰榮・徐鈺銀	『醒世姻緣傳』의 허가류 의무양상 조동사 연구 : 可, 得, 可以, 能을 중심으로, 『中國語文學論集』, 第88號, 서울, 中國語文學硏究會, 2014年 10月
金雅瑛・朴在淵	冽雲文庫『中華正音』의 장면・대화 분석 연구, 『中國語文學論集』, 第88號, 서울, 中國語文學硏究會, 2014年 10月

田生芳	試析"多+V(一)點"與"V+多(一)點",『中國語文學論集』, 第88號, 서울, 中國語文學硏究會, 2014年 10月
金善娥·辛承姬	교수자 설문을 통해 본 한국의 유·초등 중국어 학습자를 위한 활동 활용현황,『中國語文學論集』, 第88號, 서울, 中國語文學硏究會, 2014年 10月
崔胤京	스마트폰을 활용한 중국어 읽기 녹음과제 학습모형의 적용과 평가,『中國語文學論集』, 第88號, 서울, 中國語文學硏究會, 2014年 10月
李京奎	왕안석 사 연구 : 禪理詞를 중심으로 ,『中國語文學論集』, 第88號, 서울, 中國語文學硏究會, 2014年 10月
崔鎭淑	李淸照와 姜夔의 작품을 통해 본 '雅詞' 연구,『中國語文學論集』, 第88號, 서울, 中國語文學硏究會, 2014年 10月
全恩淑	明末淸初 艶情小說의 "淫婦"형상과 문화심리,『中國語文學論集』, 第88號, 서울, 中國語文學硏究會, 2014年 10月
金宰民	『新刻繡像批評金甁梅』揷圖硏究,『中國語文學論集』, 第88號, 서울, 中國語文學硏究會, 2014年 10月
金成翰	『海上花列傳』의『紅樓夢』에 대한 模倣과 繼承,『中國語文學論集』, 第88號, 서울, 中國語文學硏究會, 2014年 10月
洪允姬	袁珂의『古神話選釋』「前言」을 통해 본 학문과 권력,『中國語文學論集』, 第88號, 서울, 中國語文學硏究會, 2014年 10月
金華珍	吳汝綸『東遊叢錄』에 나타난 고문글쓰기의 근대적 변이양상,『中國語文學論集』, 第88號, 서울, 中國語文學硏究會, 2014年 10月

朴貞淑	余懷의『板橋雜記』와 명말청초 名妓의 조건,『中國語文學論集』, 第88號, 서울, 中國語文學硏究會, 2014年 10月
李康範	竹林七賢을 통해 본 隱逸文化와 司馬氏의 정치폭력,『中國語文學論集』, 第88號, 서울, 中國語文學硏究會, 2014年 10月
李保高	중국 공공외교와 공자아카데미,『中國語文學論集』, 第88號, 서울, 中國語文學硏究會, 2014年 10月

9-6 中國語文學論集 第89號 2014年 12月 (中國語文學硏究會)

徐美靈	『漢語指南』의 中·韓 譯音 표기 연구,『中國語文學論集』, 第89號, 서울, 中國語文學硏究會, 2014年 12月
畢信燕	『北京官話 支那語大海』 중국어 성모의 한글 표기 연구,『中國語文學論集』, 第89號, 서울, 中國語文學硏究會, 2014年 12月
李智暎	『可洪音義』의 注音에 나타난 上聲 調値 硏究:『大般涅槃經』注釋을 중심으로 ,『中國語文學論集』, 第89號, 서울, 中國語文學硏究會, 2014年 12月
金泰慶	상고 중국어 음운현상에서 본 한국어 어원,『中國語文學論集』, 第89號, 서울, 中國語文學硏究會, 2014年 12月
申祐先	한국 한자음 역사 음운 층위 연구의 의의와 그 방법,『中國語文學論集』, 第89號, 서울, 中國語文學硏究會, 2014年 12月

金鉉哲·袁 紅	현대중국어 'VP/AP+死+了' 구문 연구, 『中國語文學論集』, 第89號, 서울, 中國語文學硏究會, 2014年 12月
韓容洙·李 莉	漢語模糊數詞隷屬度分析, 『中國語文學論集』, 第89號, 서울, 中國語文學硏究會, 2014年 12月
李知玹	현대 중국어 비대격 동사 구문(Unaccusative Verb Construction)의 의미 구조 분석, 『中國語文學論集』, 第89號, 서울, 中國語文學硏究會, 2014年 12月
韓 丞	"取得"類 單音節 動詞의 雙音化와 述補結構의 生成과정, 『中國語文學論集』, 第89號, 서울, 中國語文學硏究會, 2014年 12月
甘瑞瑗	對外漢語寫作敎學 : 基於索緒爾的橫組合與縱聚合二元觀點論, 『中國語文學論集』, 第89號, 서울, 中國語文學硏究會, 2014年 12月
宋眞喜	漢語敎學中的新詞語敎學, 『中國語文學論集』, 第89號, 서울, 中國語文學硏究會, 2014年 12月
申芝言	중국문학 번역에 나타나는 오역 및 번역개입 고찰, 『中國語文學論集』, 第89號, 서울, 中國語文學硏究會, 2014年 12月
蘇向麗·朴炳仙	"詞價"(Lexical Value)及其在對外漢語學習詞典中的應用, 『中國語文學論集』, 第89號, 서울, 中國語文學硏究會, 2014年 12月
金 苑	의사소통을 위한 '중국시가' 교육 방안 연구, 『中國語文學論集』, 第89號, 서울, 中國語文學硏究會, 2014年 12月
崔在赫	고려 문인들의 소식문예이론 수용 고찰, 『中國語文學論集』, 第89號, 서울, 中國語文學硏究會, 2014年 12月

許庚寅   論高行健的冷文學特質,『中國語文學論集』, 第89號, 서울, 中國語文學研究會, 2014年 12月

尹銀雪   明淸시기 堂會 공연 비교 고찰:『金甁梅』와『紅樓夢』속 희곡 관련 묘사를 중심으로,『中國語文學論集』, 第89號, 서울, 中國語文學研究會, 2014年 12月

朴修珍   허저족 영웅 서사『이마칸 [伊瑪堪]』에 나타난 영웅 형상, 『中國語文學論集』, 第89號, 서울, 中國語文學研究會, 2014年 12月

金善子   중국 서남부 지역 창세여신의 계보: '여신의 길'을 찾아, 『中國語文學論集』, 第89號, 서울, 中國語文學研究會, 2014年 12月

崔正燮   漢字論을 통한 日本漢學의 中國專有批判,『中國語文學論集』, 第89號, 서울, 中國語文學研究會, 2014年 12月

朴鍾漢   중국문화 연구에서 '종교'를 다루기 위한 선행적 연구,『中國語文學論集』, 第89號, 서울, 中國語文學研究會, 2014年 12月

黃瑄周   한국본『도정절집(陶靖節集)』의 판본 관계,『中國語文學論集』, 第89號, 서울, 中國語文學研究會, 2014年 12月

10-1 中國語文學志 第46輯 2014年 4月 (中國語文學會)

김광영   『佛國記』와『大唐西域記』중의 불교악무,『中國語文學志』, 第46輯, 서울, 中國語文學會, 2014年 4月

김의정　　명말 청초 시인 고약박(顧若璞)의 생애와 시세계,『中國語文學志』, 第46輯, 서울, 中國語文學會, 2014年 4月

김지선　　明代女性散曲에 대한 試論,『中國語文學志』, 第46輯, 서울, 中國語文學會, 2014年 4月

김혜경　　松齡科擧生涯考,『中國語文學志』, 第46輯, 서울, 中國語文學會, 2014年 4月

구문규　　루쉰(魯迅)『野草』의 창작 의미에 관한 일고찰: "죽음"에 주목하여,『中國語文學志』, 第46輯, 서울, 中國語文學會, 2014年 4月

김하종　　고문자에 반영된 용(龍)의 원형(原型)고찰,『中國語文學志』, 第46輯, 서울, 中國語文學會, 2014年 4月

초육매　　南北朝時期"言說"類動詞比較硏究,『中國語文學志』, 第46輯, 서울, 中國語文學會, 2014年 4月

주문화　　"差點兒(沒)"的語篇分析及敎學,『中國語文學志』, 第46輯, 서울, 中國語文學會, 2014年 4月

김현주　　현대중국어 "흔"과 "진"의 화용,인지적 특징 연구,『中國語文學志』, 第46輯, 서울, 中國語文學會, 2014年 4月

10-2 中國語文學志 第47輯 2014年 6月 (中國語文學會)

김준석　　阮籍 정치태도의 再照明: 司馬氏와의 관계를 중심으로,『中國語文學志』, 第47輯, 서울, 中國語文學會, 2014年 6月

노우정　　생태, 생명 그리고 상상력: 도연명 문학 다시 읽기,『中國

語文學志』, 第47輯, 서울, 中國語文學會, 2014年 6月

김민나   『文心雕龍』「正緯」편 논술의 목적과 의의 고찰,『中國語
文學志』, 第47輯, 서울, 中國語文學會, 2014年 6月

이옥하   溫庭筠詞에 활용된 꽃 이미지 특질 고찰: 韋莊, 李煜詞와
의 비교를 겸론하여,『中國語文學志』, 第47輯, 서울, 中國
語文學會, 2014年 6月

이주해   唐宋 "讀詩詩"의 사회적 기능과 문인들의 심리,『中國語
文學志』, 第47輯, 서울, 中國語文學會, 2014年 6月

정민경   『香奩集』 주리정(周履靖)의 여성시에 대한 향유,『中國
語文學志』, 第47輯, 서울, 中國語文學會, 2014年 6月

안상복   千字文辭說을 통해 본 韓中 傳統演戲의 관련성,『中國語
文學志』, 第47輯, 서울, 中國語文學會, 2014年 6月

임진호   두준(杜濬)의 詩論과 시가창작: 茶村體와 茶妙四論을 중
심으로,『中國語文學志』, 第47輯, 서울, 中國語文學會,
2014年 6月

홍석표   루쉰(魯迅)과 그 제자들 그리고 "조선" 인식,『中國語文學
志』, 第47輯, 서울, 中國語文學會, 2014年 6月

최진아   고전(古典)은 고정된 것인가?: 디지털 시대의 중국 고전
교육을 위한 시론(試論),『中國語文學志』, 第47輯, 서울,
中國語文學會, 2014年 6月

이범열   현대중국어의 호응식 의문대명사구문 "誰$_1$ …誰$_2$ …"에서
"誰$_1$"과 "誰$_2$"의 주제기능 연구,『中國語文學志』, 第47輯,
서울, 中國語文學會, 2014年 6月

김종찬   "動/形+於"結構新解,『中國語文學志』, 第47輯, 서울, 中

國語文學會, 2014年 6月

전기정   "是……的₃ " 구문의 특징과 오류분석,『中國語文學志』,
第47輯, 서울, 中國語文學會, 2014年 6月

10-3 中國語文學志 第48輯 2014年 9月 (中國語文學會)

강민호   李嶠 詠物 五言律詩 연구:『雜詠詩』120수를 중심으로,
『中國語文學志』, 第48輯, 서울, 中國語文學會, 2014年 9
月

김의정   뒤바뀐 성별, 새로 쓰는 전통: 황원개(黃媛介) 시 읽기,『中
國語文學志』, 第48輯, 서울, 中國語文學會, 2014年 9月

조미원   明淸 시기 才女文化의 한 표상:『紅樓夢』속의 詩社와 여
성인물 小考,『中國語文學志』, 第48輯, 서울, 中國語文學
會, 2014年 9月

김 영·박재연   조선시대 중국 탄사(彈詞)의 전래와 새 자료 한글 번역필
사본, 옥천연에 대하여,『中國語文學志』, 第48輯, 서울,
中國語文學會, 2014年 9月

김지영   조선 이수광과 청대 趙翼의 한유 詩觀 비교 연구,『中國語
文學志』, 第48輯, 서울, 中國語文學會, 2014年 9月

오순방   晚淸基督敎小說中的苦難與死亡敍事硏究: 以五更鐘、喩
道要旨、驅魔傳、引家歸道爲硏究對象,『中國語文學志』,
第48輯, 서울, 中國語文學會, 2014年 9月

김재욱   이범석(李範奭)을 모델로 한 백화문 작품의 한국어 번역

본, 『中國語文學志』, 第48輯, 서울, 中國語文學會, 2014
年 9月

김지정   周作人에게 민속은 무엇이었을까?, 『中國語文學志』, 第
48輯, 서울, 中國語文學會, 2014年 9月

홍석표   장아이링(張愛玲)과 최승희, 한국전쟁 서사 그리고 김일
성 사망 소식, 『中國語文學志』, 第48輯, 서울, 中國語文
學會, 2014年 9月

유중하   짜장면의 뿌리를 찾아서(1): 동북아 화교 네트워크에서 바
라본 짜장면, 『中國語文學志』, 第48輯, 서울, 中國語文學
會, 2014年 9月

팽   정   明代蘇州曲家許自昌戲曲用韻考, 『中國語文學志』, 第48
輯, 서울, 中國語文學會, 2014年 9月

이현선   『音學五書·詩本音』 연구(2): 四聲과 四聲一貫, 『中國語
文學志』, 第48輯, 서울, 中國語文學會, 2014年 9月

이창호·이지현 코퍼스에 기반한 被구문 통사 특징 소고, 『中國語文學志』,
第48輯, 서울, 中國語文學會, 2014年 9月

주기하   "就"의 主觀量 標記 기능 연구, 『中國語文學志』, 第48輯,
서울, 中國語文學會, 2014年 9月

맹춘영   한국인 중국어 학습자의 "把" 오류문에 나타나는 모국어
부정전이 현상 고찰, 『中國語文學志』, 第48輯, 서울, 中國
語文學會, 2014年 9月

최현미   Flipped Classroom 모형의 중국어 중급 청취 수업 응용을
위한 교수 설계, 『中國語文學志』, 第48輯, 서울, 中國語
文學會, 2014年 9月

10-4 中國語文學志 第49輯 2014年 12月 (中國語文學會)

박영희	『詩經』의 「야유사균(野有死麕)」 속 고대 祭儀의 흔적과 읽기의 방향: 三禮와의 관련성을 중심으로, 『中國語文學志』, 第48輯, 서울, 中國語文學會, 2014年 12月
김기철	詩經 어휘 "丁丁"의 의미, 『中國語文學志』, 第48輯, 서울, 中國語文學會, 2014年 12月
오태석	노자 도덕경 기호체계의 상호텍스트성 연구, 『中國語文學志』, 第48輯, 서울, 中國語文學會, 2014年 12月
강필임	중국 敍事樂府의 抒情樂府化와 敍事詩史의 단절, 『中國語文學志』, 第48輯, 서울, 中國語文學會, 2014年 12月
조성식	"潘勖錫魏, 思摹經典"辯: 「冊魏公九錫文」의 風骨論的 이해, 『中國語文學志』, 第48輯, 서울, 中國語文學會, 2014年 12月
정재서	顔之推의 사상 및 처세관: 葛洪과의 비교를 통하여, 『中國語文學志』, 第48輯, 서울, 中國語文學會, 2014年 12月
배다니엘	기무잠(綦毋潛)시가의 주제 분석, 『中國語文學志』, 第48輯, 서울, 中國語文學會, 2014年 12月
안상복	明人 董越의 『朝鮮賦』에 묘사된 15세기 山臺雜戱 재검토, 『中國語文學志』, 第48輯, 서울, 中國語文學會, 2014年 12月
신지영	淸代 「忠義璇圖」: 水滸 이야기와 宮廷大戱의 결합, 『中國語文學志』, 第48輯, 서울, 中國語文學會, 2014年 12月
노우정	중국 陶淵明圖에서의 도연명의 형상과 형상화의 시각:

"술"이 등장한 인물화를 중심으로, 『中國語文學志』, 第48
輯, 서울, 中國語文學會, 2014年 12月

오수형　　　『八家手圈』에 나타난 正祖의 柳宗元 산문 수용 양상, 『中
　　　　　　國語文學志』, 第48輯, 서울, 中國語文學會, 2014年 12月

이경하　　　현대 중국을 만나다: 왕하이링(王海翎)의 "결혼 부작"을
　　　　　　중심으로, 『中國語文學志』, 第48輯, 서울, 中國語文學會,
　　　　　　2014年 12月

문수정·문준혜·신원철·안소민·염정삼　　한국의 중국문자학계 연구 동
　　　　　　향 탐구, 『中國語文學志』, 第48輯, 서울, 中國語文學會,
　　　　　　2014年 12月

유재원　　　『關話略抄』 중국어성모 한글 표음 연구, 『中國語文學志』,
　　　　　　第48輯, 서울, 中國語文學會, 2014年 12月

이지영　　　"耳"의 曾攝 讀音에 대한 小考, 『中國語文學志』, 第48輯,
　　　　　　서울, 中國語文學會, 2014年 12月

이현선　　　『音學五書·詩本音』-一字二音과 方音 현상, 『中國語文
　　　　　　學志』, 第48輯, 서울, 中國語文學會, 2014年 12月

오세준　　　古代韓國漢字音中的雅俗問題, 『中國語文學志』, 第48輯,
　　　　　　서울, 中國語文學會, 2014年 12月

양영매　　　현대중국어 사동성 "A得" 구문의 의미구조 연구, 『中國語
　　　　　　文學志』, 第48輯, 서울, 中國語文學會, 2014年 12月

이운재·송홍령　코퍼스에 근거한 현대중국어 "V+在+장소" 구문의 의미 분
　　　　　　석: 장소구문의 동사 분포 양상을 중심으로, 『中國語文學
　　　　　　志』, 第48輯, 서울, 中國語文學會, 2014年 12月

이범열　　　인지적 관점에서 본 현대중국어의 動物隱喩歇後語, 『中

	國語文學志』, 第48輯, 서울, 中國語文學會, 2014年 12月
이설화	중국어의 도상성에 대한 분석, 『中國語文學志』, 第48輯, 서울, 中國語文學會, 2014年 12月
김석영	중등교육과정 중국어 기본어휘의 적절성에 대한 연구, 『中國語文學志』, 第48輯, 서울, 中國語文學會, 2014年 12月
정소영	부사어 중작교육의 문제점과 해결방안 구조조사 "地"와 정도보어 "得"를 중심으로, 『中國語文學志』, 第48輯, 서울, 中國語文學會, 2014年 12月

11-1 中國言語硏究 第50輯 2014年 2月 (韓國中國言語學會)

曲曉雲	撮口呼形成小攷, 『中國言語硏究』, 第50輯, 서울, 韓國中國言語學會, 2014年 2月
賈寶書	現代漢語"給"字句岐義現象分析, 『中國言語硏究』, 第50輯, 서울, 韓國中國言語學會, 2014年 2月
박홍수·정언야	數字成語考察, 『中國言語硏究』, 第50輯, 서울, 韓國中國言語學會, 2014年 2月
王寶霞	『漢韓成語學習詞典』編纂的基礎硏究, 『中國言語硏究』, 第50輯, 서울, 韓國中國言語學會, 2014年 2月
김덕균	현대 중국어 시태조사 "了"의 공기 현상, 『中國言語硏究』, 第50輯, 서울, 韓國中國言語學會, 2014年 2月
최성은	"給我" 명령문 연구, 『中國言語硏究』, 第50輯, 서울, 韓國中國言語學會, 2014年 2月

한희창   선행연구 고찰을 통한 한국인의 중국어 발음 오류 유형
             분석,『中國言語硏究』, 第50輯, 서울, 韓國中國言語學會,
             2014年 2月
맹주억 · Qi MingMing   新HSK口試(高級)命題的內容效度分析與敎學啓示,
             『中國言語硏究』, 第50輯, 서울, 韓國中國言語學會, 2014
             年 2月
위수광   중국어 교육요목의 의사소통 기능항목 및 화제 선정: 한국
             인 학습자를 중심으로,『中國言語硏究』, 第50輯, 서울, 韓
             國中國言語學會, 2014年 2月

11-2 中國言語硏究 第51輯 2014年 4月 (韓國中國言語學會)

배은한   葉以震의 校正本『中原音韻』音韻體系 고찰,『中國言語
             硏究』, 第51輯, 서울, 韓國中國言語學會, 2014年 4月
구현아   『A GRAMMAR OF THE CHINESE COLLOQUIAL
             LANGUAGE COMMONLY CALLED THE MANDARIN
             DIALECT』의 음운 체계와 기초 방언 연구,『中國言語硏
             究』, 第51輯, 서울, 韓國中國言語學會, 2014年 4月
노혜정   韓國漢字音與古漢語方言之間的關系: 來自計量化親緣分
             群的證據,『中國言語硏究』, 第51輯, 서울, 韓國中國言語
             學會, 2014年 4月
김상규   演奏古琴流動詞一考,『中國言語硏究』, 第51輯, 서울, 韓
             國中國言語學會, 2014年 4月

권희정	한중 후각형용사의 구성 체계와 의미 확장 양상: "고소하다/구소하다(香)"와 "구리다(臭)"를 중심으로, 『中國言語研究』, 第51輯, 서울, 韓國中國言語學會, 2014年 4月
진 현	上의 의미 확장에 대한 인지언어학적 접근: "X+上"을 중심으로, 『中國言語研究』, 第51輯, 서울, 韓國中國言語學會, 2014年 4月
소 영	신체부위류 차용동량사 어법화정도에 대한 고찰, 『中國言語研究』, 第51輯, 서울, 韓國中國言語學會, 2014年 4月
김나래	有(一)點兒, "一點兒"의 의미, 용법 비교, 『中國言語研究』, 第51輯, 서울, 韓國中國言語學會, 2014年 4月
김신주	西周 中期 金文 어휘와 이를 활용한 靑銅器 斷代 연구: 乖伯歸봉궤를 중심으로, 『中國言語研究』, 第51輯, 서울, 韓國中國言語學會, 2014年 4月
양금화	論現代漢語的詞典系統, 『中國言語研究』, 第51輯, 서울, 韓國中國言語學會, 2014年 4月
손정애	현대중국어 어기조사 "了"의 오류분석: "첨가"와 "누락"의 오류를 중심으로, 『中國言語研究』, 第51輯, 서울, 韓國中國言語學會, 2014年 4月
이설연	한·중 "받다"류 어휘의 의미 분석 대조 연구, 『中國言語研究』, 第51輯, 서울, 韓國中國言語學會, 2014年 4月
장진개·구경숙	河北行唐方言"V+dong+(O)+了(Lou)"結構的語義功能和表達功能, 『中國言語研究』, 第51輯, 서울, 韓國中國言語學會, 2014年 4月

11-3 中國言語硏究 第52輯 2014年 6月 (韓國中國言語學會)

윤기덕	중국어 복모음 음절구조의 정량적 분석,『中國言語硏究』, 第52輯, 서울, 韓國中國言語學會, 2014年 6月
金亮鎭·余彩麗	『朴通事』內 難解 漢語의 어휘사적 연구,『中國言語硏究』, 第52輯, 서울, 韓國中國言語學會, 2014年 6月
韓在均	從韓漢俗語看韓中傳統思想文化異同, 『中國言語硏究』, 第52輯, 서울, 韓國中國言語學會, 2014年 6月
崔泰勳	『漢韓大辭典』에 보이는 明·淸代 古白話語 오류 연구,『中國言語硏究』, 第52輯, 서울, 韓國中國言語學會, 2014年 6月
김석영	중국어 어휘론에서 기본어휘의 문제: 중국식 기본어휘 개념의 어휘론적 유용성에 대한 비판적 검토,『中國言語硏究』, 第52輯, 서울, 韓國中國言語學會, 2014年 6月
최현미	讓 구문의 화용의미 고찰 및 한국학생들의 讓 구문 화용의미 인식 조사 연구,『中國言語硏究』, 第52輯, 서울, 韓國中國言語學會, 2014年 6月
呂貞男	漢韓顔色詞'紅/빨강, 黑/검정, 白/하양'的隱喩義與認知特征對比,『中國言語硏究』, 第52輯, 서울, 韓國中國言語學會, 2014年 6月
장정임	至于(至於)의 어법화 과정 고찰(上): 상고 한어 문헌에 나타난 용례를 중심으로,『中國言語硏究』, 第52輯, 서울, 韓國中國言語學會, 2014年 6月
肖 穎	動量詞"把"的語義,句法特征硏究,『中國言語硏究』, 第52

輯, 서울, 韓國中國言語學會, 2014年 6月

장진개·구경숙	河北行唐方言"V+dong+(O)+了(lou)"結構的語法特徵, 『中國言語研究』, 第52輯, 서울, 韓國中國言語學會, 2014年 6月
윤창준	甲骨卜辭를 통해 본 商代의 崇拜對象 고찰(1): 自然神의 최고 지위를 갖는 上帝, 『中國言語研究』, 第52輯, 서울, 韓國中國言語學會, 2014年 6月
정연실	『隸辨』(卷第六) 연구, 『中國言語研究』, 第52輯, 서울, 韓國中國言語學會, 2014年 6月
명혜정	『可洪音義』說解의 "應和尙以某替之, 非也" 고찰, 『中國言語研究』, 第52輯, 서울, 韓國中國言語學會, 2014年 6月
曹銀晶	출토문헌에 보이는 "毋"의 타 부정사로의 교체 현상:『論語』와 『老子』제 판본 비교를 중심으로, 『中國言語研究』, 第52輯, 서울, 韓國中國言語學會, 2014年 6月
申敬善	通過課堂互動與文化敎學來强化漢字敎學, 『中國言語研究』, 第52輯, 서울, 韓國中國言語學會, 2014年 6月
이효영	자기 주도적 중국어 어휘학습을 위한 어휘학습 전략과 지도 방안 연구, 『中國言語研究』, 第52輯, 서울, 韓國中國言語學會, 2014年 6月
김미주	한국 학생들의 중국어 전환관련사어(轉折類關聯詞) 사용 실험조사 연구, 『中國言語研究』, 第52輯, 서울, 韓國中國言語學會, 2014年 6月
朴善姬	重複義副詞"再"與"다시"的對比分析, 『中國言語研究』, 第52輯, 서울, 韓國中國言語學會, 2014年 6月

11-4 中國言語硏究 第53輯 2014年 8月 (韓國中國言語學會)

모정열	漢語方言 중 韻攝에 따른 入聲 성조의 분화 현상 고찰: 桂北平話를 중심으로, 『中國言語硏究』, 第53輯, 서울, 韓國中國言語學會, 2014年 8月
기화룡	科技術語及行業語的詞義泛化硏究, 『中國言語硏究』, 第53輯, 서울, 韓國中國言語學會, 2014年 8月
한송도	漢韓表白色色彩詞認知域投射的對比硏究, 『中國言語硏究』, 第53輯, 서울, 韓國中國言語學會, 2014年 8月
한서영	차용어 절단형을 활용한 현대 중국어의 혼성어에 대한 형태론적 고찰, 『中國言語硏究』, 第53輯, 서울, 韓國中國言語學會, 2014年 8月
김종찬	雙音節動詞(於)+賓語'探析: 以"擅長(於)+賓語"爲例, 『中國言語硏究』, 第53輯, 서울, 韓國中國言語學會, 2014年 8月
이종호	현대중국어 호칭표시 이중목적어 구문 재고, 『中國言語硏究』, 第53輯, 서울, 韓國中國言語學會, 2014年 8月
양영매	현대중국어 선택의문형 반어문의 부정의미 연구, 『中國言語硏究』, 第53輯, 서울, 韓國中國言語學會, 2014年 8月
장선우	중복동사문(重動句)의 문맥 분석, 『中國言語硏究』, 第53輯, 서울, 韓國中國言語學會, 2014年 8月
박성하	현대중국어 양태조동사 '要'의 어법특성 분석: 주어와의 공기 여부를 중심으로, 『中國言語硏究』, 第53輯, 서울, 韓國中國言語學會, 2014年 8月
김홍실	"沒有VP之前"과 "VP之前"에 대한 비교 연구: 한국어 "~기

전(前)"과 대응하여, 『中國言語硏究』, 第53輯, 서울, 韓國
中國言語學會, 2014年 8月

박찬욱 　　맥락 속의 언어, 영화 속의 해석: "不能說的秘密"에서의
　　　　　 직시와 화행에 관한 문제를 중심으로, 『中國言語硏究』,
　　　　　 第53輯, 서울, 韓國中國言語學會, 2014年 8月

염재웅 　　從音義關係探討『一切經音義』中的異讀字, 『中國言語硏
　　　　　 究』, 第53輯, 서울, 韓國中國言語學會, 2014年 8月

최재영·장 빈　『忠義直言』的槪貌, 『中國言語硏究』, 第53輯, 서울, 韓國
　　　　　 中國言語學會, 2014年 8月

김상규 　　『太平廣記』會校本의 文字的 문제 고찰, 『中國言語硏究』,
　　　　　 第53輯, 서울, 韓國中國言語學會, 2014年 8月

이명아·한용수　중국어 "老+X", "大+X", "小+X" 형의 호칭어 비교, 『中國
　　　　　 言語硏究』, 第53輯, 서울, 韓國中國言語學會, 2014年 8月

우인호 　　韓漢口譯練習中的"變譯"探析, 『中國言語硏究』, 第53輯,
　　　　　 서울, 韓國中國言語學會, 2014年 8月

김미순 　　인지 및 메타인지 읽기 전략에 관한 기초적 연구 분석: 초
　　　　　 급 중국어 학습자를 대상으로, 『中國言語硏究』, 第53輯,
　　　　　 서울, 韓國中國言語學會, 2014年 8月

11-5 中國言語硏究 第54輯 2014年 10月 (韓國中國言語學會)

모정열 　　江淮官話 [-1] 入聲韻尾 고찰, 『中國言語硏究』, 第54輯,
　　　　　 서울, 韓國中國言語學會, 2014年 10月

곡효운	釋"조"音, 『中國言語硏究』, 第54輯, 서울, 韓國中國言語學會, 2014年 10月
도혜숙	希麟『續一切經音義』 반절 표기 체제 연구, 『中國言語硏究』, 第54輯, 서울, 韓國中國言語學會, 2014年 10月
김현주	현대중국어 "就要", "快要"와 시간어휘의 공기 관계 연구, 『中國言語硏究』, 第54輯, 서울, 韓國中國言語學會, 2014年 10月
김영실·최 건	把字句在韓國語中的相應表現及相關問題, 『中國言語硏究』, 第54輯, 서울, 韓國中國言語學會, 2014年 10月
정현애	"~에게" 의미 개사구와 술어 비교연구: "對", "給", "向"을 중심으로, 『中國言語硏究』, 第54輯, 서울, 韓國中國言語學會, 2014年 10月
이지원	중국어 학습자의 의사소통 능력 향상을 위한 회화교재에 쓰인 반응 발화에 대한 고찰, 『中國言語硏究』, 第54輯, 서울, 韓國中國言語學會, 2014年 10月
최재영·서지은	객관적 의무양상과 주관적 의무양상의 설정 문제 고찰: 『醒世姻緣傳』의 의무양상 조동사를 중심으로, 『中國言語硏究』, 第54輯, 서울, 韓國中國言語學會, 2014年 10月
박향란	중국어 사동법의 변천과 동인에 대한 연구, 『中國言語硏究』, 第54輯, 서울, 韓國中國言語學會, 2014年 10月
이지은·강병규	통계적 분석 방법을 통해 본 중국어 방언 분류: 음운, 형태, 어법 자질을 중심으로, 『中國言語硏究』, 第54輯, 서울, 韓國中國言語學會, 2014年 10月
석 건	韓語表時間助詞對譯漢語介詞的硏究, 『中國言語硏究』,

第54輯, 서울, 韓國中國言語學會, 2014年 10月

손민정 · 변은주 · 나은숙   2009 총론 개정에 따른 중국어 교육과정 의사소
통 기본 표현의 현장 적합성 고찰, 『中國言語研究』, 第54
輯, 서울, 韓國中國言語學會, 2014年 10月

Hou Jie · 이은화 한국인 중국어 학습자의 이음절 어휘 습득과 한국어 한자
어와의 상관관계 연구, 『中國言語研究』, 第54輯, 서울, 韓
國中國言語學會, 2014年 10月

11-6 中國言語研究 第55輯 2014年 12月 (韓國中國言語學會)

이해우   『福建方言字典(Dictionary of The Hok-Keen Dialect of
The Chinese Language)』文白異讀字를 통해 본 閩南 漳
州方言의 歷史語音層次에 대한 고찰, 『中國言語研究』,
第55輯, 서울, 韓國中國言語學會, 2014年 12月

오세준   『說文』"可聲"系所見的"漢·阿準同源詞", 『中國言語研究』,
第55輯, 서울, 韓國中國言語學會, 2014年 12月

이지영   『可洪音義』의 止攝, 蟹攝 음운체계 연구, 『中國言語研究』,
第55輯, 서울, 韓國中國言語學會, 2014年 12月

김윤경   "V+來/去(+O)" 이동 구문 연구, 『中國言語研究』, 第55輯,
서울, 韓國中國言語學會, 2014年 12月

손정애   현대중국어 가정조건복문에서의 조사 "了"의 용법, 『中國
言語研究』, 第55輯, 서울, 韓國中國言語學會, 2014年 12月

문유미   현대중국어 주어, 목적어 위치에 출현하는 "N+的+V" 연

구, 『中國言語研究』, 第55輯, 서울, 韓國中國言語學會, 2014年 12月

김나래   범위부사 "只", "僅", "光"의 의미, 용법 비교 연구, 『中國言語研究』, 第55輯, 서울, 韓國中國言語學會, 2014年 12月

박성하   현대중국어 "就要"와 "快要"의 어법특성 비교, 『中國言語研究』, 第55輯, 서울, 韓國中國言語學會, 2014年 12月

나도원   『자전석요』의 "질병" 어휘 연구, 『中國言語研究』, 第55輯, 서울, 韓國中國言語學會, 2014年 12月

왕영덕   韓日學生感知漢語句子難度研究, 『中國言語研究』, 第55輯, 서울, 韓國中國言語學會, 2014年 12月

백은미   『左傳』과 『史記』의 비교를 통해서 본 이중 타동구문의 변화 양상, 『中國言語研究』, 第55輯, 서울, 韓國中國言語學會, 2014年 12月

앵춘영   한국인의 "把"구문 하위구조별 습득 고찰: HSK 동태 작문 말뭉치를 중심으로, 『中國言語研究』, 第55輯, 서울, 韓國中國言語學會, 2014年 12月

12-1 中國人文科學 第56輯 2014年 4月 (中國人文學會)

◎ 語學

崔南圭   『上博楚簡(三)』 「中弓」篇 '先有司' 구절에 대한 고찰, 『中國人文科學』, 第56輯, 광주, 中國人文學會, 2014年 4月

李相機   秦石刻文字에 나타난 同字異形에 대한 考察, 『中國人文

	科學』, 第56輯, 광주, 中國人文學會, 2014年 4月
여병창	武寧王陵 '安厝登冠大墓' 解釋 再考察, 『中國人文科學』, 第56輯, 광주, 中國人文學會, 2014年 4月
金恩柱	見端二系上古可通 : 兼論"孤獨鰥寡"同源, 『中國人文科學』, 第56輯, 광주, 中國人文學會, 2014年 4月
裵銀漢	校正本『中原音韻』初探, 『中國人文科學』, 第56輯, 광주, 中國人文學會, 2014年 4月
安奇燮 · 정성임	古代漢語 '與'의 전치사 · 접속사 기능에 대한 의문 , 『中國人文科學』, 第56輯, 광주, 中國人文學會, 2014年 4月
유영기	『論語』의 제시주어 고찰, 『中國人文科學』, 第56輯, 광주, 中國人文學會, 2014年 4月
蠟關尿	近二十多年來韓國學者在中國發表的漢語音韻學論著述評, 『中國人文科學』, 第56輯, 광주, 中國人文學會, 2014年 4月
駱錘煉	溫州話"V+着"式中"着"的功能与來源, 『中國人文科學』, 第56輯, 광주, 中國人文學會, 2014年 4月
강은지	1940년에 출판된 『Shanghai dialect in 4 weeks: with map of Shanghai』에 나타난 상해방언의 음운 변화, 『中國人文科學』, 第56輯, 광주, 中國人文學會, 2014年 4月
楊 霞	文字新聞的可讀性与語言策略: 試析新聞寫作借鑒文學表現手法的理論依据和運用特点, 『中國人文科學』, 第56輯, 광주, 中國人文學會, 2014年 4月

◎ 文學

李騰淵	試論"孔子厄於陳蔡"故事的敍事轉變過程, 『中國人文科學』,

	第56輯, 광주, 中國人文學會, 2014年 4月
문혜정	司馬遷 '富' 의식의 현대적 수용:『史記』「貨殖列傳」을 중심으로,『中國人文科學』, 第56輯, 광주, 中國人文學會, 2014年 4月
王飛燕	試論陶淵明與金時習的性情及其在'飮酒詩'中的表現,『中國人文科學』, 第56輯, 광주, 中國人文學會, 2014年 4月
양회석	王羲之「蘭亭集序」의 새로운 讀法: 情感 구조를 중심으로,『中國人文科學』, 第56輯, 광주, 中國人文學會, 2014年 4月
박순철	『滄浪詩話』와『芝峯類說』의 唐詩批評 比較研究: 李白과 杜甫에 대한 評論을 中心으로,『中國人文科學』, 第56輯, 광주, 中國人文學會, 2014年 4月
柳昌辰·丁海里	林紓의 번역 사상 小考,『中國人文科學』, 第56輯, 광주, 中國人文學會, 2014年 4月
黃智裕	중국 현대 實驗詩 小考: 신시기 鄭敏 시를 중심으로,『中國人文科學』, 第56輯, 광주, 中國人文學會, 2014年 4月
정현선	上海 亭子間의 空間 含意와 文學的 表現,『中國人文科學』, 第56輯, 광주, 中國人文學會, 2014年 4月
김자은	『詩刊』을 통해 본 21세기 중국의 캠페인 詩歌,『中國人文科學』, 第56輯, 광주, 中國人文學會, 2014年 4月

◎ 文化

金東國·孔淸淸	中國韓語研究生階段的韓國文化敎育內容研究,『中國人文科學』, 第56輯, 광주, 中國人文學會, 2014年 4月

12-2 中國人文科學 第57輯 2014年 8月 (中國人文學會)

◎ 語學

崔南圭 『彭祖』제 7-8간의 문자와 문장에 대한 고찰, 『中國人文科學』, 第57輯, 광주, 中國人文學會, 2014年 8月

임명화 『說苑』에 나타난 '然' 고찰, 『中國人文科學』, 第57輯, 광주, 中國人文學會, 2014年 8月

安奇燮 · 정성임 古代漢語 '及 · 至'의 전치사 · 접속사 기능에 대한 의문, 『中國人文科學』, 第57輯, 광주, 中國人文學會, 2014年 8月

徐寶余 "正始之音"辨正, 『中國人文科學』, 第57輯, 광주, 中國人文學會, 2014年 8月

성윤숙 『朱子語類』 '述 + 了₁ + 賓 + 了₂' 의 어법사적 의의, 『中國人文科學』, 第57輯, 광주, 中國人文學會, 2014年 8月

김미성 중국어 결과보어 '着(zhao)'의 허화성 유무에 대한 고찰, 『中國人文科學』, 第57輯, 광주, 中國人文學會, 2014年 8月

김덕균 현대 중국어 어기부사 '本來' '原來'의 통사·의미기능 비교, 『中國人文科學』, 第57輯, 광주, 中國人文學會, 2014年 8月

高亞亨 一類特殊的"把"字句分析, 『中國人文科學』, 第57輯, 광주, 中國人文學會, 2014年 8月

김진희 淺析韓中隱喩性慣用語投射的文化共性和差異, 『中國人文科學』, 第57輯, 광주, 中國人文學會, 2014年 8月

◎ 文學

吳萬鍾 伊尹 형상에 대한 고찰, 『中國人文科學』, 第57輯, 광주,

中國人文學會, 2014年 8月

전가람	『論語』「歲寒然後知松柏之後凋也」句 小考, 『中國人文科學』, 第57輯, 광주, 中國人文學會, 2014年 8月
김희경	漢代 四言詩 初探, 『中國人文科學』, 第57輯, 광주, 中國人文學會, 2014年 8月
程小花	「申屠澄」 硏究, 『中國人文科學』, 第57輯, 광주, 中國人文學會, 2014年 8月
최승현	당대 중국 「귀교교권권익보호법」의 역사적 배경 및 그 의의 연구, 『中國人文科學』, 第57輯, 광주, 中國人文學會, 2014年 8月
申鉉錫	宋代 雅詞論 硏究, 『中國人文科學』, 第57輯, 광주, 中國人文學會, 2014年 8月
朴順哲·許 寧	韓·中文人關于山東登州咏史詩之比較硏究: 以中國明朝年間爲中心, 『中國人文科學』, 第57輯, 광주, 中國人文學會, 2014年 8月
李鍾武	船山詩學 체계 속 '興會'에 대한 一考, 『中國人文科學』, 第57輯, 광주, 中國人文學會, 2014年 8月
金慶國	論方苞與劉大櫆的古文理論: 以'義法'說和'神氣'說爲中心, 『中國人文科學』, 第57輯, 광주, 中國人文學會, 2014年 8月
鄭元祉	淸代 秧歌의 特性, 『中國人文科學』, 第57輯, 광주, 中國人文學會, 2014年 8月
嚴英旭	노신과 기독교, 『中國人文科學』, 第57輯, 광주, 中國人文學會, 2014年 8月
김홍월	최정희와 장아이링의 여성의식 비교 연구: 초기 단편소설

을 중심으로 ,『中國人文科學』, 第57輯, 광주, 中國人文
學會, 2014年 8月

黃智裕　　比·興 전통과 新詩 표현수법과의 관계 고찰,『中國人文
科學』, 第57輯, 광주, 中國人文學會, 2014年 8月

백정숙　　"白洋澱詩歌群落", 그리고 린망(林莽)의 詩에 관한 小考:
린망 시의 출범과 성숙을 중심으로,『中國人文科學』, 第
57輯, 광주, 中國人文學會, 2014年 8月

李相雨　　試論王蒙小說敘事角度的更迭及其藝術表現的內驅力, 『
中國人文科學』, 第57輯, 광주, 中國人文學會, 2014年 8月

◎ 文化

楊　霞　　從漢語動植物成語的具象特點看漢民族的文化和思維方
式,『中國人文科學』, 第57輯, 광주, 中國人文學會, 2014
年 8月

김정훈　　中國人 醫療觀光 誘致活性化 方案 硏究,『中國人文科學』,
第57輯, 광주, 中國人文學會, 2014年 8月

12-3 中國人文科學 第58輯 2014年 12月 (中國人文學會)

◎ 語學

梁萬基　　『孟子』中"自"的用法及其與殷商甲骨文的淵源關系, 『中
國人文科學』, 第58輯, 광주, 中國人文學會, 2014年 12月

崔南圭　　容庚『金文編』四版에서 잘못 脫漏된 '黃·'饌·'★(尊

篇)'·'其'·'★'자에 대한 考察,『中國人文科學』, 第58輯, 광주, 中國人文學會, 2014年 12月

| 안기섭 | 고대한어 '如'의 쓰임과 품사에 대하여: 의미와 통사 특징을 중심으로,『中國人文科學』, 第58輯, 광주, 中國人文學會, 2014年 12月 |

류재윤   文言文에서 介詞 '以'를 使用한 句文의 類型 및 '以'句文의 解法 硏究 ,『中國人文科學』, 第58輯, 광주, 中國人文學會, 2014年 12月

金眞姬   淺談現代漢語中"ABB"類狀態形容詞的結構與意義特徵,『中國人文科學』, 第58輯, 광주, 中國人文學會, 2014年 12月

安權玲·朴炳仙   針對韓國留學生關聯詞語"寧可"的偏誤分析及對外漢語教學建議,『中國人文科學』, 第58輯, 광주, 中國人文學會, 2014年 12月

◎ 文學

박순철   朱熹와 王夫之의『詩經』淫詩論 比較研究,『中國人文科學』, 第58輯, 광주, 中國人文學會, 2014年 12月

徐寶余   唐前山水意識的演進與抒寫方式的嬗變,『中國人文科學』, 第58輯, 광주, 中國人文學會, 2014年 12月

양충열   宋代 이전 '採桑女' 형상의 시적 전개양상,『中國人文科學』, 第58輯, 광주, 中國人文學會, 2014年 12月

송해경   북송 문인들의 교유시를 통한 雙井茶 연구,『中國人文科學』, 第58輯, 광주, 中國人文學會, 2014年 12月

羅海燕·林承坯   劉因之學與元代北方文派的生成,『中國人文科學』, 第58

輯, 광주, 中國人文學會, 2014年 12月

鄭元祉   中國 西北地域 秧歌藝人 考察,『中國人文科學』, 第58輯, 광주, 中國人文學會, 2014年 12月

李騰淵   試論馮夢龍小說評語中的小說觀念: 以戲曲小說文類分合 爲中心,『中國人文科學』, 第58輯, 광주, 中國人文學會, 2014年 12月

張惠貞·鄭榮豪   '沈小霞 고사'의 서사 비교 연구 :「沈小霞妾」·「沈小霞 相會出師表」·「청턴븍일」을 중심으로,『中國人文科學』, 第58輯, 광주, 中國人文學會, 2014年 12月

김희성   曾國藩의 序跋類 古文 초탐,『中國人文科學』, 第58輯, 광 주, 中國人文學會, 2014年 12月

申鉉錫   謝章鋌 詞論 硏究,『中國人文科學』, 第58輯, 광주, 中國 人文學會, 2014年 12月

문혜정   문예 창작시의 몰입-'情景交融'의 특징과 효과,『中國人文 科學』, 第58輯, 광주, 中國人文學會, 2014年 12月

于翠玲   殖民統治時期韓國與台灣知識份子的反思與批判性文學 表現: 以蔡萬植「成品人生」與賴和「惹事」爲中心的比較 分析,『中國人文科學』, 第58輯, 광주, 中國人文學會, 2014年 12月

김용운·김자은   文化大革命 時期 小靳庄 集體創作 一瞥,『中國人文科學』, 第58輯, 광주, 中國人文學會, 2014年 12月

黃智裕   중국 新時期 現代詩에 나타난 生命意識 고찰: 朦朧派와 新生代派 시인의 생명의식 비교,『中國人文科學』, 第58 輯, 광주, 中國人文學會, 2014年 12月

| 柳昌辰 | 再現·變形·再解釋: '萬寶山 사건' 제재 韓·中·日 소설의 문학적 분화 연구, 『中國人文科學』, 第58輯, 광주, 中國人文學會, 2014年 12月 |

◎ 文化

정소화	인류재창조형 홍수신화 비교 연구 : 彝族 4대 창세시 홍수 자료와 한국 홍수 자료의 비교를 중심으로, 『中國人文科學』, 第58輯, 광주, 中國人文學會, 2014年 12月
송인주·임동춘	陸游 茶詩에 나타난 宋代 茶俗, 『中國人文科學』, 第58輯, 광주, 中國人文學會, 2014年 12月
장춘석	『마하바라따』와 『觀無量壽經』에 보이는 연꽃 연구, 『中國人文科學』, 第58輯, 광주, 中國人文學會, 2014年 12月
김정욱	『송가황조(宋家皇朝)』를 읽는 어떤 한 장의 지도(上), 『中國人文科學』, 第58輯, 광주, 中國人文學會, 2014年 12月
강윤형	1990년대 이후 韓少功의 문화비평 考察: 탈포스트모더니즘적 경향을 중심으로, 『中國人文科學』, 第58輯, 광주, 中國人文學會, 2014年 12月

13-1 中國學 第47輯 2014年 4月 (大韓中國學會)

| 진광호 | 古漢語 訓詁上 反訓 現狀, 『中國學』, 第47輯, 부산, 大韓中國學會, 2014年 4月 |
| 이수진 | 중국어 사동과 피동의 상관성에 관한 연구: '叫/讓 구문을 |

중심으로,『中國學』, 第47輯, 부산, 大韓中國學會, 2014
年 4月

張幼冬　路線介詞"順着"與"沿着"辨析,『中國學』, 第47輯, 부산, 大
韓中國學會, 2014年 4月

안성재　갈등해결의 수사학 관점으로 바라보는『도덕경』,『中國
學』, 第47輯, 부산, 大韓中國學會, 2014年 4月

정태업　朱淑眞詞에 보이는 사랑과 고독,『中國學』, 第47輯, 부산,
大韓中國學會, 2014年 4月

남덕현　문학적 형상화 이전 시대의 關羽 형상,『中國學』, 第47輯,
부산, 大韓中國學會, 2014年 4月

이경미　韓·中·日 고전문학 속에 보이는 여성과 자살(自殺),『
中國學』, 第47輯, 부산, 大韓中國學會, 2014年 4月

곽수경　상하이와 홍콩의 도시성격과 할리우드 수용: 장아이링의
시나리오를 중심으로,『中國學』, 第47輯, 부산, 大韓中國
學會, 2014年 4月

박재형　중국 주선율 영화의 블록버스터화 분석: 상업화와 국가이
데올로기를 중심으로,『中國學』, 第47輯, 부산, 大韓中國
學會, 2014年 4月

예동근　중국 소수민족의 미래는 미국식 모델로 가는가?: 베이징
조선공동체 사례 연구,『中國學』, 第47輯, 부산, 大韓中國
學會, 2014年 4月

권경선　근대 중국 화북 한족의 '만주(滿洲)' 이동과 동북 지방 노
동자 구성: 1930년대 전반 대련(大連) 및 그 배후지를 중
심으로,『中國學』, 第47輯, 부산, 大韓中國學會, 2014年

4月

賀　瑩 · 金昌慶	中韓日廣電行業國際競爭力比較分析及對策硏究: 以一般化雙重鑽石模型爲中心, 『中國學』, 第47輯, 부산, 大韓中國學會, 2014年 4月
김성자 · 이중희	중국 베이징시 교통 · 통신비의 소비구조 변화, 『中國學』, 第47輯, 부산, 大韓中國學會, 2014年 4月
함정식 · 조강필 · 고명걸 · 조혜진	중국 진출 한국 기업의 내부역량과 전략 적합성이 성과에 미치는 영향, 『中國學』, 第47輯, 부산, 大韓中國學會, 2014年 4月
김상욱 · 김상희	중국 홍콩 H주식의 기업가치 평가모형의 검증, 『中國學』, 第47輯, 부산, 大韓中國學會, 2014年 4月
이장휘	范曄의 〈옥중에서 여러 조카들에게 보내는 편지(獄中與諸甥侄書)〉 역주, 『中國學』, 第47輯, 부산, 大韓中國學會, 2014年 4月

13-2 中國學 第48輯 2014年 8月 (大韓中國學會)

임영화 · 윤용보	謙讓語를 사용한 현대 중국어 敬語法 소고, 『中國學』, 第48輯, 부산, 大韓中國學會, 2014年 8月
호재영	離合詞使用的偏誤硏究, 『中國學』, 第48輯, 부산, 大韓中國學會, 2014年 8月
奇唯美	"很有NP"的內部結構及其量含義, 『中國學』, 第48輯, 부산, 大韓中國學會, 2014年 8月

陳世昌·金炫兌	中國 地名 改名 要因의 通時的 考察, 『中國學』, 第48輯, 부산, 大韓中國學會, 2014年 8月
謝術福·金鐘斗	論中國文人畵的筆墨精神與時代危機, 『中國學』, 第48輯, 부산, 大韓中國學會, 2014年 8月
김원희·이종무	사회전환기 신세대 의식에 관한 문화적 담론, 『中國學』, 第48輯, 부산, 大韓中國學會, 2014年 8月
김형근	중국 문화산업이 국내 경제에 미치는 영향 분석에 관한 연구, 『中國學』, 第48輯, 부산, 大韓中國學會, 2014年 8月
Park Choong-Hwan	Guanxi, Modernity and Primordializing China, 『中國學』, 第48輯, 부산, 大韓中國學會, 2014年 8月
허종국	중국 민족정책에서의 새로운 시각 분석: '탈정치화' 논쟁을 중심으로, 『中國學』, 第48輯, 부산, 大韓中國學會, 2014年 8月
李 丹	網絡政治參與對中國政治環境的影響分析, 『中國學』, 第48輯, 부산, 大韓中國學會, 2014年 8月
서석홍	중국 농촌 토지제도의 문제점과 개혁 방향: 18기 3중 전회 〈결정〉을 중심으로, 『中國學』, 第48輯, 부산, 大韓中國學會, 2014年 8月
Yoon, Il-Hyun & Kang, Cheol-Gu	A Study on the Interdependence of Stock Markets in Mainland China and Hong Kong, 『中國學』, 第48輯, 부산, 大韓中國學會, 2014年 8月
김경환	중국 농민공의 계층분화 과정과 보유자원 현황, 『中國學』, 第48輯, 부산, 大韓中國學會, 2014年 8月

이처문 · 이홍종   박근혜 정부의 대중국정책과 한중관계의 과제,『中國學』,
                   第48輯, 부산, 大韓中國學會, 2014年 8月
徐龍洙   論"中國模式"是否存在,『中國學』, 第48輯, 부산, 大韓中
                   國學會, 2014年 8月

13-3 中國學 第49輯 2014年 12月 (大韓中國學會)

李英姬   "有"的演化小考,『中國學』, 第49輯, 부산, 大韓中國學會,
                   2014年 12月
김정필   한중 역순대역어 伴隨와 隨伴의 의미상관성 분석,『中國
                   學』, 第49輯, 부산, 大韓中國學會, 2014年 12月
方珍平   略論作爲網絡語彙的英語符號與一般符號,『中國學』, 第
                   49輯, 부산, 大韓中國學會, 2014年 12月
戴 恒   臺灣華語詞彙形式上異質化現象研究: 以閩南語與日語爲中
                   心,『中國學』, 第49輯, 부산, 大韓中國學會, 2014年 12月
진광호 · 정태업 · 이효영   Tandem 학습법을 활용한 중국어 말하기 · 쓰기
                   교육의 효과,『中國學』, 第49輯, 부산, 大韓中國學會,
                   2014年 12月
朴奎貞   對上古音"C+L"復聲母的優選論分析,『中國學』, 第49輯,
                   부산, 大韓中國學會, 2014年 12月
나도원   한국자전의 한자수용과 정리:『자전석요』心부를 중심으
                   로,『中國學』, 第49輯, 부산, 大韓中國學會, 2014年 12月
정원호   조선시대 對중국 외교에 활용된『詩經』의 역할 고찰,『中

	國學』, 第49輯, 부산, 大韓中國學會, 2014年 12月
최형록·최덕경	『詩經』에 나타나는 채소 연구, 『中國學』, 第49輯, 부산, 大韓中國學會, 2014年 12月
오창화	『檜門觀劇詩』諸家의 和詩略論, 『中國學』, 第49輯, 부산, 大韓中國學會, 2014年 12月
박노종	조선족 연극 『삼노인(三老人)』의 민족적 양식 고찰, 『中國學』, 第49輯, 부산, 大韓中國學會, 2014年 12月
김경환·이정표	중국 신토지 개혁 이후 농민소득 변화 분석: 충칭시 지표(地票) 제도를 중심으로, 『中國學』, 第49輯, 부산, 大韓中國學會, 2014年 12月
신금미·장정재	새만금 한중경제협력단지 조성을 위한 부동산 투자이민제도 도입의 필요성, 『中國學』, 第49輯, 부산, 大韓中國學會, 2014年 12月
박승찬	중국 창업동태추적조사(PSED)를 통한 지역별 창업환경 분석: 8개 주요 도시를 중심으로, 『中國學』, 第49輯, 부산, 大韓中國學會, 2014年 12月
趙立新·金昌慶	歷史的曖昧: 依舊存續的中朝同盟?, 『中國學』, 第49輯, 부산, 大韓中國學會, 2014年 12月
董 强·芮束根	堅持民族區域自治? 還是另尋中他方?: 對中國民族政策的重新審視, 『中國學』, 第49輯, 부산, 大韓中國學會, 2014年 12月
Park Min-woong	A Annotated Bibliography of Selected Sinological Research, 『中國學』, 第49輯, 부산, 大韓中國學會, 2014年 12月

14-1 中國學論叢 第41輯 2014年 4月 (韓國中國文化學會)

◎ 어학

南基琬　　　　試論中國文字改革: 以漢語拼音文字爲中心,『中國學論叢』,
　　　　　　　第41輯, 大田, 韓國中國文化學會, 2014年 4月

朴健希·吳錦姬　漢韓空間維度詞深與깊다的認知語義對比,『中國學論叢』,
　　　　　　　第41輯, 大田, 韓國中國文化學會, 2014年 4月

朴恩淑　　　　衔接理論在中韓語篇飜譯中的應用 『中國學論叢』, 第41
　　　　　　　輯, 大田, 韓國中國文化學會, 2014年 4月

◎ 문학

梁承德　　　　詩人之詩: 沈約詩歌特色,『中國學論叢』, 第41輯, 大田,
　　　　　　　韓國中國文化學會, 2014年 4月

◎ 경제

文哲珠　　　　在中韓國企業在中國內需市場經營成果的實證研究, 『中
　　　　　　　國學論叢』, 第41輯, 大田, 韓國中國文化學會, 2014年 4月

葉　菲·趙大遠　中國股票市場的歷史回顧、現階段問題及未來展望, 『中
　　　　　　　國學論叢』, 第41輯, 大田, 韓國中國文化學會, 2014年 4月

李京勳·李龍振　在華海外公司知識轉移實證研究,『中國學論叢』, 第41輯,
　　　　　　　大田, 韓國中國文化學會, 2014年 4月

◎ 역사·철학

劉日煥　　　　中國 先秦時代에 있어서의 社의 기원과 변천(1),『中國學

論叢』, 第41輯, 大田, 韓國中國文化學會, 2014年 4月
趙遠一・朴福在 荀子의 經世思想 研究,『中國學論叢』, 第41輯, 大田, 韓
國中國文化學會, 2014年 4月

◎ 사회·문화
文亨鎭 중국의 확장전략과 조선족사 서술,『中國學論叢』, 第41
輯, 大田, 韓國中國文化學會, 2014年 4月
李垠尙 중국 지식정보 유통과 시누아즈리 형성,『中國學論叢』,
第41輯, 大田, 韓國中國文化學會, 2014年 4月
洪　熹・洪旨藝 문양과 의례로 본 동고(銅鼓) 문화의 상징체계 분석,『中
國學論叢』, 第41輯, 大田, 韓國中國文化學會, 2014年 4月

14-2 中國學論叢 第42輯 2014年 8月 (韓國中國文化學會)

◎ 어학
金日權・張進凱 現代漢語名詞性補語構式研究, 『中國學論叢』, 第42輯,
大田, 韓國中國文化學會, 2014年 8月
劉　哲 『老乞大』系列的名量詞研究,『中國學論叢』, 第42, 大田,
韓國中國文化學會, 2014年 8月
崔恩知 現代漢語"看"和"看看"的語義特徵, 『中國學論叢』, 第42,
大田, 韓國中國文化學會, 2014年 8月
黃信愛 玄應의『一切經音義』속『妙法蓮花經』語彙 研究,『中
國學論叢』, 第42, 大田, 韓國中國文化學會, 2014年 8月

◎ 문학

賈　捷·千金梅	『楚辭章句』 清初溪香館刻本補正,『中國學論叢』, 第42輯, 大田, 韓國中國文化學會, 2014年 8月
安炫珠·金炫兌	영화 "人在囧途"의 교육용 대사 분석 및 교학적 활용,『中國學論叢』, 第42輯, 大田, 韓國中國文化學會, 2014年 8月
南基琬	談六書說到三書說的轉化蛻變, 『中國學論叢』, 第42輯, 大田, 韓國中國文化學會, 2014年 8月

◎ 정치·경제

李光洙	중국지방정부의 온라인 정치,『中國學論叢』, 第42輯, 大田, 韓國中國文化學會, 2014年 8月
朴福在·朴錫强	韓·中·日 디지털재화 산업의 수출경쟁력 비교우위 분석, 『中國學論叢』, 第42輯, 大田, 韓國中國文化學會, 2014年 8月
金容善	WTO 가입 이후 중국 자동차산업의 발전 추세와 우리의 대응 전략,『中國學論叢』, 第42輯, 大田, 韓國中國文化學會, 2014年 8月

◎ 철학

尹志源	『鶡冠子』 硏究(1),『中國學論叢』, 第42輯, 大田, 韓國中國文化學會, 2014年 8月
趙源一	董仲舒의 政治思想 硏究,『中國學論叢』, 第42輯, 大田, 韓國中國文化學會, 2014年 8月

◎ 사회 · 문화

金研珠 · 朴明仙	王維 繪畫에 대한 비평적 텍스트 연구, 『中國學論叢』, 第42輯, 大田, 韓國中國文化學會, 2014年 8月
朴雪豪	중국진출 한국업체의 기업문화 수립전략, 『中國學論叢』, 第42輯, 大田, 韓國中國文化學會, 2014年 8月
崔明哲 · 徐文敎	국제화 시대의 전제조건, 『中國學論叢』, 第42輯, 大田, 韓國中國文化學會, 2014年 8月

14-3 中國學論叢 第43輯 2014年 12月 (韓國中國文化學會)

◎ 어학

도혜숙	劉逢祿 古音 26部 『詩經』 韻譜 재구, 『中國學論叢』, 第43輯, 大田, 韓國中國文化學會, 2014年 12月

◎ 문학

구교현	晚明과 朝鮮後期 小品文에 나타난 '病'에 대한 美學 考察, 『中國學論叢』, 第43輯, 大田, 韓國中國文化學會, 2014年 12月
박현곤	『三俠五義』回目的編排方式探析, 『中國學論叢』, 第43輯, 大田, 韓國中國文化學會, 2014年 12月
양승덕	四蕭賦管見: 散體賦를 중심으로, 『中國學論叢』, 第43輯, 大田, 韓國中國文化學會, 2014年 12月

◎ 정치

이규태   中國與周邊國家的外交關係和問題,『中國學論叢』, 第43
輯, 大田, 韓國中國文化學會, 2014年 12月

최강호   대만인의 국가정체성 변화: '중국화'인가? '대만화'인가?,
『中國學論叢』, 第43輯, 大田, 韓國中國文化學會, 2014
年 12月

◎ 경제

任盤碩   향진기업 탄생 · 발전과 제도혁신,『中國學論叢』, 第43輯,
大田, 韓國中國文化學會, 2014年 12月

임승권   中國의 集體土地 所有制에 關한 硏究,『中國學論叢』, 第
43輯, 大田, 韓國中國文化學會, 2014年 12月

◎ 사회·문화

문지성   中國 客家家屋의 구조와 인문특징,『中國學論叢』, 第43
輯, 大田, 韓國中國文化學會, 2014年 12月

박현규   조선 許浚『東醫寶鑑』의 중국판본 고찰,『中國學論叢』,
第43輯, 大田, 韓國中國文化學會, 2014年 12月

신동윤   중국 농촌양로보장 제도의 발전과정과 도농통합형 양로보
장제도의 등장,『中國學論叢』, 第43輯, 大田, 韓國中國文
化學會, 2014年 12月

15-1 中國學報 第69輯 2014年 6月 (韓國中國學會)

◎ 語文學部

남종진   唐詩에 나타난 宮中 宴樂 十部伎의 양상, 『中國學報』, 第 69輯, 서울, 韓國中國學會, 2014年 6月

何雅雯   多重的城市: 關於初唐幾首帝京詩作, 『中國學報』, 第69 輯, 서울, 韓國中國學會, 2014年 6月

모정열   이중방언 지역에서 나타날 수 있는 두 가지 음운현상: 湘 南土話와 粤北土話의 예를 중심으로, 『中國學報』, 第69 輯, 서울, 韓國中國學會, 2014年 6月

◎ 史學部

최해별   宋·元 시기 "檢驗 지식"의 형성과 발전: 『洗寃集錄』과 『無寃錄』을 중심으로, 『中國學報』, 第69輯, 서울, 韓國 中國學會, 2014年 6月

박정현   1927년 재만동포옹호동맹의 결성과 화교배척사건, 『中國 學報』, 第69輯, 서울, 韓國中國學會, 2014年 6月

전인갑·장정아   동아시아 지역질서의 재구성 再論: 中心의 相對化를 위한 모색, 『中國學報』, 第69輯, 서울, 韓國中國學會, 2014年 6月

◎ 哲學部

안재호   程顥 "和樂" 수양론 管窺, 『中國學報』, 第69輯, 서울, 韓 國中國學會, 2014年 6月

이강범   근대 중국 언론 자유 인식의 시작: 1903년 "蘇報案"의 전 말과 그 의의, 『中國學報』, 第69輯, 서울, 韓國中國學會, 2014年 6月

◎ 書評

이욱연   『정글만리』 신드롬을 어떻게 볼 것인가?, 『中國學報』, 第 69輯, 서울, 韓國中國學會, 2014年 6月

15-2 中國學報 第70輯 2014年 12月 (韓國中國學會)

◎ 語文學部

양오진   『이문집람(吏文輯覽)』과 이문(吏文)의 언어, 『中國學報』, 第70輯, 서울, 韓國中國學會, 2014年 12月

김경일   "疾" 관련 古文字字形과 텍스트 검토: 문자학적 관점에서의 한의학 기원 문제 탐색의 일환으로, 『中國學報』, 第70輯, 서울, 韓國中國學會, 2014年 12月

모정열   漢語方言兒化(兒尾) 중 "兒"音의 발전 과정에 대한 소고小考, 『中國學報』, 第70輯, 서울, 韓國中國學會, 2014年 12月

조은정   출토문헌에 나타난 부정부사 弗의 의미 기능과 통시적 변천, 『中國學報』, 第70輯, 서울, 韓國中國學會, 2014年 12月

나민구 · 이지은   중국 지도자 연설 텍스트의 수사학적 분석: 후진타오(胡錦濤) 2013년 신년연설을 중심으로, 『中國學報』, 第70輯, 서울, 韓國中國學會, 2014年 12月

왕 비   從"三言"·"二拍"的商人形象看其商業價値觀, 『中國學報』, 第70輯, 서울, 韓國中國學會, 2014年 12月

배다니엘   중국 고전시에 나타난 원추리 묘사 고찰, 『中國學報』, 第70輯, 서울, 韓國中國學會, 2014年 12月

이정재   華東地域 제의연행에 보이는 西遊記 敍事의 특징: 江蘇 南通 및 六合의 "神書"를 중심으로, 『中國學報』, 第70輯, 서울, 韓國中國學會, 2014年 12月

한지연   以"技擊"治學: 試論錢基博筆記體小說 『技擊餘聞補』, 『中國學報』, 第70輯, 서울, 韓國中國學會, 2014年 12月

임춘성   왕샤오밍(王曉明)론: 문학청년에서 유기적 지식인으로, 『中國學報』, 第70輯, 서울, 韓國中國學會, 2014年 12月

신진호   21세기 중국의 문화대국 전략에 관한 고찰, 『中國學報』, 第70輯, 서울, 韓國中國學會, 2014年 12月

◎ 史學部

대위홍   伐閱之源流與演變: 以出土資料爲中心, 『中國學報』, 第70輯, 서울, 韓國中國學會, 2014年 12月

박한제   魏晉南北朝時代 石刻資料와 "胡"의 서술: 특히 『魏書』의 서술과 비교하여, 『中國學報』, 第70輯, 서울, 韓國中國學會, 2014年 12月

곽가휘   明代 「行人」於外交體制上之作用: 以 「壬辰倭禍(1592-1598)」兩次宣諭爲例, 『中國學報』, 第70輯, 서울, 韓國中國學會, 2014年 12月

강판권   중국과 한국의 수목인식과 격의: 살구나무와 은행나무를

중심으로, 『中國學報』, 第70輯, 서울, 韓國中國學會, 2014年 12月

◎ 哲學部

정병석 帛書『易傳』「要」편을 통해 본 孔子의『周易』觀,『中國學報』, 第70輯, 서울, 韓國中國學會, 2014年 12月

김병환·정환희 『주역』의 수학적 논리에 대한 철학적 해명,『中國學報』, 第70輯, 서울, 韓國中國學會, 2014年 12月

강성조 "新子學"與跨學科學術研究鳥瞰,『中國學報』, 第70輯, 서울, 韓國中國學會, 2014年 12月

황갑연 모종삼 양지감함론의 이론적 난제에 대한 고찰: 양지와 과학지식의 관계를 중심으로,『中國學報』, 第70輯, 서울, 韓國中國學會, 2014年 12月

이철승 현대 중국의 "중국의 꿈"관과 유가철학,『中國學報』, 第70輯, 서울, 韓國中國學會, 2014年 12月

강진석 朝鮮儒者李栗谷的政治思想,『中國學報』, 第70輯, 서울, 韓國中國學會, 2014年 12月

16-1 中國學研究 第67輯 2014年 3月 (中國學研究會)

◎ 文學

高秋鳳 董越及其『朝鮮賦』研探,『中國學研究』, 第67輯, 서울, 中國學研究會, 2014年 3月

배다니엘   중국 고전시에 나타난 해당화 이미지, 『中國學硏究』, 第 67輯, 서울, 中國學硏究會, 2014年 3月

유성준   晩唐 馬戴의 詩, 『中國學硏究』, 第67輯, 서울, 中國學硏 究會, 2014年 3月

임원빈   宋代 승려 惠洪의 시가 연구, 『中國學硏究』, 第67輯, 서 울, 中國學硏究會, 2014年 3月

조규백   朝鮮朝 漢文學에 나타난 蘇東坡 前後 「赤壁賦」의 受容과 '赤壁船遊'의 再演, 『中國學硏究』, 第67輯, 서울, 中國學 硏究會, 2014年 3月

김용운 · 김자은   自省과 批判 사이의 깊이 : 王家新의 詩를 논함, 『中國學 硏究』, 第67輯, 서울, 中國學硏究會, 2014年 3月

王天泉   "荒芙英雄路": 論張承志的小說創作, 『中國學硏究』, 第67 輯, 서울, 中國學硏究會, 2014年 3月

◎ 語學

김정은   중등학교 중국어 교과서 선정을 위한 평가기준 개발 연구, 『中國學硏究』, 第67輯, 서울, 中國學硏究會, 2014年 3月

박재승   동적양태 '要'의 기능분석 연구, 『中國學硏究』, 第67輯, 서울, 中國學硏究會, 2014年 3月

최재영   동등비교표지 '有'의 문법화 연구, 『中國學硏究』, 第67輯, 서울, 中國學硏究會, 2014年 3月

◎ 政治學

이희옥   중국의 신형대국론과 한중관계의 재구성, 『中國學硏究』,

第67輯, 서울, 中國學硏究會, 2014年 3月

◎ 經濟學

송용호   중국 '대학생 촌관' 정책의 문제점과 전망, 『中國學硏究』, 第67, 서울, 中國學硏究會, 2014 3月

◎ 哲學

김태용   두광정의 도교노학 연구, 『中國學硏究』, 第67輯, 서울, 中國學硏究會, 2014年 3月

16-2 中國學硏究 第68輯 2014年 6月 (中國學硏究會)

◎ 文學

이수민   『姑妄言』 속 人物의 命名 特徵과 意味, 『中國學硏究』, 第68輯, 서울, 中國學硏究會, 2014年 6月

이시찬   '王魁' 故事를 통해 본 宋代 사회상 硏究, 『中國學硏究』, 第68輯, 서울, 中國學硏究會, 2014年 6月

정호준   杜甫의 題畵詩 考, 『中國學硏究』, 第68輯, 서울, 中國學硏究會, 2014年 6月

박정원   중국당대 소설문학의 상처와 치유의 미학: 왕샤오뽀(王小波) 『황금시대(黃金時代)』를 중심으로, 『中國學硏究』, 第68輯, 서울, 中國學硏究會, 2014年 6月

문대일   한중 정치소설의 발전양상에 대한 일고찰, 『中國學硏究』,

第68輯, 서울, 中國學硏究會, 2014年 6月

◎ 語學

박홍수 · 고경금   東 · 重의 同源 관계에 관한 고찰: 『說文通訓定聲』의 同
聲符를 중심으로, 『中國學硏究』, 第68輯, 서울, 中國學硏
究會, 2014年 6月

沈貞玉   "洒家"考, 『中國學硏究』, 第68輯, 서울, 中國學硏究會,
2014年 6月

염죽균   시간부사 '在'의 문법화 과정 및 기제, 『中國學硏究』, 第68
輯, 서울, 中國學硏究會, 2014年 6月

임소라   魯迅 연설 텍스트의 수사학적 분석: 소리 없는 중국(無聲
的中國)(1927. 2. 18.), 『中國學硏究』, 第68輯, 서울, 中
國學硏究會, 2014年 6月

◎ 政治學

최지영   중국 공산당의 '반(反)부패투쟁' 영도방식 연구 : 당 기율검
사위원회(紀律檢查委員會)의 역할을 중심으로, 『中國學
硏究』, 第68輯, 서울, 中國學硏究會, 2014年 6月

◎ 經濟學

박상수 · 오연연   한 · 중 양국 대학생의 여가 소비행태에 대한 연구: 노래방
소비문화를 중심으로, 『中國學硏究』, 第68輯, 서울, 中國
學硏究會, 2014年 6月

| 오대원 · 남수중 | 중국도시상업은행 효율성 분석을 이용한 한중 금융협력 전략분석: 동북아 국제금융질서 변화의 시사점을 중심으로, 『中國學硏究』, 第68輯, 서울, 中國學硏究會, 2014年 6月 |
| 최정석 | 한중 FTA에 대한 시각연구: 중국의 견해를 중심으로, 『中國學硏究』, 第68輯, 서울, 中國學硏究會, 2014年 6月 |

◎ 社會學

| 예성호 · 김윤태 | '초국가주의 역동성'으로 본 재중 한국인 자녀교육 선택에 대한 연구: 상해지역을 중심으로, 『中國學硏究』, 第68輯, 서울, 中國學硏究會, 2014年 6月 |

◎ 文化學

| 김중섭 | 20세기초 중국 지식인의 일본 한자번역어 수용에 대한 논쟁, 『中國學硏究』, 第68輯, 서울, 中國學硏究會, 2014年 6月 |
| 문미진 | 『古先君臣圖鑑』硏究, 『中國學硏究』, 第68輯, 서울, 中國學硏究會, 2014年 6月 |

◎ 歷史學

| 付希亮 · 崔昌源 | 4000年前全球降溫事件與中國五帝聯盟的誕生, 『中國學硏究』, 第68輯, 서울, 中國學硏究會, 2014年 6月 |

◎ 哲學

김백현　　　　21世紀 新道學과 神明文化,『中國學硏究』, 第68輯, 서울,
　　　　　　　中國學硏究會, 2014年 6月

16-3 中國學硏究 第69輯 2014年 8月 (中國學硏究會)

◎ 文學

배다니엘　　　중국 영화시 창작을 통한 힐링의 양상,『中國學硏究』, 第
　　　　　　　69輯, 서울, 中國學硏究會, 2014年 8月

장준영　　　　先秦 寓言의 스토리텔링 미학에 관한 몇 가지 단상,『中國
　　　　　　　學硏究』, 第69輯, 서울, 中國學硏究會, 2014年 8月

김미란　　　　1920년대 중국의 우생논쟁 : '우생적 연애'개념을 중심으로
　　　　　　　한 서구 우생담론의 중국적 수용,『中國學硏究』, 第69輯,
　　　　　　　서울, 中國學硏究會, 2014年 8月

배도임　　　　라루이의 '혁명' 제재 소설 속의 전통 도덕관념 구현 양상 연구,
　　　　　　　『中國學硏究』, 第69輯, 서울, 中國學硏究會, 2014年 8月

◎ 語學

김윤정　　　　동사구병렬구문의 관점에서 바라보는 중국어 전치사구의
　　　　　　　속성,『中國學硏究』, 第69輯, 서울, 中國學硏究會, 2014
　　　　　　　年 8月

孟柱億・郭興燕　很難+V/Vp"與"V/Vp+很難"對比硏究,『中國學硏究』, 第
　　　　　　　69輯, 서울, 中國學硏究會, 2014年 8月

송미령	諸葛亮「出師表」의 수사학적 분석,『中國學硏究』, 第69 輯, 서울, 中國學硏究會, 2014年 8月
유재원	『華音撮要』중국어성모 한글표음에 관한 고찰,『中國學 硏究』, 第69輯, 서울, 中國學硏究會, 2014年 8月
장가영	현대중국어 다의어 '遠/近'의 의미 확장 연구,『中國學硏 究』, 第69輯, 서울, 中國學硏究會, 2014年 8月
정연실	편방 攵, 攴(攵)의 이체 양상 고찰,『中國學硏究』, 第69輯, 서울, 中國學硏究會, 2014年 8月
주기하	현대 중국어 부사 '就'의 의미기능 분석,『中國學硏究』, 第 69輯, 서울, 中國學硏究會, 2014年 8月

◎ 經濟學

| 김상욱 | 중국의 외국인직접투자의 지역별 효율성 비교,『中國學硏 究』, 第69輯, 서울, 中國學硏究會, 2014年 8月 |
| 오승렬 | 중국경제 소비 제약요인으로서의 관(官)주도형 경제,『中 國學硏究』, 第69輯, 서울, 中國學硏究會, 2014年 8月 |

◎ 社會學

| 박철현 | 중국 사구모델의 비교분석: 상하이와 선양의 사례: 사회정 치적 조건과 국가 기획을 중심으로,『中國學硏究』, 第69 輯, 서울, 中國學硏究會, 2014年 8月 |
| 이주영·양갑용 | 중국 유학생의 한국 유학 선택 행위 연구: 근거이론에 기 초하여, 『中國學硏究』, 第69輯, 서울, 中國學硏究會, 2014年 8月 |

16-4 中國學研究 第70輯 2014年 11月 (中國學研究會)

◎ 文學

강현경   劉向『列女傳』에 표현된 여성 화자의 논변, 『中國學研究』, 第70輯, 서울, 中國學研究會, 2014年 11月

金基喆   論語의 '素以爲絢兮'로 본 詩經 衛風碩人의 인물묘사, 『中國學研究』, 第70輯, 서울, 中國學研究會, 2014年 11月

류기수   陳與義詞가 朝鮮의 詞와 詩에 미친 影響, 『中國學研究』, 第70輯, 서울, 中國學研究會, 2014年 11月

한지연   錢鍾書『談藝錄』에 나타난 비평의식: 第一則「詩分唐宋」을 중심으로, 『中國學研究』, 第70輯, 서울, 中國學研究會, 2014年 11月

◎ 語學

金鐘讚·彭吉軍   關於"像"表示"相同或有共同點"的動詞說商榷, 『中國學研究』, 第70輯, 서울, 中國學研究會, 2014年 11月

백지훈   접속사 '但是' 소고: '但是' 연결대상 간 존재하는 '전환관계'의 하위 범주화를 중심으로, 『中國學研究』, 第70輯, 서울, 中國學研究會, 2014年 11月

염 철   이동동사 '나다'와 '出'의 대조 연구, 『中國學研究』, 第70輯, 서울, 中國學研究會, 2014年 11月

鄭莉芳   漢語新詞語和敎學, 『中國學研究』, 第70輯, 서울, 中國學研究會, 2014年 11月

陳明娥   日据時期韓國漢語會話書的特點: 以體例和內容爲中心, 『

中國學硏究』, 第70輯, 서울, 中國學硏究會, 2014年 11月

◎ 政治學

황 염·곽덕환　중국 타이완 관계 변화 연구: 점진적 통일 가능성 탐구,『中
　　　　　　　國學硏究』, 第70輯, 서울, 中國學硏究會, 2014年 11月

박종우　　　　중국특색 민주주의의 논리와 특징: 강성정부와 민주사회
　　　　　　　의 공존 모색,『中國學硏究』, 第70輯, 서울, 中國學硏究
　　　　　　　會, 2014年 11月

서정경　　　　시진핑 주석의 방한으로 본 한중관계의 현주소,『中國學
　　　　　　　硏究』, 第70輯, 서울, 中國學硏究會, 2014年 11月

◎ 經濟學

송재두　　　　중국의 수자원부족 그리고 대책에 관한 고찰과 문제점,『中
　　　　　　　國學硏究』, 第70輯, 서울, 中國學硏究會, 2014年 11月

이찬우·김민창　한·중 양국의 중간재 교역구조 변화 분석: 국제산업연관
　　　　　　　표를 이용한 실증분석,『中國學硏究』, 第70輯, 서울, 中國
　　　　　　　學硏究會, 2014年 11月

최의현·왕 송　중국 스마트폰 산업의 저비용 혁신에 관한 연구,『中國學
　　　　　　　硏究』, 第70輯, 서울, 中國學硏究會, 2014年 11月

◎ 文化學

羅敏球·王翡翠　韓劇『來自星星的你』的修辭格分析,『中國學硏究』, 第70
　　　　　　　輯, 서울, 中國學硏究會, 2014年 11月

유봉구   중국 科學崇拜神의 형성과 그 전개 연구: 魁星神을 중심
으로,『中國學硏究』, 第70輯, 서울, 中國學硏究會, 2014
年 11月

임영상   심양 서탑 코리아타운의 변화와 민족문화축제,『中國學硏
究』, 第70輯, 서울, 中國學硏究會, 2014年 11月

17-1 中國現代文學 第68號 2014年 3月 (韓國中國現代文學學會)

◎ 일반논문

김수연   청말시기 신소설론의 미디어적 시각,『中國現代文學』, 第
68號, 서울, 韓國中國現代文學學會, 2014年 3月

심혜영   『붉은 수수 가족(紅高梁家族)』을 통해 본 모옌(莫言)의
문학세계,『中國現代文學』, 第68號, 서울, 韓國中國現代
文學學會, 2014年 3月

안승웅   반부패소설『滄浪之水』를 통해 본 중국과 중국 지식인:
주인공 池大爲의 시련, 선택, 성공을 중심으로,『中國現代
文學』, 第68號, 서울, 韓國中國現代文學學會, 2014年 3月

이보경   루쉰(魯迅)의『양지서(兩地書)』연구: 출판 동기를 중심
으로,『中國現代文學』, 第68號, 서울, 韓國中國現代文學
學會, 2014年 3月

王鈺婷   現代性與國族主義之互涉: 論1950、1960年代臺灣摩登女
郎現象,『中國現代文學』, 第68號, 서울, 韓國中國現代文
學學會, 2014年 3月

성근제	毛澤東과 新中國 역사 재평가의 정치성: 錢理群의 『毛澤東時代與後毛澤東時代: 另一種歷史書寫』 사례를 중심으로, 『中國現代文學』, 第68號, 서울, 韓國中國現代文學學會, 2014年 3月
윤영도	신자유주의 시대 중국계 이주민의 초국적 사회공간(Transnational Social Space)의 형성과 변천: 밴쿠버의 사례를 중심으로, 『中國現代文學』, 第68號, 서울, 韓國中國現代文學學會, 2014年 3月

◎ 번역

이종민	梁啓超 『新中國未來記』 譯註(1), 『中國現代文學』, 第68號, 서울, 韓國中國現代文學學會, 2014年 3月
탕샤오빙(唐小兵)·조영경 역	타이완 문학의 개념에 관하여(1), 『中國現代文學』, 第68號, 서울, 韓國中國現代文學學會, 2014年 3月

17-2 中國現代文學 第69號 2014年 6月 (韓國中國現代文學學會)

◎ 일반논문

서유진	수치의 각인: 청말 민초 『양주십일기』의 문학적 수용, 『中國現代文學』, 第69號, 서울, 韓國中國現代文學學會, 2014年 6月
최영호	'革命+戀愛' 敍事를 다시 읽는 몇 가지 觀點, 『中國現代文學』, 第69號, 서울, 韓國中國現代文學學會, 2014年 6月

김양수   유진오의 '상해의 기억'과 사라져버린 '인터내셔널'의 노래,
          『中國現代文學』, 第69號, 서울, 韓國中國現代文學學會,
          2014年 6月
이희경   궈징밍(郭敬明) 현상과 새로운 글쓰기의 가능성, 『中國現
          代文學』, 第69號, 서울, 韓國中國現代文學學會, 2014年 6月
이주노   新文化運動期 中國知識人의 사유체계 연구: 東西文化論
          戰을 중심으로, 『中國現代文學』, 第69號, 서울, 韓國中國
          現代文學學會, 2014年 6月
임춘성   포스트사회주의 중국의 비판적 사상의 흐름과 문화연구:
          리쩌허우·첸리췬·왕후이·왕샤오밍을 중심으로, 『中國
          現代文學』, 第69號, 서울, 韓國中國現代文學學會, 2014
          年 6月
유경철   이연걸(李連杰)의 영화 『곽원갑(霍元甲)』과 21세기 중국
          무술영화의 향방, 『中國現代文學』, 第69號, 서울, 韓國中
          國現代文學學會, 2014年 6月
백지운   재난서사에 대항하기: 쓰촨대지진 이후 중국영화의 재난
          서사, 『中國現代文學』, 第69號, 서울, 韓國中國現代文學
          學會, 2014年 6月

◎ 쟁점조명
김혜진 정리   『정글만리』를 어떻게 볼 것인가?, 『中國現代文學』, 第69
          號, 서울, 韓國中國現代文學學會, 2014年 6月

◎ 번역

천쓰허(陳思和) 저 · 손주연 역　'역사-가족' 민간서사 양식의 새로운 시도,
『中國現代文學』, 第69號, 서울, 韓國中國現代文學學會,
2014年 6月

이종민 역　梁啓超『新中國未來記』譯註(2),『中國現代文學』, 第69
號, 서울, 韓國中國現代文學學會, 2014年 6月

◎ 서평

이홍규　추이즈위안의『프티부르주아 사회주의 선언』, 중국 체재
의 미래를 묻다,『中國現代文學』, 第69號, 서울, 韓國中
國現代文學學會, 2014年 6月

17-3 中國現代文學 第70號 2014年 9月 (韓國中國現代文學學會)

◎ 일반논문

김수연　상상의 계몽과 '신소설' 독자,『中國現代文學』, 第70號,
서울, 韓國中國現代文學學會, 2014年 9月

서유진　형장의 풍경: 루쉰과 바진의 폭력비평과 문학상상,『中國
現代文學』, 第70號, 서울, 韓國中國現代文學學會, 2014
年 9月

Jeesoon Hong　Tuberculosis and East Asian Modernism: Blood-drinking
and Inter-subjectivity in Yokomitsu Riich's "Climax"
(1923), Yi Taejun's "Crows"(1936) and Lu Xun's

"Medicine"(1919), 『中國現代文學』, 第70號, 서울, 韓國
中國現代文學學會, 2014年 9月

이여빈 · 이희경　　1930년대 '민주화 독재' 논쟁을 통해 본 후스(胡適)의 정치
사상, 『中國現代文學』, 第70號, 서울, 韓國中國現代文學
學會, 2014年 9月

김태연　　　　　중국 新時期의 문학상 제도, 『中國現代文學』, 第70號, 서
울, 韓國中國現代文學學會, 2014年 9月

권기영　　　　　중국의 지역 균형 발전과 지역 문화산업 육성 전략, 『中國
現代文學』, 第70號, 서울, 韓國中國現代文學學會, 2014
年 9月

◎ 번역

탕샤오빙(唐小兵) 저 · 조영경 역　　타이완 문학의 개념에 관하여(2), 『中
國現代文學』, 第70號, 서울, 韓國中國現代文學學會,
2014年 9月

◎ 서평

심광현　　　　　중국문화연구가 던져 주는 기대와 반성, 『中國現代文學』,
第70號, 서울, 韓國中國現代文學學會, 2014年 9月

◎ 학회리뷰

이한솔　　　　　2014 한국중국현대문학학회 하계수련회(청년학자 대회),
『中國現代文學』, 第70號, 서울, 韓國中國現代文學學會,
2014年 9月

17-4 中國現代文學 第71號 2014年 12月 (韓國中國現代文學學會)

◎ 일반논문

徐 榛	新移民詩人黃河浪詩歌創作初探: 以‘風的脚步’、‘海的呼吸’、‘披黑紗的地球’爲中心, 『中國現代文學』, 第71號, 서울, 韓國中國現代文學學會, 2014年 12月
피경훈	‘혁명문학’의 새로운 가능성을 위한 시론: 趙樹理의 『鍛鍊鍛鍊』과 『老定額』에 대한 독해를 중심으로, 『中國現代文學』, 第71號, 서울, 韓國中國現代文學學會, 2014年 12月
백지운	최대치의 실존과 맞서기: 한 샤오궁 심근문학의 역사성과 현재성, 『中國現代文學』, 第71號, 서울, 韓國中國現代文學學會, 2014年 12月
박자영	‘저층문학’의 공동체 상상: 曹征路의 『那兒』을 중심으로, 『中國現代文學』, 第71號, 서울, 韓國中國現代文學學會, 2014年 12月
이종민	왕후이의 『現代中國思想的興起』에 대한 비판적 고찰: 유학과 제국 문제를 중심으로, 『中國現代文學』, 第71號, 서울, 韓國中國現代文學學會, 2014年 12月
임대근	희미한 흔적과 대체된 상상: 한국의 대중과 함께 홍콩을 문제화하기, 『中國現代文學』, 第71號, 서울, 韓國中國現代文學學會, 2014年 12月
류영하	‘소수’로서의 홍콩인, 『中國現代文學』, 第71號, 서울, 韓國中國現代文學學會, 2014年 12月
강내희·해영화	‘량장쓰후’와 경관의 문화정치경제: 금융화 시대 중국의

'사회주의적' 공간 생산,『中國現代文學』, 第71號, 서울,
韓國中國現代文學學會, 2014年 12月

◎ 학회리뷰

손주연   2014년 한국중국현대문학학회 국제학술대회: 천쓰허(陳
思和) 기조강연『四世同堂: 21세기 이후의 4세대 작가에
대한 간략한 논의』를 중심으로,『中國現代文學』, 第71號,
서울, 韓國中國現代文學學會, 2014年 12月

이희경   이상(理想)에의 추구와 공유: 제11회 바진(巴金) 국제학술
대회 참관기,『中國現代文學』, 第71號, 서울, 韓國中國現
代文學學會, 2014年 12月

18-1 中語中文學 第57輯 2014年 4月 (韓國中語中文學會)

◎ 고전문학 및 문화

金炳基   黃庭堅 '點鐵成金', '換骨法', '脫胎法' 再論,『中語中文學』,
第57輯, 서울, 韓國中語中文學會, 2014年 4月

閔寬東   『西漢演義』와『楚漢演義』硏究:『서한연의』와『초한연
의』의 실체 규명을 중심으로,『中語中文學』, 第57輯, 서
울, 韓國中語中文學會, 2014年 4月

◎ 현대문학 및 문화

성근제   문화대혁명은 어떻게 재현되는가,『中語中文學』, 第57輯,
서울, 韓國中語中文學會, 2014年 4月

이현정　　　　대중을 위한 청산: 영화『부용진』의 때늦은 상흔 서사,『中語中文學』, 第57輯, 서울, 韓國中語中文學會, 2014年 4月

◎ 현대어학 및 중국어교육

김선희　　　　'(是)……的₂'구문 중 '的₂'의 문법 기능 및 상황 맥락 지도에 대한 연구,『中語中文學』, 第57輯, 서울, 韓國中語中文學會, 2014年 4月

박재승　　　　현대중국어 동적양태 범주 설정과 상관 문제에 관한 연구,『中語中文學』, 第57輯, 서울, 韓國中語中文學會, 2014年 4月

王寶霞　　　　『韓漢科技專科學習詞典』的編纂硏究,『中語中文學』, 第57輯, 서울, 韓國中語中文學會, 2014年 4月

주기하　　　　중국어 부사 '就' 연구사 소고,『中語中文學』, 第57輯, 서울, 韓國中語中文學會, 2014年 4月

서미령　　　　六堂文庫「騎着匹」의 한국어 轉寫音 고찰,『中語中文學』, 第57輯, 서울, 韓國中語中文學會, 2014年 4月

이화범　　　　現代漢語 조동사에 대한 規範化 初探,『中語中文學』, 第57輯, 서울, 韓國中語中文學會, 2014年 4月

한희창　　　　전공계열에 따른 초급중국어 학습 환경 비교: 한양대학교 '초급중국어1' 학습자를 대상으로,『中語中文學』, 第57輯, 서울, 韓國中語中文學會, 2014年 4月

18-2 中語中文學 第58輯 2014年 8月 (韓國中語中文學會)

◎ Section Ⅰ Literature

Hon-man Chan   Dadu Scholar-officials and Their Panegyric Poetry in Early Fourteenth Century China: With Reference to the Concept of Yazheng(orthodox correctness), 『中語中文學』, 第58輯, 서울, 韓國中語中文學會, 2014年 8月

Liansu Meng   From Tsinghua to Chicago: Wen Yiduo's Transnational Conception of an Eco-poetics, 『中語中文學』, 第58輯, 서울, 韓國中語中文學會, 2014年 8月

Chee Lay Tan   An Attempt to Read Mistiness: Examining the Imagery of Chinese Misty Poetry from a Eastern-Western Comparative Perspective, 『中語中文學』, 第58輯, 서울, 韓國中語中文學會, 2014年 8月

Jeesoon Hong · Matthew D. Johnson   New Experiences of Big Screens in Contemporary China, 『中語中文學』, 第58輯, 서울, 韓國中語中文學會, 2014年 8月

◎ Section Ⅱ. The State of the Art

Jeeyoung Peck   Overview of the Study of Modern Chinese Syntax in Korea, 『中語中文學』, 第58輯, 서울, 韓國中語中文學會, 2014年 8月

◎ Section Ⅲ. The Selected Articles by KJCLL

Eunhee Paek · Byeongkwu Kang · Dongchoon Ryu · Asa Synn · Jungku

Park · Yunhui Dang   Diachronic Development of the Chinese Negative 沒 from a Typological Perspective, 『中語中文學』, 第58輯, 서울, 韓國中語中文學會, 2014年 8月

Jin-Young Song   A Study of the Merchant Novel in San Yan with a Focus on "Jiang Xingge Reencounters His Pearl Shirt", 『中語中文學』, 第58輯, 서울, 韓國中語中文學會, 2014年 8月

◎ Section Ⅳ. The Selected Abstracts by KJCLL

Kyoo-Kap Lee   A Study of Variant Forms That Add Character Components to Regular Script, 『中語中文學』, 第58輯, 서울, 韓國中語中文學會, 2014年 8月

Eunhan Bae   A Study on the Analysis of Phonetic Value of Chinese Syllable /iong/ and Its Categorization, 『中語中文學』, 第58輯, 서울, 韓國中語中文學會, 2014年 8月

Giseb An   Suggested Modification of the Current Description System for Postposition '了'[· le] in Standard Chinese: Based on Typological Characteristics of Aspect Marking, 『中語中文學』, 第58輯, 서울, 韓國中語中文學會, 2014年 8月

Hyun-Mi Choi   Teaching Learning Model Development of Chinese Polysemous Verb "發Fā" Based on Image Schemas and Construction Grammar Theory, 『中語中文學』, 第58輯, 서울, 韓國中語中文學會, 2014年 8月

Jiwon Byun   Principles and Practices of Language Education Theories for Childhood Chinese Teachers, 『中語中文學』, 第58輯,

서울, 韓國中語中文學會, 2014年 8月

Ji-Seon Kim   A Study in Illustrations from Lienü zhuan(列女傳) by Wangshi(汪氏) in Ming Dynasty Wanli(萬曆) Years, 『中語中文學』, 第58輯, 서울, 韓國中語中文學會, 2014年 8月

Jung Wook Kim   A Comparative Study of a Chain in Novel, Drama and Film Narrative: An Adaptation and Aesthetic Value in Lao she (老舍)'s Novel, Camel Xiangzi (駱駝祥子), 『中語中文學』, 第58輯, 서울, 韓國中語中文學會, 2014年 8月

Soon-Jin Kim   The Study about Children's Story of Gwon, JeongSaeng and Huang, ChunMing, 『中語中文學』, 第58輯, 서울, 韓國中語中文學會, 2014年 8月

Yangsu Kim   Zhong Lihe's Nostalgia for Mainland China and the Context of its Political Distortion, 『中語中文學』, 第58輯, 서울, 韓國中語中文學會, 2014年 8月

Jong-Seong Kim · Xin-Ying Li   A Review of the Translation Status and Research on Lin Yutang's Works in Korea, 『中語中文學』, 第58輯, 서울, 韓國中語中文學會, 2014年 8月

Hyun-jeong Lee   Settlement for the Public : Belated Scar Narrative of the Film Hibiscus Town, 『中語中文學』, 第58輯, 서울, 韓國中語中文學會, 2014年 8月

18-3 中語中文學 第59輯 2014年 12月 (韓國中語中文學會)

◎ 고전문학 및 문화

姜必任   동아시아 詩會文化의 기원, 『中語中文學』, 第59輯, 서울,

韓國中語中文學會, 2014年 12月

김경동   白居易「勸酒十四首」의 한국적 수용과 변용,『中語中文學』, 第59輯, 서울, 韓國中語中文學會, 2014年 12月

◎ 현대문학 및 문화

박재범 · 박정구   郁達夫의「沈淪」, 모방문학으로서의 양상과 의미: 佐藤春夫의「田園の憂鬱」과의 對比를 중심으로,『中語中文學』, 第59輯, 서울, 韓國中語中文學會, 2014年 12月

王寶霞 · 蔡智超   『爸爸! 我們去哪兒?』的敘事學分析,『中語中文學』, 第59輯, 서울, 韓國中語中文學會, 2014年 12月

◎ 고대어학

강윤옥   『侯馬盟書』를 통해서 본 姓氏기록과 문자 특징 연구,『中語中文學』, 第59輯, 서울, 韓國中語中文學會, 2014年 12月

이규갑   異體字 字形類似偏旁의 通用 類型 地圖 構築: 寸 · 大 · 人爲主,『中語中文學』, 第59輯, 서울, 韓國中語中文學會, 2014年 12月

이민영   殷墟賓組卜辭 驗辭硏究,『中語中文學』, 第59輯, 서울, 韓國中語中文學會, 2014年 12月

◎ 현대어학 및 중국어교육

金鐘讚   "動詞+在"結構新論,『中語中文學』, 第59輯, 서울, 韓國中語中文學會, 2014年 12月

朴英姬	중국어 교실 수업의 총괄평가 문항에 대한 문제점과 개선 방안: 학습 동기 부여를 중심으로, 『中語中文學』, 第59輯, 서울, 韓國中語中文學會, 2014年 12月
이지연·배재석	주제중심 중국어 회화 수업 내용 연구: '패션디자인'을 중심으로, 『中語中文學』, 第59輯, 서울, 韓國中語中文學會, 2014年 12月
윤유정	한국학생의 중국어 문장성분 습득 연구: 첨가/누락을 중심으로, 『中語中文學』, 第59輯, 서울, 韓國中語中文學會, 2014年 12月
양영매	현대중국어 'A得'구문에 대한 통사·의미 분석, 『中語中文學』, 第59輯, 서울, 韓國中語中文學會, 2014年 12月
초팽염	"很"的語法化過程及認知机制, 『中語中文學』, 第59輯, 서울, 韓國中語中文學會, 2014年 12月
黃後男	"界"与句子的自足性問題考察, 『中語中文學』, 第59輯, 서울, 韓國中語中文學會, 2014年 12月

19-1 韓中言語文化硏究 第34輯 2014年 2月 (韓國現代中國硏究會)

◎ 語學

박석홍	韓·中 漢字 共用 方案의 新모색: 한국 한자어 활용을 중심으로, 『韓中言語文化硏究』, 第34輯, 서울, 韓國現代中國硏究會, 2014年 2月
유 결	表示"撤取"義詞彙的歷史演變: 以『齊民要術』中表"撤取"

義的詞彙為線索, 『韓中言語文化硏究』, 第34輯, 서울, 韓國現代中國硏究會, 2014年 2月

박재승   현대중국어 'V+個+A'의 구문의미 연구, 『韓中言語文化硏究』, 第34輯, 서울, 韓國現代中國硏究會, 2014年 2月

송현선   한-중 직유 번역과 번역전략 연구, 『韓中言語文化硏究』, 第34輯, 서울, 韓國現代中國硏究會, 2014年 2月

李麗秋   本科生韓中口譯課敎學法探析, 『韓中言語文化硏究』, 第34輯, 서울, 韓國現代中國硏究會, 2014年 2月

나민구   후진타오(胡錦濤) 연설텍스트의 수사학적 분석: '중국 세계무역기구(WTO) 가입 10주년 고위층 포럼' 연설문을 중심으로, 『韓中言語文化硏究』, 第34輯, 서울, 韓國現代中國硏究會, 2014年 2月

◎ 文學

우재호   樂府詩 「梅花落」에 관한 小考, 『韓中言語文化硏究』, 第34輯, 서울, 韓國現代中國硏究會, 2014年 2月

유태규   王安石의 「明妃曲」과 歐陽脩의 和答詩 考察, 『韓中言語文化硏究』, 第34輯, 서울, 韓國現代中國硏究會, 2014年 2月

노우정   韓國漢詩에서의 「歸去來兮辭」의 형식적 변용: 「歸去來兮辭」를 바라보는 새로운 시선들, 『韓中言語文化硏究』, 第34輯, 서울, 韓國現代中國硏究會, 2014年 2月

엽서련   從天象到神話、 傳說、 民間故事與童話: 牛郎織女的歷時性轉化, 『韓中言語文化硏究』, 第34輯, 서울, 韓國現代中國硏究會, 2014年 2月

조미원	『紅樓夢』의 혼종성 연구: 滿漢文化 교섭의 시각으로 『紅樓夢』 읽기, 『韓中言語文化研究』, 第34輯, 서울, 韓國現代中國研究會, 2014年 2月
문려화	金澤榮的列女傳及其女性意識研究, 『韓中言語文化研究』, 第34輯, 서울, 韓國現代中國研究會, 2014年 2月
王晶晶	包天笑的"辛亥革命"敍事: 以『留芳記』爲中心, 『韓中言語文化研究』, 第34輯, 서울, 韓國現代中國研究會, 2014年 2月
박남용	옌거링(嚴歌苓)의 소설 『진링의 13 소녀(金陵十三釵)』 속에 나타난 역사의 기억과 하위주체 연구, 『韓中言語文化研究』, 第34輯, 서울, 韓國現代中國研究會, 2014年 2月
황선미	딩시린의 희곡 『말벌』에 나타난 자유연애, 『韓中言語文化研究』, 第34輯, 서울, 韓國現代中國研究會, 2014年 2月
鄭振偉	邁向個體化: 初論羅智成『透明鳥』, 『韓中言語文化研究』, 第34輯, 서울, 韓國現代中國研究會, 2014年 2月
문대일	『서유기(西遊記)』의 한국 문화콘텐츠적 확장과 변용양상 연구, 『韓中言語文化研究』, 第34輯, 서울, 韓國現代中國研究會, 2014年 2月

◎ 文化

박영순	현대화 과정에서 나타난 저층담론과 지식생산: 다큐멘터리 『鐵西區』를 중심으로, 『韓中言語文化研究』, 第34輯, 서울, 韓國現代中國研究會, 2014年 2月
박정원	중국문화교육을 위한 자원 취득, 스마트 eBook 콘텐츠 제작과 서비스 전략 연구, 『韓中言語文化研究』, 第34輯, 서

올, 韓國現代中國硏究會, 2014年 2月

류동춘   韓中人文交流的歷史與課題, 『韓中言語文化硏究』, 第34
輯, 서울, 韓國現代中國硏究會, 2014年 2月

19-2 韓中言語文化硏究 第35輯 2014年 6月 (韓國現代中國硏究會)

◎ 語學

류동춘   갑골문 十祀 '正人方' 복사 획정 방법 연구, 『韓中言語文
化硏究』, 第35輯, 서울, 韓國現代中國硏究會, 2014年 6月

문승용   고대 중국에 있어서 修辭意識의 형성과 발전 그리고 자연
물의 상관 관계 고찰, 『韓中言語文化硏究』, 第35輯, 서울,
韓國現代中國硏究會, 2014年 6月

王 平   "古文"術語在中國古代字典中的淵源與流變考: 以『說文解
字』和『宋本玉篇』爲中心, 『韓中言語文化硏究』, 第35輯,
서울, 韓國現代中國硏究會, 2014年 6月

焦毓梅   "前進"和"後退"義動詞不平衡發展的歷時考察, 『韓中言語
文化硏究』, 第35輯, 서울, 韓國現代中國硏究會, 2014年 6
月

박정원   中國語文 敎育을 위한 映畵 DVD 소스 活用, 스마트 콘텐
츠 제작, 서비스 모듈 硏究, 『韓中言語文化硏究』, 第35輯,
서울, 韓國現代中國硏究會, 2014年 6月

郭聖林   把字句下位分類再思考, 『韓中言語文化硏究』, 第35輯,
서울, 韓國現代中國硏究會, 2014年 6月

魏慧萍	論當前漢語詞義的解構現象, 『韓中言語文化研究』, 第35輯, 서울, 韓國現代中國研究會, 2014年 6月
張慶艶	中國現代詩歌語言常用詞的相關比較研究, 『韓中言語文化研究』, 第35輯, 서울, 韓國現代中國研究會, 2014年 6月

◎ 文學

김현주	南朝民歌 '西曲'의 愛情主題 研究, 『韓中言語文化研究』, 第35輯, 서울, 韓國現代中國研究會, 2014年 6月
배다니엘	중국 고전시에 나타난 水仙花 이미지, 『韓中言語文化研究』, 第35輯, 서울, 韓國現代中國研究會, 2014年 6月
서용준	古樂府 「烏夜啼」와 「烏棲曲」의 起源과 繼承 研究: 六朝시기 樂府詩를 중심으로 , 『韓中言語文化研究』, 第35輯, 서울, 韓國現代中國研究會, 2014年 6月
成紅舞	性別視域下中國傳統文化中的陰陽觀, 『韓中言語文化研究』, 第35輯, 서울, 韓國現代中國研究會, 2014年 6月
張光芒	突入生活·開拓敍事·深掘人生: 2013年江蘇長篇小說綜評, 『韓中言語文化研究』, 第35輯, 서울, 韓國現代中國研究會, 2014年 6月
이숙연	自然之心-臺灣山地原住民文學文本中的生態倫理觀, 『韓中言語文化研究』, 第35輯, 서울, 韓國現代中國研究會, 2014年 6月
한지연	記憶·創傷與殖民經驗的再現-淺論吳濁流『亞細亞的孤兒』的被殖民書寫, 『韓中言語文化研究』, 第35輯, 서울, 韓國現代中國研究會, 2014年 6月

王彤偉　　　　　論魯迅近體詩的格律,『韓中言語文化研究』, 第35輯, 서
　　　　　　　　울, 韓國現代中國研究會, 2014年 6月

◎ 文化

박현주　　　　　한국 뮤지컬의 중국 진출 유형과 사례 연구,『韓中言語文
　　　　　　　　化研究』, 第35輯, 서울, 韓國現代中國研究會, 2014年 6月

김 옥　　　　　중국 중간계층의 여가 현황,『韓中言語文化研究』, 第35
　　　　　　　　輯, 서울, 韓國現代中國研究會, 2014年 6月

김혜정　　　　　明堂의 由來와 風水地理的 意味,『韓中言語文化研究』,
　　　　　　　　第35輯, 서울, 韓國現代中國研究會, 2014年 6月

박영환　　　　　儒釋衝突與調和: 跨文化交流中的臺灣與韓國漢傳佛敎,『
　　　　　　　　韓中言語文化研究』, 第35輯, 서울, 韓國現代中國研究會,
　　　　　　　　2014年 6月

부희량　　　　　由圖騰制度分析中國神話背後的歷史, 『韓中言語文化研
　　　　　　　　究』, 第35輯, 서울, 韓國現代中國研究會, 2014年 6月

19-3 韓中言語文化硏究 第36輯 2014年 10月 (韓國現代中國研究會)

◎ 語學

유수경　　　　　'上', '上面', '上邊'의 어법특성 비교,『韓中言語文化研究』,
　　　　　　　　第36輯, 서울, 韓國現代中國研究會, 2014年 10月

李英月　　　　　연변지역의 韓中 상호 번역에 나타나는 諧音 修辭의 유형
　　　　　　　　과 표현 효과 연구,『韓中言語文化研究』, 第36輯, 서울,

韓國現代中國研究會, 2014年 10月

맹주억   한중 '눈/眼'의 다의구조 대조연구, 『韓中言語文化研究』, 第36輯, 서울, 韓國現代中國研究會, 2014年 10月

신수영   의미적 운율을 통한 중국어 유의어 변별: 導致와 引起를 중심으로, 『韓中言語文化研究』, 第36輯, 서울, 韓國現代中國研究會, 2014年 10月

김종찬   "基於"介詞說商榷, 『韓中言語文化研究』, 第36輯, 서울, 韓國現代中國研究會, 2014年 10月

陳明舒   "一邊VP1一邊VP2"VS"VP1的時候VP2", 『韓中言語文化研究』, 第36輯, 서울, 韓國現代中國研究會, 2014年 10月

張慶艷   中國現代詩歌語言的詞彙詞類和結構特點研究, 『韓中言語文化研究』, 第36輯, 서울, 韓國現代中國研究會, 2014年 10月

◎ 文學

김수진   복수주제를 통한 老舍의 풍자희극 「歸去來兮」 읽기, 『韓中言語文化研究』, 第36輯, 서울, 韓國現代中國研究會, 2014年 10月

秋吉 收   "雜文家"魯迅的誕生, 『韓中言語文化研究』, 第36輯, 서울, 韓國現代中國研究會, 2014年 10月

蔡佩均   東方主義與自我東方主義的多層構造: 以日治時期臺灣題材作品中的異國情調爲中心, 『韓中言語文化研究』, 第36輯, 서울, 韓國現代中國研究會, 2014年 10月

何雅雯   離散時代: 以蔣曉雲八0年代以後小說爲例, 『韓中言語文化

	硏究』, 第36輯, 서울, 韓國現代中國硏究會, 2014年 10月
劉劍梅	一個孩子的聖經,『韓中言語文化硏究』, 第36輯, 서울, 韓國現代中國硏究會, 2014年 10月
강춘화	朱熹 證驗說과 이전 證驗說과의 비교 고찰,『韓中言語文化硏究』, 第36輯, 서울, 韓國現代中國硏究會, 2014年 10月
佟麗生	『弟子規』의 교육적 가치: 현 중국에서의 교육적 활용을 중심으로,『韓中言語文化硏究』, 第36輯, 서울, 韓國現代中國硏究會, 2014年 10月

2013年度 중국문학 관련 국내 석박사 학위논문 목록

3

1) 국내 석사 학위 논문

Guo Jjie	채만식과 라오서(老舍)의 소설에 나타난 여성인물 비교 연구-『탁류』와 『駱駝祥子』를 중심으로, 아주대 대학원 석사 논문, 2013
Hu Yang	『華音啓蒙諺解』의 중국어 量詞 硏究, 인천대 대학원 석사 논문, 2013
고영란	1930년대 중국어 회화교재 『實用官話滿洲語問答會話集』(1935)과 『支那語旅行會話』(1937) 연구, 숙명여대 교육대학원 석사 논문, 2013
과 욱	한·중 우국시의 전통과 작품세계 비교 연구-이덕일의 「우국가」와 문천상의 「정기가」를 중심으로, 대구대 대학원 석사 논문, 2013
구언아	文獻類에 따른 漢字音 比較 硏究, 성균관대 대학원 석사 논문, 2013
김다롬	王維의 山居詩 硏究, 동국대 교육대학원 석사 논문, 2013
김선희	『說文解字』에 수록된 古代農耕文化 관련 文字硏究, 건국대 대학원 석사 논문, 2013
김성은	元稹·白居易 新樂府 特徵과 異質性 硏究, 제주대 대학원 석사 논문, 2013
김소영	민족 정체성의 상징적 전쟁터로서의 베일에 대하여-중국 신강 위구르 자치구 카쉬가르의 위구르족에 관한 민족지적 연구, 서울대 대학원 석사 논문, 2013
김순화	하서 김인후 한시의 『시경』 관련양상에 대한 고찰, 전남

대 대학원 석사 논문, 2013

김주희	'一起'와 '在一起'의 비교 분석, 창원대 대학원 석사 논문, 2013
김지현	『西遊記』의 수용양상과 문학적 보편성, 고려대 대학원 석사 논문, 2013
김춘월	낙선재본 『홍루몽』의 중국어 어휘 차용에 대한 연구, 한국학중앙연구원 한국학대학원 석사 논문, 2013
김희숙	문혁시기 베이징에서의 사생관계를 통해서 본 인적네트워크 파괴, 성신여대 대학원 석사 논문, 2013
남청영	한국·대만 한자어 비교 연구, 고려대 대학원 석사 논문, 2013
樓俊鵬	한·중 포스터에 나타난 비주얼 펀 비교분석, 강남대 대학원 석사 논문, 2013
段麗勇	중국어 수사성어의 구조와 의미 연구, 충북대 대학원 석사 논문, 2013
등문기	허난설헌과 이청조의 규원시 비교 연구, 대구대 대학원 석사 논문, 2013
리 리	賈平凹 『廢都』與 『秦腔』研究-以改革開放轉型期社會問題爲中心, 전북대 교육대학원 석사 논문, 2013
박소정	郁達夫 「沈淪」 연구-'自我' 서사를 중심으로, 경희대 교육대학원 석사 논문, 2013
박지영	동아시아 삼국의 『帝鑑圖說』 版本과 繪畫 研究, 홍익대 대학원 석사 논문, 2013
박지은	蘇童의 소설 「刺靑時代」 外 1 篇 번역, 동국대 교육대학원

	석사 논문, 2013
박혜림	1940년대 장애령의 중·단편 소설 연구-여성 인물을 중심으로, 수원대 교육대학원 석사 논문, 2013
백정윤	'周保中 日記를 통해 본 東北抗日聯軍 第2路軍 朝鮮人 隊員들의 活動-1936년~1941년을 중심으로, 서울시립대 대학원 석사 논문, 2013
傅乃琪	1920년대 위다푸(郁達夫)와 김동인 소설 비교연구-작품에 나타난 죽음의식을 중심으로, 고려대 대학원 석사 논문, 2013
서 안	한·중 귀신류 서사문학 비교 연구, 우석대 대학원 석사 논문, 2013
서지원	中國當代知識分子問題硏究-左翼文藝運動與胡風事件爲中心, 한국외대 국제지역대학원 석사 논문, 2013
서향미	巴金의 『隨想錄』 選譯, 울산대 교육대학원 석사 논문, 2013
손혜진	'신중국' 건립과 동북삼반운동, 영남대 대학원 석사 논문, 2013
안영선	『隨想錄』을 통해 본 巴金의 내면세계, 공주대 교육대학원 석사 논문, 2013
吳光婷	한국 화교의 정체성-대만, 한국 및 중국에 대한 인식의 변화를 중심으로, 한국학중앙연구원 한국학대학원 석사 논문, 2013
오 요	한국 보성과 중국 항주의 차문화관광 비교연구, 순천향대 대학원 석사 논문, 2013

오지연	南朝 樂府民歌 '西曲' 研究, 성균관대 대학원 석사 논문, 2013
왕 녕	식민지시기 중국현대문학 번역자 양백화, 정내동의 역할 및 위상, 연세대 대학원 석사 논문, 2013
王韶潔	SPS장벽에 대한 중국 4성의 대응방안에 관한 연구-산동성, 절강성, 복건성, 사천성, 전북대 대학원 석사 논문, 2013
왕 유	문학치료학 관점으로 살펴본 한·중 구비설화의 부녀대립 서사 비교 연구, 건국대 대학원 석사 논문, 2013
王海鸞	蕭紅 소설 연구-여성의 비극적 운명 및 그 근원을 중심으로, 충북대 대학원 석사 논문, 2013
왕효나	『뇌우』중·한 비교, 숭실대 대학원 석사 논문, 2013
牛建芳	井上靖의 中國歷史小說 考察-西域小說 『敦煌』을 中心으로, 동국대 대학원 석사 논문, 2013
원희헌	『양반전』과 『유림외사』의 풍자성 비교, 순천향대 교육대 학원 석사 논문, 2013
유연주	『金瓶梅』 속 관음증적 시선 연구, 이화여대 대학원 석사 논문, 2013
유풀잎	『紅樓夢』에 나타난 女性像 研究, 동국대 교육대학원 석사 논문, 2013
유향숙	元好問의 樂府詩 研究, 인하대 교육대학원 석사 논문, 2013
위 의	한·중 고전시가의 봄노래 비교연구-조선 이전 시가와 『시경』의 국풍을 중심으로, 대구대 대학원 석사 논문, 2013
윤고은	금문의 이미지를 주제로 한 도자접시 연구, 서울과학기술

	대 산업대학원 석사 논문, 2013
윤지영	중국의 현대 작가를 통해 살펴 본 베이징, 한국교통대 인문대학원 석사 논문, 2013
이근숙	중학교『생활 중국어』13종의 간체자 분류 및 지도방안 연구, 한국외대 교육대학원 석사 논문, 2013
이새미	錢鍾書『圍城』의 실존의식 연구, 고려대 대학원 석사 논문, 2013
이선미	張愛玲 중단편 소설집『傳奇』연구, 성신여대 대학원 석사 논문, 2013
이순자	李白 飲酒詩의 道家的 性向 硏究, 국민대 대학원 석사 논문, 2013
이슬애	巴金의『隨想錄』번역-「說夢」외 19편, 동국대 교육대학원 석사 논문, 2013
이승은	중국 TV드라마 연구-『奮鬪』와『蝸居』의 서사 특징과 서사 공간을 중심으로, 전남대 대학원 석사 논문, 2013
이안방	나츠메 소세키(夏目漱石)의 수용을 통해 본 이광수와 루쉰(魯迅)의 비교, 강릉원주대 대학원 석사 논문, 2013
李 銳	정지상 시의 만당시풍적 특질, 경남대 대학원 석사 논문, 2013
이재송	沈從文의 "鄕下人" 창작의식 연구, 경희대 교육대학원 석사 논문, 2013
이지현	沈從文의 장편소설『長河』주제의식 연구-常과 變의 인식을 중심으로, 이화여대 대학원 석사 논문, 2013
이하영	돈황학개론1-한국어번역논문, 제주대 통역번역대학원 석

	사 논문, 2013
이현용	高行健『靈山』한국어 번역 中의 오류 분석, 동의대 대학원 석사 논문, 2013
이혜정	『西遊記』의 佛敎思想과 三敎의 융합, 금강대 대학원 석사 논문, 2013
이혜정	대만의 사회과 교과서에 나타난 동아시아의 표상 체계, 서울교육대 교육대학원 석사 논문, 2013
이호영	王國維『人間詞話』에 나타난 境界說 硏究-藝術 創作者의 觀點을 中心으로, 성균관대 대학원 석사 논문, 2013
이 흔	1920~30년대 한·중 소설 속의 여성상 비교연구-채만식·강경애와 老舍·蕭紅의 소설을 중심으로, 경희대 대학원 석사 논문, 2013
임의선	1950년대 한국과 타이완의 여성 반공소설 비교연구-최정희와 판런무를 중심으로, 성균관대 대학원 석사 논문, 2013
임지현	중국 연변 조선족의 국민 정체성 형성-연변의 장소성과 국가의 역할, 연세대 대학원 석사 논문, 2013
장 단	「梁祝說話」韓中 小說化 樣狀, 강남대 대학원 석사 논문, 2013
장 로	한국어와 중국어의 한자음 초성체계 대조 연구, 부산대 대학원 석사 논문, 2013
張峰春	연변방언 한어 차용어의 성조 변용 연구, 전북대 대학원 석사 논문, 2013
張珊珊	『文章講話』選譯, 인제대 대학원 석사 논문, 2013

張 碩	『鷄林類事』에 對한 語學的 研究-漢字語의 音과 意味를 中心으로, 가천대 대학원 석사 논문, 2013
장 설	중국 동북지역 이인전의 전승에 관한 연구, 목포대 대학원 석사 논문, 2013
장예소	염상섭의 『삼대』와 파금의 『가』의 비교 연구, 한양대 대학원 석사 논문, 2013
장은주	運用'任務型敎學法'的小學生漢語口語活動設計研究. 이화여대 외국어교육특수대학원 석사 논문, 2013
장평평	김동인과 욱달부의 단편소설 비교연구-소설의 주제의식을 중심으로, 아주대 대학원 석사 논문, 2013
全繼紅	韓·中 古詩歌에 나타난 '달'의 原型的 心象 研究, 중앙대 대학원 석사 논문, 2013
田 娟	朝鮮文人의 文天祥 認識과 『集杜詩』 受容, 한국학중앙연구원 한국학대학원 석사 논문, 2013
田 輝	中國語 聲調 變化 例外 現象 研究-『廣韻』·『中原音韻』을 중심으로, 제주대 대학원 석사 논문, 2013
정다움	東아시아의 蘭亭修禊圖 研究, 홍익대 대학원 석사 논문, 2013
정현옥	李商隱 社會詩 研究, 경상대 대학원 석사 논문, 2013
丁 鑫	김유정과 선충원(沈從文)의 농촌소설 비교 연구, 중앙대 대학원 석사 논문, 2013
제 민	韓·中 妓女詩人 比較 研究-李梅窓과 魚玄機를 중심으로, 강남대 대학원 석사 논문, 2013
조기연	치유의 시문학에서 본 소식 항주 1시기 시 연구, 강원대

	대학원 석사 논문, 2013
조리영	한중 근대 저항시 비교연구-1920~1930년대 중심으로, 건국대 대학원 석사 논문, 2013
조윤서	금문을 활용한 도벽디자인 연구, 목원대 대학원 석사 논문, 2013
朱 彤	中國人 學習者를 위한 韓國語의 非言語的 意思疏通 敎育方案 硏究-錢鍾書『圍城』의 韓譯本과 原本을 活用하여, 중앙대 대학원 석사 논문, 2013
지관순	新文化運動期 王國維의 史學硏究와 現實認識-학술활동의 변화를 중심으로, 연세대 대학원 석사 논문, 2013
최은형	왕력과 문화대혁명, 영남대 대학원 석사 논문, 2013
최혜선	梁啓超의 저작물에 나타난 일본어 차용어 연구-『强學報』·『時務報』 및 『淸議報』를 中心으로, 고려대 대학원 석사 논문, 2013
하주연	李淸照 詞에 나타나는 詩的 話者 연구, 고려대 대학원 석사 논문, 2013
한세현	1920~30년대 廣東畵壇 연구-嶺南畵派와 廣東國畵硏究會를 중심으로, 홍익대 대학원 석사 논문, 2013
胡 云	영화로 재전유된 『춘향전』과 『홍루몽』의 여성성 연구-여주인공에게 반영된 자의식을 중심으로, 성균관대 대학원 석사 논문, 2013
황인정	趙樹理 小說 硏究, 경남대 대학원 석사 논문, 2013

2) 국내 박사 학위 논문

계근호	중국 문화대혁명기의 연변 조선족 교원 연구, 부산대 대학원 박사 논문, 2013
김만희	당대 화장문화에 나타난 미의식, 건국대 대학원 박사 논문, 2013
김현우	梁啓超와 朴殷植의 '新民說'과 '大同思想'에 관한 연구-'個人', '國家', '文化'의 재정립을 중심으로, 성균관대 대학원 박사 논문, 2013
盧相峰	『六祖法寶壇經諺解』에 나타난 漢字音 硏究-『東國正韻』과 비교를 통하여, 제주대 대학원 박사 논문, 2013
孟 維	張愛玲中後期小說創作特徵硏究, 영남대 대학원 박사 논문, 2013
배현진	明末 江南地域 書畵 收藏 硏究, 경희대 대학원 박사 논문, 2013
석미자	만주사변 이후 남경국민정부 직업 외교관의 역할 연구-1931-1936, 고려대 대학원 박사 논문, 2013
신봉진	『玉樓夢』과『紅樓夢』의 構造美學 比較硏究, 공주대 대학원 박사 논문, 2013
신원철	『經傳釋詞』에 나타난 인성구의 연구, 서울대 대학원 박사 논문, 2013
신진아	『금병매』에 나타난 육체인식과 형상화 방식 연구, 연세대 대학원 박사 논문, 2013
응웬 티 히엔	동아시아 근대시에 나타난 산책가와 식민지 도시 인식 연

	구-경성, 하노이와 상하이를 중심으로, 서울대 대학원 박사 논문, 2013
이석환	空海의 敎學思想 硏究-如來藏思想과 관련하여, 동국대 대학원 박사 논문, 2013
이정민	조선시대의 『小學』 이해 연구, 서울대 대학원 박사 논문, 2013
이주민	魯迅 詩歌 硏究, 고려대 대학원 박사 논문, 2013
이 훈	17-18세기 淸朝의 滿洲地域에 대한 政策과 認識-건륭기 만주족의 위기와 관련하여, 고려대 대학원 박사 논문, 2013
장수남	웅진~사비초 백제의 남조문화 수용 연구, 연세대 대학원 박사 논문, 2013
정원호	『朝鮮王朝實錄』의 『詩經』 活用例 연구, 부산대 대학원 박사 논문, 2013
조보로	한국 개화기 소설론에 나타난 양계초의 영향 연구, 배재대 대학원 박사 논문, 2013
조성금	天山 위구르王國의 佛敎繪畵 硏究, 동국대 대학원 박사 논문, 2013
陳 琳	韓·中 近代詩에 나타난 老莊思想 硏究, 충남대 대학원 박사 논문, 2013
진예정	吳文英詞 硏究, 고려대 대학원 박사 논문, 2013
최광순	『홍루몽』 숙어 연구, 대구가톨릭대 대학원 박사 논문, 2013

중국학@센터 연감팀

|기획|
조관희(trotzdem@sinology.org) 상명대 중국어문학과 교수

|중국학@센터 제8기 연감팀|
조성환(62chosh@hanmail.net) 백석대 어문학부 강사

2014년 중국어문학 연감

초판 인쇄 2015년 12월 21일
초판 발행 2015년 12월 28일

엮은이 | 중국학@센터 연감팀
펴낸이 | 하운근
펴낸곳 | 學古房

주   소 | 경기도 고양시 덕양구 통일로 140 삼송테크노밸리 A동 B224
전   화 | (02)353-9908   편집부(02)356-9903
팩   스 | (02)6959-8234
홈페이지 | http://hakgobang.co.kr
전자우편 | hakgobang@naver.com,   hakgobang@chol.com
등록번호 | 제311-1994-000001호

ISBN 978-89-6071-561-5 93010

값 : 15,000원

이 도서의 국립중앙도서관 출판시도서목록(CIP)은 e-CIP홈페이지(http://www.nl.go.kr/ecip)와
국가자료공동목록시스템(http://www.nl.go.kr/kolisnet)에서 이용하실 수 있습니다.
(CIP제어번호 : CIP2015035174)